KB128744

중국 사보詞譜의 이해

중국 사보詞譜의 이해

양문생楊文生 저 · 이태형 역

學古房

* 이 역서는 2016년 대한민국 교육부와 한국연구재단의 지원을 받아 수행된 연구임.
(NRF-2016S1A5A2A03927032)

저자 서문

詞는 晩唐, 五代 시기의 사람들이 "曲子詞"라고 불렀으며 사는 바로 당시의 歌詞였다. 원래는 歌曲의 음률과 박자에 맞추어 쓴 것인데(소위 "倚聲填詞"라고 하는) 악기로 연주하는 음악에 맞추어 부르던 노래였다. 이후 가곡의 악보는 점점 사라지고 사 역시 점점 음악에서 분리되어 결국 일종의 독특한 문학 체재가 되었다. 王力 선생이 "사는 일종의 음율화된, 장단구의, 자수가 고정된 詩이다."라고 한 것과 같다.

사가 음악에서 분리된 후 원래 일반적인 唱腔은 다시 재현시킬 방법이 없지만(당연히 另譜新曲), 가곡과 함께 결합했을 당시의 외형적인 특징은 여전히 가지고 있다. 곡조의 가사, 段數, 音數, 字數와 平仄 모두 다른 격식을 가지고 있다. 이러한 가사의 격식은 "詞調"이라고 칭하며 매 종류의 사조는 모두 특정한 명칭을 가지고 있는데 이것을 "詞牌"라고 하며 후대 사람들이 계속해서 填詞의 표준에 대해서 照樣할 수 있도록 만들었다. 여러 종류 격식의 사패가 모여 있고 전사자들이 의거하여 만든 책을 "詞譜"라고 한다.

현재 가장 오래된 사보로 찾아볼 수 있는 것은 明代 張綖이 지은 《詩余圖譜》이다.(사를 시로 여긴 宋代의 어떤 사람은 - 支流, 사를 "詩余"라고 칭했다) 淸代에 의뢰하여 편집된 《填詞圖譜》9권은 비교적 상세하게 되어있다. 萬樹가 지은 《詞律》은 당, 송, 원의 660조의 사가 실려 있고 1180여 체가 실려 있는데, 陳延敬, 王變淸 등이 함께 지은 《欽定詞譜》는 당, 송, 원의 사 826조와 수록하고 있으며 2306체가 실려 있으며 이것은 가장 완전한 사보이다. 舒夢蘭이 지은 《白香詞譜》는 詞牌 100개를 수록하고 있는데 과거에 처음 진사를 배우던 사람들이 이 책을 자주 활용했으나 골라 수록된 사의 질적 수준이 그다지 높지 않다.

이《詞譜簡編》은 내가 사율을 연구하는 과정에서 참고하고 상술한 사보와 현대인들의 다수의 저작을 기초로 하여 비교적 통용되는 138개의 사패와 약 450수의 저명한 당, 송의 사로 이루어졌다. 현재 사보와 관련된 몇몇 문제들을 말해보자면 다음과 같다.

첫째, 매 사패는 일반적으로 몇 종류의 명칭이 있는데 이것은 同牌異名이라고 한다. 예를 들어《十六字令》은《歸字謠》,《蒼梧謠》라고 부르기도 한다. 이것은 수많은 작자들이 이전 사람들을 따르기를 좋아하고 또는 자신이 쓴 사에서 몇 글자를 뽑아내면 사패의 명칭이 될 수 있도록 했는데 이것은 마치 蘇軾이《憶仙姿》을 써서 사를 썼다가 그 이름이 우아하지 못하다고 싫어하여 원래 사에 "如夢"이라는 疊句가 있으므로《如夢令》으로 바꿔 썼다. 賀鑄는《搗練子》를《杵聲齊》,《剪征袍》로 바꿨는데 그의 사에 이러한 두 구절이 있었기 때문이다. 몇몇 작가들은 쓴 사의 다른 부분에서 따다 같은 내용이지만 서로 합치되는 명칭을 만들었는데 예를 들어 張炎이 姜夔가 매화를 읊은《疏影》을 연꽃을 읊은《綠意》라는 사패로 바꾼 것과 같다.

이른 시기의 사는 사패가 이미 노래의 명칭(곡명)이면서 때로는 사의 제목이기도 하였다. 예를 들어《漁歌子》는 고기잡이의 생활을 쓴 것인데《女冠子》는 여자 도사들의 정서를 쓴 것이며《搗練子》는 아내가 남편을 그리워하는 내용이다. 이후에 사패와 사의 내용의 관계가 점점 분리되자 이 때문에 몇몇 작가들은 또한 사패 아래에 별도로 사의 제목을 표기하였다. 예를 들어 소식이 쓴《念奴嬌》("大江東去"의 한 수는)《赤壁懷古》라고 별도의 사의 제목이 표기되어 있다. 다른 몇몇 사에는 小序가 포함되어있다. 그러나 별도로 사의 제목 또는 소서를 표기하지 않은 사들이 비교적 많다.

두 번째, 많은 사패는 일반적으로 몇 종류의 형식이 있는데 단수(段數), 구수(句數), 음수, 글자 수 모두 완전하게 같지 않으니 이것을 두고 同調異體라고 한다. 예를 들어《南歌子》에는 단조, 쌍조 두 가지 형식이 있는데 단조일 경우에는 23글자이고 평운이며 쌍조일 때는 52글자이며 또한 평운, 측운의 두 형식으로 나뉜다.《木蘭花慢》은 여섯 형식이 있는데 모두 101자이지만 매 하나의 형식 모두 2~3개의 구절로 짜인 것이 다르다. 이렇게 형식의 다름은 이전 사람들이 사보를 편집할 때 대부분 시대가 비교적 이르거나 작자들이 비교적 많은 형식을 정체로 삼아 나머지 형식들은 별체(別體)로 삼거나 다른 하나의 형식으로 판단했기 때문이다.

세 번째, 明代 顧從敬의 《類編草堂詩餘》에는 사의 글자 수의 많고 적음에 따라 사를 세 종류로 분류하였다. 58자 이내는 "小令", 59자에서 91자는 "中調", 91자 이상은 "長調"이다. 이러한 대략적 분류 역시 하나의 설이라고 할 수 있다. 이 책에서는 글자 수의 많고 적음에 따라 배열하였고 다른 설들은 채택하지 않았다.

네 번째, 사의 단락은 "闋" 또는 "遍"(간단하게 "片")이라고 한다. 결은 음악의 마지막이라는 의미이고 편은 노래가 한 번 끝났다는 의미이다. 가장 처음의 사는 대부분 소령이었으므로 일반 적으로 한 단락 밖에 없었으니 사도 역시 1결 또는 1편이었다. 사의 단락 수의 많고 적음에 따라 사는 네 종류로 분류된다. 1수의 사가 1단락 밖에 없으면 "단조", 2단락을 가지면 "쌍조"라고 하며 첫 번째 단락은 "상결"(또는 앞단락[前段], 앞편[上片])이라고 하고 두 번째 단락을 "하결"(또는 뒷단락[後段, 뒤편[下片]]이라고 한다. 세 번째 단락이 있으면 "三疊"이라고 하며 네 번째 단락이 있으면 "四疊"이라고 하며 이렇게 1, 2, 3, 4결(段 · 片)로 분별하여 칭했다. 쌍조는 가장 자주 보이는 형식으로 삼첩은 매우 적고 사첩은 별개의 사패에서만 사용되었다.

다섯 번째, 사는 반드시 압운한다. 당대의 사람들은 사를 쓸 때 모두 당시의 시운을 활용했다. 오대시기에서 송나라 시기까지 간혹 方音이 섞이기는 했지만 韻은 시운에 너그러웠는데 사를 쓸 때 활용했던 운서는 전해지지 않는다. 청나라 沈謙이 편찬한 《詞韻略》은 《詞韻正音》을 실은 것으로 모두 송나라 사에 비추어 심의한 韻書로 송사에서 활용한 운의 일반적 상황을 반영하였고 근대 시기 사를 지으려는 사람들이 쓴 압운들을 따랐다. 이 책의 보록은 《詩韻常用字表》는 《詞林正韻》과 王力 선생의 《詩韻常用字表》를 개편한 것으로 독자들이 함께 참고할 수 있도록 하였다. 송나라 시기 語音과 현대시기의 어음을 비교하면 그 변화가 크다. 예를 들어 "與"자와 "所"자를 보면 詞韻에서는 모두 "六語"에 속하지만 송대에는 協韻에 속하였고 현대에는 불협운에 해당한다. 우리는 이러한 현재 불협운의 글자에 대해서 사운에 의거하지 않아도 되지만 한자 병음에서의 18부 운을 쓰면 된다.

사를 쓸 때 압운은 운각(韻脚)에 따라보면 세 가지의 규칙이 있다.

(1) 평성운 (음평, 양평) 독자적 압운. 예를 들어 菜伸의 《十六字令》은 (◎를 사용하여 압평성운의 글자를 표시함)

天! 休使圓蟾照客眠. 人何在? 桂影自嬋娟.
◎ ◎ ◎

이것은 음평성인 "天"자를 起韻으로 썼고 양평성인 "眠"자 · 음평성인 "娟"자를 압운하였다.

(2) 측성운의 상성, 거성은 通押한다. 예를 들어 이청조의 《如夢令》은 (△를 사용하여 압측성운의 글자를 표시함)

昨夜雨疏風驟, 濃睡不消殘酒. 試問卷簾人, 卻道海棠依舊. 知否, 知否? 應是綠肥紅瘦.
△ △ △ △ △

이것은 거성인 "驟"자를 기운으로 썼고 입성인 "月", "別", "否", 거성인 "舊", "瘦"자를 압운하였다.

(3) 측성운의 입성은 독자적으로 압운한다. 예를 들어 전해지는 李白이 지은 《憶秦娥》

簫聲咽, 秦娥夢斷秦樓月. 秦樓月, 年年柳色, 灞陵傷別.
△ △ △ △

樂遊原上淸秋節, 咸陽古道音塵絶. 音塵絶, 西風殘照, 漢家陵闕.
△ △ △ △

이것은 입성 "咽"자를 기운으로 하고 입성 "月", "別", "節", "絶", "闕" 등의 글자를 압운하였다. ("色"자와 "咽"자는 같은 운이지만 그 글자가 포함된 부에서는 규정으로는 압운하지 않는다고 되어 있으므로 압운에 포함 시키지 않았다.) 지금의 중국 표준어에는 입성자가 없는데 입성은 이미 입평, 상, 거삼성으로 나뉘어졌다. 입성을 독자적으로 압운하는 이런 규칙에 대해서는 응당 사운표를 참고하여 쓰면 된다. 한어평음방안의 측성운에 따를 수 있는지 없는지는? 이 문제는 연구와 시험을 해보아야 할 문제이다.

전편(全篇)의 압운 상황에 따라 볼 때 세 종류의 형식이 있다.

첫 번째 종류는 一韻到底법이며 중간에 환운을 하지 않는 것이다. 이것은 주된 형식이다.

두 번째 종류는 운부가 다른 것으로 평측 환운을 하는 것이다. 예를 들어 溫庭筠의 《菩薩蠻》을 보자.

小山重疊金明滅, 鬢雲欲度香腮雪. 懶起畫蛾眉, 弄妝梳洗遲.
△ △ ◎ ◎

照花前後鏡, 花面交相映. 新帖繡羅襦, 雙雙金鷓鴣.
△ △ ◎ ◎

상결에서는 측성 "滅"을 기운으로 사용하였고 다음 구절은 "雪"자를 압운하였는데 이 두 글자는 사운에서 18부 입성인 "屑" 운에 속한다. 세 번째 구절은 평성 "眉"자운, 네 번재 구절은 "遲"자로 압운했는데 이 두 글자는 사운에서 3부 평성인 "支" 운에 해당한다. 하결운은 상결운과 동일한데 "鏡", "映"은 11부 거성인 "敬"운에 속하며 "襦", "鴣"는 4부 평성인 "虞"운에 해당한다.

세 번째 종류는 운부가 동일할 때 평측을 호압(互押)하는 것이다. 예를 들어 蘇軾의 《西江月》에서

照野瀰瀰淺浪, 橫空隱隱層霄. 障泥未解玉驄驕, 我欲醉眠芳草.
· · ◎ ◎ △

可惜一溪風月, 莫教踏碎瓊瑤. 解鞍欹枕綠楊橋, 杜宇一聲春曉.
◎ ◎ △

상결은 평성 "霄"자를 기운으로 삼았고 평성 "驕"자, 상성 "草"자를 호압하였는데 이 세 글자는 사운에서 8부 평성인 "蕭"운, 상성 "皓"운에 속한다. (하결운의 위치, 운부는 서로 같다)

여섯 번째, 사를 쓸 대 쓰는 글자는 평측을 말해야 한다. 평측 연구의 목적은 중국어 성조의 특성에 근거하여 의식적으로 일종의 높낮이와 속도를 서로 교체하는 리듬을 안배하며 사의 구절로 하여금 아름다운 성률을 가지게 하며 읊을 때 부드럽게 읽히게 하고 들을 때 기쁘게 만들며 깊은 의미를 지닐 수 있게 하며 감정을 격발시키도록 한다. 사의 구절의 구조는 일반적으로 율시와 동일한데 이 때문에 사의 구절의 평측은 일반적으로 율시의 평측과 합치하는 것이다. 자구의 분석에 따라 서술한 것은 다음과 같다.

(1) 1자구는 매우 적다. 평성으로는, "歸! 獵獵西風卷繡旗." (張孝祥《歸字謠》) 측성으로는, "錯! 錯! 錯!" (陸游《釵斗鳳》)

(2) 2자구는 일반적으로 율구의 二字頭이다. 일반적으로 입운이다. 자주 쓰이는 것은 두 종류의 형식이다.

平仄 "知否? 應是綠肥紅瘦" (李清照《如夢令》)와 같다.

平平 "眉尖! 淡畵春山不喜添" (孫道絢《南鄉子》)와 같다.

(3) 3자구는 일반적으로 율구의 三字尾로 자주 쓰는 것은 아래의 형식이다.

平平仄 "江南好" (白居易《憶江南》)와 같다.

平仄仄 "深院靜" (李煜《搗練子》)와 같다.

仄平平 "綠蓑衣" (張志和《漁歌子》)와 같다.

仄仄仄 "得此住" (辛棄疾《霜天曉角》)와 같다.

仄平仄 "柳陰直" (周邦彦《蘭陵王》)과 같다.

(4) 4자구는 일반적으로 칠언율구의 上四字이며 자주 쓰이는 것은 다음의 형식이다. ('仄'자 '平'자 이외에 동그라미는 평성이 되기도 하고 측성이 되기도 한다는 표시이다)

㊀平平仄 "漢家陵闕" (李白《憶秦娥》)와 "梅邊吹笛(姜夔)《暗香》과 같다.

平平仄仄 "尋花巷陌" (陸游《沁園春》)과 같다.

㊀仄平平 "萬里飛霜" (張炎《綺羅香》)과 "帘卷西風" (李清照《醉花陰》)과 같다.

자주 쓰이는 4자 拗句와 합치되지 않는, 자주 쓰이는 예는 아래와 같은 형식이 있다.

平仄平仄 "枝上同宿" (姜夔《疏影》) 과 같다.

平平仄平 "從今又添" (李淸照《鳳凰臺上憶吹簫》)와 같다.

(5) 5자구는 오언율구로 자주 쓰이는 것은 다음의 형식이다.

㊀仄平平仄 "十里靑山遠" (僧仲揮《南歌子》)와 "今夜山深處" (毛滂《惜分飛》)와 같다.

㊀仄仄平平 "落日水溶金" (廖世美《好事近》)과 "風景舊曾諳" (白居易《憶江南》)과 같다.

㊀平平仄仄 "玉階空佇立" (李白《菩薩蠻》)과 "微雲吹盡散" (葉夢得《臨江仙》)과 같다.

5자 拗句 중에 자주 쓰이는 것은 아래의 형식이다.

㊀仄仄平仄 "十日九風雨" (辛棄疾《祝英臺近》)과 "明月幾時有" (蘇軾《水調歌頭》)와 같다.

㊀平平仄平 "綠窗人似花" (韋莊《菩薩蠻》)과 "春山眉黛低" (張先《菩薩蠻》)과 같다.

㊀平㊉平㊀ "自淸凉無汗" (蘇軾《洞仙歌》)와 같다.

(6) 6자구는 4자구 앞에 율구를 더한 二字頭이며 자주 쓰이는 것은 다음의 형식이다.

㊀仄仄平平仄 "數曲暮雲千疊" (程垓《屋漏遲》)과 "門外馬嘶人起" (秦觀《如夢令》)과 같다.

㊀平仄仄平平 "弄晴小雨霏霏" (秦觀《畫堂春》)과 "西園夜飮鳴笳" (秦觀《望海潮 》)와 같다.

㊀仄平平平仄 "我欲乘風歸去" (蘇軾《水調歌頭》)와 "春晚連江風雨" (陸游《鵲橋仙》) 과 같다.

㊀平平仄平平 "午陰佳樹淸圓" (周邦彦《滿庭芳》)과 "春無蹤迹誰知" (黃庭堅《淸平樂》)과 같다.

㊀仄平平仄仄 "是處紅衰翠減" (柳永《八聲甘州》)와 "千里澄江似練" (王安石《桂枝香》)과 같다.

6자 拗句는 비교적 많은데 자주 쓰이는 것들은 아래의 예와 같은 형식이다.

㊀平平仄平仄 "一時多少豪傑" (蘇軾《念奴嬌》)와 "蛾眉曾有人妒" (辛棄疾《摸魚兒》)

㊀平仄平平仄 "謝他酒朋詩侶" (李淸照《永遇樂》)과 "如今有誰堪摘" (李淸照《聲聲慢》)과 같다.

平平仄㊀㊥仄 "今宵酒醒何處" (柳永《雨霖鈴》)과 "殘寒正欺病酒" (吳文英《鶯啼序》)

(7) 7자구는 칠언율구로 자주 쓰이는 것은 다음의 형식이다.

㊥平㊀仄平平仄 "秦娥夢斷秦樓月" (李白《憶秦娥》)와 "亂紅飛過秋千去" (歐陽修《蝶戀花》)와 같다.

㊥平㊀仄仄平平 "金風玉露一相逢" (秦觀《鵲橋仙》)과 "夜來幽夢忽還鄕" (蘇軾《江城子》)와 같다.

㊀仄㊥平平仄仄 "塞下秋來風景異" (范仲淹《漁家傲》)와 "終日望君君不至" (馮延巳《謁金門》)과 같다.

㊀仄平平仄仄平 "斷續寒砧斷續風" (李煜《搗練子》)와 "紅藕香 殘玉簟秋" (李淸照《一剪梅》)와 같다.

㊀仄平平仄平仄 "暮靄沉沉楚天闊" (柳永《雨霖鈴》)과 "紅萼無言耿相憶" (姜夔《暗香》)과 같다.

7자 拗句는 비교적 적게 보인다.

8자 이상의 사구는 일반적으로 각 종류에 보합하는 평측 형식의 두 구절이 합하여 이루어진다.

기타 자주 쓰이지 않는 형식은 사보 중에 흩어져있다.

비교적 고정적인 평측 격률은 고대 작가들이 장기적으로 시를 창작하던 과정에서 반복적으로 탐색하여 점차 만들어진 것이다. 사의 평측 격률 역시 이와 같다. 같은 사패에 작가들이 매우 많을 경우 평측은 대체 누구의 것이 표준이 되어야하는가? 이론에 따르면 首創의 1수가 표준이 되어야한다. 누구의 사가 수창인지 분명하지 않은 경우에는 같은 사패를 모아서 1수를 서로 비교한 뒤에 어떤 것이 평성이며 · 어디에 측성이 · 어디에 평성과 측성이 가능한지를 격률에 따라 판단해야 한다.《欽定詞譜》등에 교정된 평측은 당송 사 평측격률의 일반적인 원칙을 반영하고 있다. 그러나《詩餘圖譜》에서《詞

律》,《欽定詞譜》, 왕력 선생의 《漢語詩律學》의 사보에 이르기까지 교정된 평측은 점점 더 관대해졌다. 이러한 이유로 같은 사패의 사를 수집했을 때 수가 적으면 평측을 엄격하게 따지고, 수집했을 때 수가 많으면 자연스럽게 느슨하게 따지는 것이다. 각종 사구의 평측 격식에 따르면 발견할 수 있다.

(1) 소령의 평측은 비교적 엄격하며 中調, 長調의 평측은 비교적 관대한 편이다.

(2) 사보에서 평성도 되고 측성도 된다는 주석을 제외하고 기타 자구의 평측 다수는 비교적 고정적이다.

(3) 몇몇 사 구절의 평측은 사보와 완전히 들어맞지는 않는데, 주요한 것은 어떤 글자는 "입성을 평성으로 대신해도 되고 상성을 평성으로 대신해도 된다"는 것이다. 어떤 글자는 방언으로 말할 때의 성조를 활용하는데 이것은 사성의 성조와 차이를 보인다. 어떤 사구의 평측은 이후 시기 작자들과 이전 시기 작자들 간에 약간의 차이가 있다.

(4) 사구의 평측은 시율에 비하여 엄격한 부분이 있는데, 예를 들어 5, 7언 율구의 첫 번째 글자의 평측은 구애받지 않지만 어떤 5, 7언 사구의 첫 번째 글자의 평측은 오히려 고정적이다. 그 외에도 여전히 어떤 평측은 고정적인 拗句이다. 이러한 부분들은 명백히 사와 가곡이 일찍부터 밀접하게 결합된 흔적이다. 우리가 알기로 사보에 비교적 고정된 평측은 여전히 남아 있는 것처럼 보인다. 바로 당나라 송나라 당시의 말로 사보에 따라 사를 짓는 것은 물론이고 직접 새로운 소리로 사를 짓든지 간에 글자의 평측은 동일한 곡조의 성조의 배합과 모두 그저 기본적으로 어울릴 뿐이며 절대 바뀌지 않는다. 하물며 후대인이 편집하여 쓴 사보는 어떤 것들은 평성이 되기도 하고 어떤 것은 측성이 되는 자구의 비교적 고정됨이 있는 것에 대해서는 어떤 글자, 어떤 구절은 반드시 어떠한 소리를 쓴다는 설명이 있는데 동시에 각 시기의 송사의 실제는 여전히 상당히 차이가 있다. 현재 사를 짓는 것은 기본적으로 사보의 비교적 고정된 평측과 격률에 부합하면 되며, 지나치게 평측과 사성에 구애되어 글로써 그 뜻을 헤치게 되는 것은 좋지 않다.

일곱 번째, 사를 지을 때는 구의 형식에 주의해야 한다. 사의 구식은 비교적 풍부한데, 지금 나누어 서술하면 다음과 같다.

3자구는 일반적으로 앞 2자 · 뒤 1자의 형식과 앞 1자 · 뒤 2자의 구분이 있지만 어기가 연관되면 휴지(休止)가 없는데 이것은 마치 "柳絲長" (溫庭筠《更漏子》)와 같으며, "鬢微霜" (蘇軾《江城子》)와 같다.

4자구는 일반적으로 앞 2자 · 뒤 2자의 형식으로 이어서 활용되기도 한다. 이것은 마치 "亂石穿空, 驚濤拍岸" (蘇軾《念奴嬌》)와 같다. 또한 앞 1글자 · 뒤 3글자는 "對長亭晚" (柳永《雨霖鈴》)과 같다.

5자구는 일반적으로 앞 2자 · 뒤 3자의 형식으로 "春山烟欲收" (牛希濟《生查子》)와 같다. 어떤 형식은 앞 3자 · 뒤 2자의 형식이 있는데, "了不知南北" (秦觀《好事近》)과 가다. 어떤 형식은 앞 1자 · 뒤 4자의 형식인데 "念武陵人遠" (李淸照《鳳凰臺上憶吹簫》)와 같다.

6자구는 일반적으로 앞 2자 · 뒤 4자의 형식인데 "何遜而今漸老" (姜夔《暗香》)과 같다. 어떤 형식은 앞 4자 · 뒤 3자인데 "但目送芳尖去" (賀鑄《靑玉案》)과 같다.

7자구는 일반적으로 앞 4자 · 뒤 3자의 형식인데 "平林漠漠煙如織" (李白《菩薩蠻》)과 같다. 어떤 형식은 앞 2자 · 뒤 5자인데 "過盡千帆皆不是" (溫庭筠《憶江南》)과 같다. 어떤 형식은 앞 3자 · 뒤 4자인데 이 종류의 구절은 사보에서 모두 頓頭에 더해두었으며, "又豈在、朝朝暮暮" (秦觀《鵲橋仙》)과 같다. 그리고 앞 1자 · 뒤 6자의 형식도 있는데 "但寒煙衰草凝綠" (王安石《桂枝香》)의 형식이다.

8자구는 일반적으로 앞 3자 · 뒤 5자의 형식으로 "但屈指西風幾時來" (蘇軾《洞仙歌》)와 같다. 어떤 형식은 앞 2자 · 뒤 6자인데 "應是良辰美景虛設" (柳永《雨霖鈴》)과 같다. 어떤 구절은 앞 1자 · 뒤 7자인데 "正江涵秋影雁初飛" (辛棄疾《木蘭花慢》)과 같다.

9자구는 일반적으로 앞 3자 · 뒤 6자인데 "殘日下漁人鳴榔歸去" (柳永《半夜樂》)과 같다. 다른 형식으로는 앞 6자 · 뒤 3자인데 "恰似一江春水向東流" (李煜《虞美人》)과 같다. 다른 형식으로는 앞 2자 · 뒤 7자가 있는데 "愛道畵眉深淺入時無" (歐陽修《南歌子》)와 같다. 그리고 또 다른 형식으로는 앞 4자 · 뒤 5자가 있는데, "千里孤墳、無處話凄涼" (蘇軾《江城子》)와 같다. 앞 5자 · 뒤 4자는 "斂余紅猶戀、孤城闌角" (周邦彦《瑞鶴仙》)과 같다. 이 두 종류의 구절은 어떤 사보에서는 두 구절로 정해두었다.

10자구는 거의 잘 보이지 않는데 구의 형식이 앞 3자 · 뒤 7자 위주로 "見說道、天涯芳草無歸路" (辛棄疾《摸魚兒》)와 같다.

11자구는 어떤 형식은 앞 6자 · 뒤 5자이며 어떤 형식은 앞 4자 · 뒤 7자로 "不知天上宮闕, 今夕是何年" (蘇軾《水調歌頭》)와 같다. 이 두 종류의 형식은 어떤 사보에서는 두 구절이라고 정했다.

앞 1자 · 뒤 3자, 앞 1자 · 뒤 4자, 앞 1자 · 뒤 6자, 앞 1자 · 뒤 7자의 이 구절 형식은 사실 3 · 4 · 6 · 7자 구절의 앞부분에 1字逗를 더한 것이다. 이러한 일자두는 領字로 대부분 허자(虛字)이며 예를 들어 但 · 正 · 又 · 漸 · 更 · 甚 · 乍 · 尙 · 況 · 縱 · 且 등과 같다. 어떠한 것들은 동사인데 對 · 望 · 看 · 念 · 嘆 · 算 · 料 · 悵 · 恨 · 怕 · 問 · 想 등과 같다. 게다가 대부분은 거성(去聲)이다.

여덟 번째, 사를 지을 때는 대구[對仗]를 활용한다. 사의 대장은 율시에 비해 영활(靈活)한 편이며 주요한 표현은 다음과 같다.

(1) 다른 사패 속에서 대구의 위치는 다르다. 예를 들어 《搗練子》의 대우는 2수의 두 번째 구절에 있다. 《憶江南》에서는 세 번째 네 번째 구절에 대우가 위치한다. 또한 《訴衷情》에서는 마지막 두 구절에 대구가 위치하며 《西江月》에서는 앞뒤 결의 起구에 대구가 있다. 《齊天樂》은 전결(前闋)의 세 번째, 네 번째 구절에 후결(後闋)의 네 번째, 다섯 번째 구절에 대우가 있으며, 《鷓鴣天》에서는 전결의 마지막 두 구절이 대구를 이룬다.

(2) 평측이 된 것들과 대구를 이룰 수도 있고 평측이 되지 않는 것들과 대구를 이룰 수도 있다. 蘇軾의 《江城子》의 "左牽黃, 右擎蒼"은 仄平平과 仄平平이 대구를 이루는 것이지 仄平平이 平仄仄과 대구를 이루는 것은 아니다.

(3) 같은 글자는 대구를 이룰 수 있다. 예를 들어 張捷의 《一剪梅》는 전결의 "江上舟搖, 樓上帘招. …… 風又飄飄, 雨又蕭蕭"과 후결의 "銀字笙調, 心字香燒. …… 紅了櫻桃, 綠了芭蕉."는 "上", "又", "字", "了"라는 같은 자들의 대우이다.

(4) 대구를 활용한 구절에서는 대구를 쓰지 않아도 구절이 이루어진다. 예를 들어 李

淸照의 《一剪梅》같은 경우에 후결에서는 대구를 활용했지만 전결에서는 대구가 없다.

사에는 또한 일종의 특수한 대구 형식이 있는데 예를 들어 “但苔深韋曲, 柳暗四川” (張炎《高陽臺》)와 “念柳外靑驄別后, 水邊紅袂分時” (秦觀《八六子》)가 있다. 이러한 종류의 구절의 상구(上句)에서는 사실 4자구와 6자구 앞에 一字逗가 더해진 것으로 이 때문에 대구를 이룬다.

아홉 번째, 사의 궁조에 대한 것이다. 앞에서 말했다시피 사는 본래 가사에서 나온 것인데 이것은 가창이 가곡에서 온 것에서 비춰볼 수 있다. 매 수 사의 가곡은 모두 매 종류의 음조에 속해있다. 중국 가곡의 음조는 “12율”이라고 불리는데 즉 12종의 음조가 있다는 것이다. 그러나 통상적으로 사용하는 것은 “7율”밖에 안 되는데 즉 7종의 음조가 있다는 것이다. 朱載堉의 《樂律全書》에서는 서양의 음악과 결합하여 표를 만들었는데 내용은 다음과 같다.

中律名	黃鍾	大呂	太簇	夾鍾	姑洗	中呂	蕤賓	林鍾	夷則	南呂	無射	應鍾
西律名	C	#C bD	D	#D bE	E	F	#F bG	G	#G bA	A	#A bB	B
中音名	宮		商		角		變徵	徵		羽		變宮
西音名	1		2		3		#4	5		6		7

주석, 吳梅 《同學通論》에서는 中呂를 變徵라고 하여 “4”음으로 정했는데 현대 서양 음악의 음조에 비교적 합치한다.

악률에 따라 매 종류의 음조는 또한 7개 곡조로 나뉘며 전체 84조이다. 당사의 가곡은 일반적으로 俗樂(燕樂)에 속하는데 속악의 음조는 琵琶의 定聲이다. 비파는 4개의 현 밖에 없는데 宮 · 商 · 角 · 徵 · 羽로 나뉘어 속한다. 매 현은 7개 곡조이며 모두 합하여 4성(聲) 28조이다. 표로 만들면 아래와 같다.

七宮(琵琶第一弦)	正黃鍾宮	高宮	中呂宮	道調宮	南呂宮	仙呂宮	黃鍾宮
七商(琵琶第二弦)	大食(石)調	高大食(石)調	雙調	小食(石)調	歇指調	商調	越調
七角(琵琶第三弦)	大食(石)調	高大食(石)角	雙角	小食(石)調	歇指角	商角	越角
七羽(琵琶第四弦)	般涉調	高般涉調	中呂調	正平調	高平調	仙呂調	羽調

張炎의 《詞源》에 따르면 송사의 가곡은 일상적으로 7궁 12조를 사용하였다. 7궁은 이미 위의 표에서 보았다. 12조는 越調, 大食調, 雙鵰, 小食調, 歇指調, 商調, 中呂調, 正平調, 高平調, 仙呂調, 羽調, 般涉調이다.

당, 송 사인들은 사를 지을 때 제재에 따라 서문과 발문의 생각과 감정을 택하여 궁조를 선택한다. 다른 궁조들은 저마다 다른 색채를 가지고 있으며 다른 음악적 효과를 가져오기 때문이다. 송사의 궁조의 소리와 느낌은 문자로 기재된 것이 매우 적다. 당나라, 송나라의 대곡과 송사는 남 · 북곡의 발전의 기초가 되었고, 그 일부분인 곡패는 구법과 사가 서로 통하거나 비슷하며 활용된 궁조 역시 사와 분명히 계승 관계가 있다. 이 때문에 趙德清 의 《中原音韻》에서 元曲의 소리와 느낌에 대해서 서술한 부분은 참고할만하다. 그는 "仙呂宮은 청신하며 유구하고 南呂宮은 감탄하며 비통하고 中呂宮은 높고 낮으며 재빨리 되넘기며 黃鍾宮은 부귀하고 멋들어지며 正宮은 한탄하고 원망하며 웅장하고 道宮은 표일하며 맑고 그윽하고 大石은 운치있고 고상하고 멋이 있으며 소석의 宮調는 전아하고 무겁다."라고 했다.

지금 전해지는 당, 송의 사들 중에서 《花間集》, 《尊前集》, 《金奩集》, 《張子野詞》, 《樂章集》, 《淸眞詞》, 《白石道人歌曲》, 《夢窗詞》 등이 있는데 대부분 매 수 사의 가곡들이

어떤 궁조에 속해있는지 주석을 달고 있다. 《欽定詞譜》 역시 金詞, 元高栻 사, 《太和正音譜》 등에 근거하여 몇몇 사패의 궁조를 주석으로 더하였다. 이 책은 몇몇 자료들을 바탕으로 다수의 사패들의 궁조를 명시하였다. 그러나 夏承燾의 연구에 따르면 "송사가 모두 궁조의 소리와 느낌에 의지한 것만은 아니다"(《詞律三義》). 현재 사를 쓸 때는 고유한 궁조의 참고 가치는 크지 않다.

운부의 선용에 관해서는 王驥德의 《曲律》에서 "東 · 鍾의 넓음과, 江 · 陽 · 皆 · 來 · 蕭 · 豪의 소리, 歌 · 戈 · 家 · 麻의 화합은 운의 가장 아름다운 들림이다. 寒 · 山 · 桓 · 歡 · 先 · 天의 우아함, 庚 · 青의 맑음은 더욱 아름다운 그윽함은 두 번째이다. 齊 · 微의 부드러움과 魚 · 模의 혼탁함과 眞 · 文의 느림은 車遮의 사용으로 입성과 섞여 역시 두 번째이다. 支 · 思의 미약하고 왕성하지 않음은 읽는 사람들로 하여금 상쾌하지 못하도록 만든나."

龍榆生은 《創造新體樂歌之道徑》에서 "대개 입성운은 처절하고 격렬하거나 그윽하고 긴박한 느낌을 풀어내는데 알맞으며 上去聲의 운은 구성지고 되풀이되며 청신하고 완려한 느낌을 풀어내기에 알맞다. 평성운은 대개 東 · 鍾 · 江 · 陽 · 歌 · 麻 등의 부로 발음은 우렁차며 호탕한 느낌을 풀어내기에 알맞다. 支 · 微 · 齊 · 灰 · 寒 · 刪 등의 부는 처량하며 부드러운데, 완곡한 느낌을 풀어내기에 알맞다."고 하였다. 이러한 의견은 모두 성조를 선택할 때 헤아리는 것으로 소리와 느낌과 서로 합치되기 위한 것이다.

열 번째, 이 책의 주석 방식.

(1) 매 사패마다 당, 송사인들에게서 비교적 통용되는 형식을 정체로 삼았다. 사 한 수를 고를 때 간단하게 사패 명칭의 유래, 주요한 다른 이름, 사패 곡조의 격률에 대해서 설명한 후에 사보를 대조하였고 필요하면 설명도 달았다. 부록의 사는 모두 구절마다 표점을 달았고 글자 아래에 운각에 대해서 주석을 달았으며 ◎으로 평운을, △로 측운을 표시하였다. 인용한 자료는 일반적으로 쳐진 어체이며 모두 출처를 달아 조사할 수 있도록 만들었다.

(2) 사보의 평측 표시의 방법은 "平"은 평성을 "仄"은 측성을 나타내고 ㊣은 본래 평성

이나 측성으로도 쓸 수 있다는 것이며 ㊀은 본래 측성이나 평성으로 쓸 수도 있다는 것을 표시해준다.

(3) 어떤 측성자가 거성으로 쓰였을 대는 사보의 그 글자 아래에 (去)라고 명시하였다. 어떤 글자를 평성으로 써야하는데 작가가 입성 · 상성으로 대체했을 때는 사의 그 글자 아래에 (作平)으로 명시하였다.

(4) "韻" 각운 표시 "叶"("協"의 古字)은 압운을 표시한다. "換平"은 앞면에서 측운으로 압운했던 것이 평운으로 바뀌었다는 것을 표시해준다. "換仄"은 앞면에서 평운으로 압운했던 것을 측운으로 바꾸었다는 것을 표시해준다.

(5) "句"는 압운을 하지 않는 구절을 의미한다. "逗"는 "讀"이며 "豆"라고 쓴 것도 있는데 이것은 구절 속의 휴지(休止)를 가리킨다.(대부분 、[頓号]를 의미함)

(6) "疊"은 첩구, 첩자, 첩운을 가리키며 모두 사보의 주석에 명시되어있는 것들을 따랐다.

이《詞譜簡編》의 초고는 내가 1956년 겨울에서 1957년 여름에 병으로 인해 입원해서 요양하던 시기에 만든 것이다. 이후에 일하는 성격에 관련된 이유로 인하여 집중해서 이 초고를 연구할 시간이 없었고 그저 짧게 짧게 연구하다가 갑자기 교정을 하기도 하고 각기 선록된 사들을 정리하기도 하였다. 두 번째 초고는 1966년 봄에 완성되었다. 당해 7월에 "封, 資, 修" 상품을 접수하였다. 이후에 친절한 동지들이 나에게 초고를 물리지 못하게 하였다. 1976년 봄 "嚴霜摧俊竹, 甚雨落梅花(매서운 서리에 큰 대나무 꺾이고, 소나기에 매화꽃 떨어지는)" 기후에 두 번째 초고를 책장 아래 칸에서 꺼내어 번역하기 시작했다. 처음으로 한 번 교정을 하는데 몇 년간 배웠던 시와 사의 염원들을 이해했다. 1980년 6월 당 중앙이 견지하고 관철한 "百花齊放, 百家爭鳴" 방침의 거대한 고무 속에 원고를 다시 한 번 보충, 수정을 하게 되었고 사천인민출판사에 제출하여 정식 출판을 하게 되었다. 이후에 책은 많은 독자들을 사랑을 받으며 수차례 재판되었다.

20년 후의 지금 여전히 많은 독자들이 출판사에서 이 책을 구매하려고 한다는 것은 나로 하여금 위안을 받게 하며 나로 하여금 다시 신중한 태도로 다시 개정판을 낼 수 밖에 없게 만든다. 이번 회차의 신판은 원서 외의 수정은 없애고 새롭게 사패 18개와 당송 명가의 사 50수를 덧붙였으니 이 책이 더욱 완성도 있어지기를 바란다.

이 책을 편집하는 과정에 사천대학 교수 戶劍波 선생은 나에게 매우 많은 격려와 지지를 보내주었다. 이 책을 완성하기 전에 사천사범대학 교수 劉君惠 선생, 서남사범대학 교수 黃稚荃 선생 등은 시와 사의 대가들로 매우 바쁜 와중에도 상세하게 내 원고를 읽어주었고 적지 않은 정교한 의견들을 보내주었다. 이번 회차 신판은 사천인민출판사의 사장님 역시 큰 지지를 보내주셨고 책임 편집 劉周遠 선생도 꼼꼼하게 편집 작업을 해주셨기에 이 책이 상대적으로 완성도 있어지게 되었다. 이번에 모두에게 깊은 감사를 표한다!

2003년 12월 成都에서

楊文生

역자 서문

그동안 국내에서 중국음악에 대한 소개책자는 여러 권이 있었는데 중국음악의 미학적, 철학적인 면만을 취급하는 책들이 많았다. 음악을 음악 자체로 취급하지 않고 정치사상, 철학사상, 미학사상으로 접근했다. 한국학자들이 향가나 고려가요, 조선의 가사나 가곡을 논하면서 그것을 문학적인 의미만을 분석하는 것과 같은 맥락이다. 만약 우리가 서양의 오페라를 논하면서 가사의 문학적인 의미와 극의 요소만 이야기한다면 아마 삼척동자도 웃을 것이다.

중국 송나라 때 사(詞)가 시의 한 양식으로 발전하는데 이 역시 노래이다. 사보는 송나라 때 사에 곡을 붙인 것이다. 우리는 흔히 가곡이라고 하면 슈베르트를 비롯한 19세기 이후의 서양가곡을 연상한다. 물론 조선시대의 아름다운 가곡이 있지만 사람들은 그런 음악이 있었는지도 잘 모른다. 하물며 이웃나라 중국 고대에 그것도 천여년 전 이렇게 아름다운 사라는 노래가 불려졌다는 사실을 잘 모른다. 우리가 잘 아는 소식의 〈念奴嬌〉(大江東去)은 십여 명의 고려문인이 앞 다투어 창화하여 일대 유행을 이끌었다. 여기서 〈念奴嬌〉는 사패의 이름이요, 그 가사들 중 첫소절이 바로 '大江東去'로 시작하는 〈赤壁懷古〉이다. 당나라 때 사패인 〈菩薩蠻〉은 이백(李白)의 사를 비조(鼻祖)로 인식하는데, 이후 〈보살만〉이라는 곡패는 시대에 따라 여러 곡으로 변천하였다.

무릇 음악에서 노래가 먼저일까? 가사가 먼저일까? 우리나라 조선 가곡은 85곡과 여창 71곡 총 156곡이 있다. 일정한 악곡 수에 비하여 엄청난 시조 편수를 감안한다면 자연히 형식은 여러 개의 바탕을 갖고 있었을 것이다. 중국 당송대 많은 문인들이 새로운 장르인 사를 지어 노래 불렀다. 곡은 분명 하나가 아니었고 여러 곡으로 변천해서 지어졌다. 중국의 곡들은 가곡이나 잡극 그리고 곤곡에 이르기까지 시대를 거치면서 무수한 변화를 거쳐 당시의 구미에 맞게 변화 발전되어 왔다. 반면 서양음악은 어떤 특정한 작품을 반드시 한 작곡가와 하나의 악곡을 만드는 경우가 많다. 그러나 동양음악의 경우 특히 중국음악에 있어서 그 연원을 밝히기가 매우 어렵다. 왜냐하면 악보가 그대로 전해지는 경우가 흔하지 않기 때문이다. 유일하게 남송대 강기(姜夔)의 사 같은 경우만 본인이 지은 사와 사보(詞譜)가 그대로 전해지지 때문에 악곡의 본모습을 그대로 유지되어 노래 불러지고 있다. 문제는 고대 악보의 재현이다. 기록만 남아 있다면 송대의 음악은 죽어 있는 것이 아니라 오늘날 다시 재구하여 얼마든지 생생하게 살려낼 수 있다. 詞曲을 비롯한 무수한 고대의 중국의 악곡들을 살려내서 오늘날 우리들이 그들이 남긴 음악을 들을 수 있으면 얼마나 좋을까!

중국의 사는 연악(燕樂)의 흥성을 따라서 탄생했으며, 민간에서 시작하여 문인으로 와서 정착되었다. 시기적으로는 수대(隋代)에 싹이 터서 당(唐)에서 흥기하여 만당(晚唐) · 오대(五代)에서 발전하고, 송대에 와서 흥성하였다. 현재 사의 음악적인 측면에 대한 고증이 곤란한 상황이라 할지라도 음악과 분리된 사체(詞體)는 그 실질을 일탈한 것이므로 음악설에 대한 반응이 가장 유력하다고 할 수 있다. 연악은 청악(清樂)과 민간음악을 기본으로 하고, 부분적으로 도곡(道曲) · 불곡(佛曲) 및 외부민족의 음악을 융합하여 만든 새로운 음악이다. 사가 발생하기 전에는 악공과 가기(歌妓)들은 모두 문인이 지은 잡언체 시가를 가사로 차용하였다. 사가 발생하고 성장하여 정형이 된 이후에는, 당대 사람들은 오(五) · 칠언(七言) 근체시를 악곡에 넣어 가사로서 대용하거나, 곡조와 박자에 의거하여 지은 장단구인 사를 가사로 대용하였다. 사는 詞調(詞牌)에 의거하여 사를 지은 것이고, 사조는 악곡이기 때문에 편단(分片)이 되어 있다. 매 사조는 편마다 구수가 정해져 있고 구마다 자수가 정해져 있으며 글자마다 평측(平仄)의 자성(字聲) 및 구말(句末)의 음위(韻位)가 정해져 있는 것이 가장 큰 특징이다. 중국의 사는 악곡에 의거하여 작사한 가사(歌詞) 체제이므로, 악곡과 문학이라는 양면성을 보여주고 있다. 기존에는 당송사를 문학적인 측면에서 번역하고 감상하며 분석하는 연구방식에 많이 치우쳐진 경향이 있었다. 이러한 문학 내용 중심의 연구방식을 탈피하고 그동안 국내 사학계에서 많이 연구가 되지 않았던 사의 형식 즉 음악적인 측면에 초점을 맞추어 사조를 이해해보고 소개해보고자 이 책을 번역하게 되었다.

이 책의 원서는 楊文生이 지은 《詞譜簡編》(中國: 四川人民出版社, 2006年)이다. 역자는 간추린 사패의 체재와 형식을 이해하는데 초점을 두었기 때문에 사작품을 일일이 번역하지 않았다. 왜냐하면 원문에 평측이 표시된 부분과 번역문이 같은 좁은 지면에 번잡하게 나열하면 논점을 흐릴 수 있다고 판단했기 때문이다. 이것이 역자 나름의 다른 시각이 일부 반영된 것이라 할 수 있겠다. 본서 138개 사패에 인용된 사는 매우 유명한 사작품이기 때문에 기존에 번역 출간된 본고의 《우리말로 읽는 송사삼백수》를 참고하기 바란다. 또한 부록으로 邱燮友 교수의 《唐宋詞吟唱》(臺灣: 東大圖書公司印行, 1979年)에 현대적인 서양악보로 당송사 주요사패를 재구한 것을 그대로 실었음을 밝혀둔다. 끝으로 서울대 전아영 석사의 노고에 고마움을 표한다. 부족한 출판물에 대하여 독자 여러분의 양해를 구하고, 이 역서가 지니는 한계와 오류에 대해서는 강호제현의 아낌없는 질정을 바란다.

2018.12

이태형 쓰다

목 차

저자서문 5
역자서문 21

1. 十六字令 …… 30
2. 搗練子 …… 32
3. 漁歌子 …… 34
4. 憶江南 …… 36
5. 憶王孫 …… 38
6. 調笑令 …… 40
7. 如夢令 …… 42
8. 長想思 …… 44
9. 相見歡 …… 46
10. 昭君怨 …… 48
11. 生査子 …… 50
12. 酒泉子 …… 52
13. 女冠子 …… 54
14. 點絳唇 …… 56
15. 浣溪沙 …… 58
16. 霜天曉角 …… 60
17. 菩薩蠻 …… 63
18. 訴衷情 …… 66
19. 卜算子 …… 68
20. 采桑子 …… 70
21. 減字木蘭花 …… 72

22. 好事近 …… 74
23. 謁金門 …… 76
24. 淸平樂 …… 78
25. 憶秦娥 …… 80
26. 更漏子 …… 83
27. 一絡索 …… 85
28. 阮郎歸 …… 87
29. 畵堂春 …… 89
30. 攤破浣溪沙 …… 91
31. 眼兒媚 …… 93
32. 桃源憶故人 …… 95
33. 朝中措 …… 197
34. 武陵春 …… 199
35. 人月圓 …… 101
36. 柳梢靑 …… 103
37. 太常引 …… 105
38. 賀聖朝 …… 107
39. 荷葉杯 …… 109
40. 西江月 …… 111
41. 惜分飛 …… 113
42. 少年遊 …… 115
43. 南歌子 …… 118
44. 醉花陰 …… 120
45. 浪淘沙 …… 122
46. 鷓鴣天 …… 124
47. 河傳 …… 126
48. 玉樓春 …… 129
49. 鵲橋仙 …… 132
50. 南鄕子 …… 134
51. 虞美人 …… 136
52. 夜行船 …… 138

53. 夜遊宮 …… 140
54. 一斛珠 …… 142
55. 小重山 …… 144
56. 踏沙行 …… 146
57. 臨江仙 …… 148
58. 唐多令 …… 151
59. 一剪梅 …… 153
60. 蝶戀花 …… 155
61. 釵頭鳳 …… 158
62. 漁家傲 …… 161
63. 蘇幕遮 …… 163
64. 破陣子 …… 165
65. 定風波 …… 167
66. 解佩令 …… 169
67. 謝池春 …… 171
68. 殢人姣 …… 173
69. 行香子 …… 175
70. 青玉案 …… 177
71. 感皇恩 …… 179
72. 天仙子 …… 181
73. 江城子 …… 183
74. 千秋歲 …… 185
75. 離亭燕 …… 187
76. 風入松 …… 189
77. 祝英臺近 …… 191
78. 一叢花 …… 194
79. 御街行 …… 196
80. 最高樓 …… 198
81. 驀山溪 …… 200
82. 新荷葉 …… 202
83. 洞仙歌 …… 204

84. 八六子 …… 207
85. 滿江紅 …… 209
86. 法曲獻仙音 …… 213
87. 屋漏遲 …… 215
88. 六玄令 …… 217
89. 水調歌頭 …… 220
90. 滿庭芳 …… 224
91. 鳳凰臺上憶吹簫 …… 227
92. 燭影搖紅 …… 230
93. 漢宮春 …… 232
94. 天香 …… 234
95. 醉蓬萊 …… 236
96. 暗香 …… 239
97. 聲聲慢 …… 241
98. 長亭怨慢 …… 245
99. 八聲甘州 …… 247
100. 揚州慢 …… 251
101. 雙雙燕 …… 253
102. 鎖窗寒 …… 255
103. 玉蝴蝶 …… 258
104. 念奴嬌 …… 260
105. 高陽臺 …… 264
106. 渡江雲 …… 266
107. 東風第一枝 …… 269
108. 解語花 …… 271
109. 桂枝香 …… 274
110. 木蘭花慢 …… 277
111. 石州慢 …… 280
112. 水龍吟 …… 283
113. 瑞鶴仙 …… 287
114. 齊大樂 …… 290

115. 雨霖鈴 …… 293
116. 喜遷鶯 …… 295
117. 眉嫵 …… 298
118. 永遇樂 …… 300
119. 綺羅香 …… 303
120. 南浦 …… 305
121. 西河 …… 308
122. 解連環 …… 311
123. 望海潮 …… 313
124. 一萼紅 …… 315
125. 風流子 …… 318
126. 疏影 …… 321
127. 選冠子 …… 324
128. 沁園春 …… 327
129. 八歸 …… 330
130. 摸魚兒 …… 333
131. 賀新郎 …… 336
132. 蘭陵王 …… 340
133. 大酺 …… 343
134. 多麗 …… 346
135. 六丑 …… 349
136. 六州歌頭 …… 352
137. 夜半樂 …… 355
138. 鶯啼序 …… 358

<부록> 당송사 주요 사보 재구

1. 秋風詞 …… 364
2. 漁歌子 …… 365
3. 欸乃曲 …… 366

4. 花非花 …… 367
5. 憶江南 …… 369
6. 菩薩蠻 …… 370
7. 上行杯 …… 372
8. 浪淘沙 …… 373
9. 相見歡 …… 375
10. 相見歡 …… 376
11. 虞美人 …… 377
12. 破陣子 …… 378
13. 漁家傲 …… 379
14. 蘇幕遮 …… 380
15. 洞天春 …… 381
16. 蝶戀花 …… 382
17. 八聲甘州 …… 383
18. 念奴嬌 …… 385
19. 水調歌頭 …… 387
20. 醉翁操 …… 389
21. 滿庭芳 …… 391
22. 青玉案 …… 393
23. 臨江仙 …… 394
24. 燭影搖紅 …… 396
25. 聲聲慢 …… 397
26. 好事近 …… 399
27. 摸魚兒 …… 400
28. 破陳子 …… 402
29. 淡黃柳 …… 403
30. 隔溪梅令 …… 404
31. 暗香 …… 405
32. 玉樓春 …… 406

1. 十六字令

“令”은 또 “令詞”라고도 하는데 이것은 사조(詞調)의 명칭 중 하나이다. 만당, 오대시기의 사(詞)는 대부분 짧은 곡조이며 그중에서 몇몇 곡은 이미 令(一七令, 三字令, 三台令, 虞美人令 등과 같이)이라고 불려졌다. 이 명칭은 당대(唐代) 문인들의 연회에서 즉석으로 쓰도록 하는(塡寫) 주령(酒令)에서 비롯된 것이다. 송(宋)초에는 소수의 中調, 長調의 사 역시 令(鵲橋仙令, 六么令, 白字令 등과 같이)이라고 불렀다. 이후에 짧은 곡조는 통칭의 한 부류가 되어 “小令”으로 불리게 되었다.

《흠정사보(欽定詞譜)》에 이르길 ‘周玉晨의 詞名은 六十字令으로, 蔡伸의 사명은 蒼梧謠, 袁去華의 사명은 歸字謠이다.’라고 하였다.

단조(單調), 16자이며 4구, 삼평운이다.

蒼梧謠

蔡伸

詞 譜

平韻
(平)仄平平(仄)仄平叶
平平仄句
(仄)仄仄平平叶

天!
休使圓蟾照客眠.
人何在?
桂影自嬋娟.

歸字謠

張孝祥

歸! 獵獵西風卷繡旗. 攔教住, 重擧送行杯.
◎ ◎ ◎

歸字謠

袁去華

歸! 目斷吾廬小翠微. 斜陽外, 白鳥傍山飛.
◎ ◎ ◎

2. 搗練子

"子"는 작다는 뜻이 있는데 사조의 일종의 명칭이다. 당나라 최령흠(崔令欽)의《敎坊記》에는 278개의 곡이름이 실려 있는데 임반당(任半堂)은 "그 중에 65조가 모두 '子'의 이름이며 小曲으로 보인다." (《敎坊記箋訂》) 이 사는 搗練을 읊은 것으로 이름을 정했는데 대부분 아녀자가 출정나간 지아비에 대한 그리움을 그렸다.

《欽定詞譜》에 이르길, 일명《搗練子令》이라고 한다. 李煜의 사는 처음과 끝에 "深院靜(깊은 뜰은 고요하고)" 및 "數聲和月到簾櫳(수많은 소리와 달은 주렴 처마에 내려왔네)"의 구절이 있는데 또《深院月》이라고 한다. 살펴보건대 賀鑄의 사에는《杵聲齊》·《剪征袍》 등이 있다.

단조, 27자, 다섯 구절이며 삼평운이다.《太和正音譜》에서는 "雙調"에 포함시켰다.

搗練子

李煜

詞譜	
平仄仄句	深院靜,
仄平平韻	小庭空.
㊋仄平平㊋平平叶	斷續寒砧斷續風.
㊌仄㊋平平仄仄句	无奈夜長人不寐,
㊋平㊌仄仄平平叶	數聲和月到帘櫳.

杵聲齊

賀鑄

砧面瑩, 杵聲齊. 搗就征衣淚墨題. 寄到玉關應萬里, 戍人猶在玉關西.
◎ ◎ ◎

夜如年

賀鑄

斜月下, 北風前. 萬杵千砧占搗欲穿. 不爲搗衣勤不睡, 破除今夜夜如年.
◎ ◎ ◎

3. 漁歌子

《欽定詞譜》에 이르길, 당교방곡 이름이다. 《唐書 · 張志和傳》에 장지화(張知和)는 江湖에 살았는데 자칭 煙波釣徒라고 실려 있다. 고기를 잡으면서 항상 미끼를 끼우지 않았는데 이것은 고기를 잡는 것에 뜻이 없었기 때문이다. 憲宗은 명령하여 그를 찾아 그림을 그려오라고 하였는데 찾아가지 못하였다. 그는 일찍이 고기잡이 노래를 지었는데 《漁歌子》 사이다. 和凝의 사는 또한 《漁父》라고 한다. 徐積의 사는 《漁父樂》이라고 한다.

단조, 27자이며 다섯 구절, 사평운이다. 중간에 3언으로 된 두 구절은 대구이다. 《金奩集》에서는 "黃鍾宮"이라고 주석하였다.

詞 譜	漁歌子
	張志和
平⃝仄平平仄仄平韻	西塞山前白鷺飛,
平⃝平平⃝仄仄平平叶	桃花流水鱖魚肥.
平仄仄句	青箬笠,
仄平平叶	綠蓑衣,
平⃝平仄⃝仄仄平平叶	斜風細雨不須歸.

漁歌子

蒲壽宬

飄忽狂風一霎間, 長魚吹浪勢如山. 牢繫纜, 蓼花灣. 白鷗沙上伴人閒.
◎ ◎ ◎ ◎

漁歌子

無名氏

垂楊灣外遠山微. 萬里晴波浸落暉. 擊楫去, 本無機. 驚起鴛鴦撲鹿飛.
◎ ◎ ◎ ◎

4. 憶江南

段安節의《樂府雜錄》에서는 李德裕는 죽은 기생 謝秋娘을 애도하기 위해서《謝秋娘》이라는 사를 지었는데 이후에《望江南》으로 제목을 고쳤다.《欽定詞譜》에서는 白居易가《望江南》을《憶江南》으로 바꿨다고 하였다. 또한《江南好》·《春去也》·《望江樓》·《楚江南》·《望江梅》라고도 한다. 살펴보건대《教坊記》에 실려있는 곡명은 모두 성당시기 이전의 악곡으로 그 중에《望江南》이 있다. 林半塘은 天寶년간 13년 崔怀寶는 薛瓊瓊에게 준《望江南》의 한 수가 실려 있는데 首구에 두 글자가 襯字일 뿐 나머지의 구법·叶韻·평측은《憶江南》과 같으니 이 사는 李德裕에서부터 시작된 것은 아닌 것으로 보인다. 단조, 27자로 5구절은 3평운이다. 중간에 7언의 두 구절은 대구를 사용했다.《碧雞漫志》에서는 이 곡조가 당나라에서 송나라에 이르기까지 모두 南呂宮에 속하였으며 자구도 동일하지만 송곡은 2段으로 이루어져있다고 하였다.

詞 譜

平(平)仄 句
(平)仄仄平平 韻
(仄)仄(平)平平仄仄 句
(平)平(平)仄仄平平 叶
(平)平(平)仄仄平平 叶
(平)仄仄平平 叶

憶江南

白居易

江南好,
風景舊曾諳.
日出江花紅勝火,
春來江水綠如藍.
能不憶江南.

憶江南 和樂天春詞, 依《憶江南》曲拍爲句

劉禹錫

春去也! 多謝洛城人. 弱柳從風疑擧袂, 叢蘭裛露似沾巾, 獨笑亦含顰.
　　　　　　　　◎　　　　　　　　　　　　◎

夢江南

皇甫松

蘭燼落, 屛上暗紅蕉. 閑夢江南梅熟日, 夜船吹笛雨蕭蕭, 人語驛邊橋.
　　　　　　　　◎　　　　　　　　　　　　◎　　　　　◎

夢江南

溫庭筠

梳洗罷, 獨倚望江樓. 過盡千帆皆不是, 斜暉脈脈水悠悠, 腸斷白蘋洲.
　　　　　　　　◎　　　　　　　　　　　　◎　　　　　◎

望江南

蘇軾

春未老, 風細柳斜斜. 試上超然台上看, 半壕春水一城花, 煙雨暗千家.
　　　　　　　　◎　　　　　　　　　　　　◎　　　　　◎
寒食後, 酒醒卻咨嗟. 休對故人思故國, 且將新火試新茶, 詩酒趁年華.
　　　　　　　　◎　　　　　　　　　　　　◎　　　　　◎

살펴보건대 당, 오대 사에서는 단조가 비교적 많다. 송나라 사람들은 단조 사를 한 번 더 중첩하여 앞뒤로 一韻을 완성하였다. 그리고 평측은 雙調詞의 것과 동일하며《憶江南》,《南歌子》,《天仙子》,《江城子》등은 모두 이것과 같다.

5. 憶王孫

毛先舒의 《塡詞名解》에서는 《北里志》에는 天水光遠題라는 楊萊兒室에 있는 시가 실려있는데 "萋萋芳草憶王孫(우거진 풀은 왕손을 기억나게 하고)"의 구절이 있고 秦觀의 《憶王孫》은 이 구절을 모두 활용했다. 사의 이름은 대개 여기에서 온 것이다. 《欽定詞譜》에는 이 사는 秦觀이 지은 것인데 《梅苑》의 사 이름은 《獨脚令》이며 謝克家의 사는 《憶君王》이며 呂韋老의 사는 《豆葉黃》이며 후대 사람들이 陸游의 사에 따라 《畵蛾眉》라고 고쳤다고 하였다.

단조, 31자이며 5구절 오평운이다. 《太和正音譜》에서는 "仙呂宮"으로 주석하였다. 《太平樂府》에서는 "黃鍾宮"으로 주석하였다. 살펴보건대 이 형식은 측운을 고쳐쓴 것이며 이후에 一疊을 더한 것이 바로 《漁家傲》이다.

詞 譜	憶王孫
	秦觀
(平)平(平)仄仄平平韻	萋萋芳草憶王孫,
(仄)仄平平(平)仄平叶	柳外樓高空斷魂.
(仄)仄平平(仄)仄平叶	杜宇聲聲不忍聞.
仄平平叶	欲黃昏,
(仄)仄平平(平)仄平叶	雨打梨花深閉門.

憶王孫

姚寬

毿毿楊柳綠初低, 澹澹梨花開未齊. 樓上情人聽馬嘶. 憶郎歸. 細雨春風濕酒旗.
◎ ◎ ◎ ◎

憶王孫 秋江送別, 集古句

辛棄疾

登山臨水送將歸. 悲莫悲兮生別離. 不用登臨怨落暉. 昔人非. 惟有年年秋雁飛.
◎ ◎ ◎ ◎

6. 調笑令

《欽定詞譜》에 이르길, 《樂苑》“商調”곡은 《宮中調笑》라고 부른다고 하였다. 白居易의 시에 “多嫌調笑易(조절해서 쉽게 웃으니 많은 이가 시기하네)”라고 되어 있는데 自註에 “調笑는 抛打曲의 이름이다.”라고 되어있다. 戴叔倫의 사명은 《轉應曲》이라고 하는데 (사의 끝이 疊句이기 때문에 上句의 마지막 두 글자가 도치되는 것이 성립되어야 한다) 馮延巳의 사명은 《三臺令》이다.

단조, 32자이다. 8구, 4측운, 양평운, 양첩구이다.

詞 譜	調笑令 韋應物
平仄韻	胡馬!
平仄疊句	胡馬!
仄⃝仄平⃝平平⃝仄叶	遠放燕支山下.
仄⃝平仄⃝仄仄⃝平叶	跑沙跑雪獨嘶,
平⃝仄平⃝仄⃝仄平叶平	東望西望路迷.
平仄三換仄(顚倒上句末二字)	迷路!
平仄疊句	迷路!
平⃝仄平⃝平仄⃝仄三叶仄	邊草無窮日暮.

살펴보건대 이 곡조의 평측은 매우 들쑥날쑥하다. 제3구는 仄平仄平平平仄으로 되어있는데, 제4구는 平仄平平仄平으로 되어있고, 제5구는 平平仄仄仄平으로 되어있으며 제8구는 平平仄平平仄으로 되어있으니 당나라 사람들은 小令에 대해서 정해진 악보가 없었음을 알 수 있다.

轉應曲

戴叔倫

邊草! 邊草! 邊草盡來兵老. 山南山北雪晴, 千里万里月明. 明月, 明月, 胡笳一聲愁絕.
△ △ △ ◎ ◎ △ △ △

宮中調笑

王建

團扇! 團扇! 美人並來遮面. 玉顔憔悴三年, 誰復商量管弦. 絃管! 絃管! 春草昭陽路斷.
△ △ ◎ ◎ ◎ △ △ ◎

살펴보건대 夏承燾가 말하길 "이 사는 같은 부분이 평측운으로 바뀐 것인데 우연히 합치된 것은 아니다."라고 하였다.(《詞韻約例》)

三臺令

馮延巳

明月! 明月! 照得離人愁絕. 更深影入空床, 不道帷屛夜長. 長夜! 長夜! 夢到庭花陰下.
△ △ △ ◎ ◎ △ △ △

7. 如夢令

《欽定詞譜》에 이르길 蘇軾사의 注에서 "이 곡은 본디 당나라 莊宗(李存勗)이 만든 것으로 《憶仙姿》라고 불렀는데 그 이름이 雅하지 못하다고 하여 꺼리자 《如夢令》으로 이름을 고쳤다. 아마도 이 사에 '如夢如夢'이라는 첩구가 있기 때문일 것이다." 周邦彦 또한 이 사의 첫 구절 때문에 《宴桃源》이라고 고쳐 불렀다고 하였다. 張輯의 사명은 《比梅》, 《鳴鶴余音詞》, 《無夢令》이다.

단조, 33자, 7구, 5측운, 첩구이다. 《淸眞集》의 주석에는 "中呂調"라고 되어있다.

詞譜

(平)仄(平)平平仄韻
(仄)仄(仄)平平仄叶
(平)仄仄平平句
(平)仄(仄)平平仄叶
平仄叶
平仄疊句
(平)仄(仄)平平仄叶

憶仙姿

李存勗

曾宴桃源深洞,
一曲舞鸞歌鳳.
長記別伊時,
和淚出門相送.
如夢!
如夢!
殘月落花煙重.

如夢令

蘇軾

爲向東坡傳語, 人在玉堂深處. 別後有誰來? 雪壓小橋無路. 歸去! 歸去! 江上一犁春雨.
△ △ △ △ △ △
君淚盈, 妾淚盈, 羅帶同心結未成. 江頭潮已平.
◎ ◎ ◎ ◎

如夢令

秦觀

朝有時, 暮有時, 潮水猶知日兩回; 人生長別離.
◎ ◎ ◎ ◎
來有時, 去有時, 燕子猶知社後歸; 君行無定期.
◎ ◎ ◎ ◎

如夢令

李淸照

昨夜雨疏風驟, 濃睡不消殘酒. 試問卷簾人, 卻道海棠依舊. 知否, 知否? 應是綠肥紅瘦.
△ △ △ △ △

8. 長想思

唐教坊曲의 악곡명으로 이후 詞牌로 쓰였다. 古樂府에 있는 '上言長相思, 下言久別離(처음에는 오랫동안 보고 싶었다 하시더니, 끝에는 헤어진 지 오래라고 하시네)'의 구절에서 이름을 딴 것이다. 《相思令》, 《雙紅豆》, 《憶多嬌》라고도 한다. 任半塘은 "李賀의 《夜坐吟》의 '鉛華笑妾顰青娥, 爲君起唱長相思(연지분은 눈썹 찌푸리는 나를 비웃고, 그대 생각에 일어나 그리움의 노래 불러보네)'라고 불린 것은 무슨 형식인지 알 수 없다. 敦煌曲의 長相思 곡조와 白居易가 지은 長相思는 형식이 완전히 다르다."라고 하였다.

살펴보건대, 陰法魯는 "백거이는 《湘妃怨》—湘水의 여신에게 제사지내는 琴曲—의 박자에 따라 가사를 채워 넣었으며, 《장상사》라고 고쳐 불렀다."라 하였다. —《中國古代音樂文化》—

쌍조, 36자이다. 앞 단락의 네 구는 사평운으로 18자이다. 뒤의 단락도 동일하다. 南曲에는 "商調引"에 포함되어 있으며 구법과 가사는 동일하다.

詞 譜	長相思 白居易
仄⃝仄⃝平韻	汴水流,
仄⃝仄⃝平叶(疊后二字)	泗水流,
平⃝仄平平仄⃝仄平叶	流到瓜洲古渡頭.
平⃝平仄⃝仄平叶	吳山點點愁.
平⃝平⃝平叶	思悠悠,
仄⃝平⃝平叶(疊后二字)	恨悠悠,
仄⃝仄平平平⃝仄平叶	恨到歸時方始休.
仄⃝平平⃝仄平叶	月明人倚樓.

살펴보건대, 《詞律(사율)》에는 "뒤의 단락의 첫째 구가 어찌 叶韻(협운)이 아니겠는가."라고 되어 있다.

長相思

林逋

吳山靑, 越山靑, 兩岸靑山相對迎. 誰知離別情?
◎ ◎ ◎ ◎
君淚盈, 妾淚盈, 羅帶同心結未成. 江頭潮已平.
◎ ◎ ◎ ◎

長相思

劉克莊

朝有時, 暮有時, 潮水猶知日兩回; 人生長別離.
◎ ◎ ◎ ◎
來有時, 去有時, 燕子猶知社後歸; 君行無定期.
◎ ◎ ◎ ◎

살펴보건대, 宋詞를 참고하여 조사했더니 앞단락과 뒷단락의 끝 구절 세 번째 글자는 일반적인 사례처럼 平聲으로 써야한다.

9. 相見歡

萬樹《詞律》에는 "이 가락은 본래 당나라의 곡조로 薛昭蘊의 곡을 《相見歡》이라고 한다."라고 하였다. 《欽定詞譜》에 이르길, 당나라 교방곡의 이름이다. 후대 사람들이 李煜의 사에 따라 《秋夜月》, 《上西樓》, 《西樓子》라고 바꿔 불렀다. 康與之의 사명은 《月上瓜洲》이며 《烏夜啼》(쌍조, 47자, 평운으로 《聖無憂》의 《烏夜啼》와는 다르다)라고 하였다.

쌍조, 36자이다. 앞 단락은 3구, 삼평운, 18자이다. 뒷 단락은 4구, 양측운, 양평운으로 18자이다. 夏敬觀의 《詞調溯源》에는 "夾中商"(즉 "쌍조")에 포함되어 있다.

詞 譜	烏夜啼
	李煜
(平)平(仄)仄平平韻	無言獨上西樓,
仄平平叶	月如鉤.
(仄)仄(平)平平仄仄平平叶	寂寞梧桐深院鎖淸秋.
(仄)(平)仄換仄	剪不斷,
(仄)(平)仄叶仄	理還亂,
仄平平叶平	是離愁.
(仄)仄(仄)平平仄仄平平叶平	別是一番滋味在心頭!

살펴보건대 뒷 단락은 측이운으로 바뀌는데 같은 부분은 측성자를 사용하였다.

烏夜啼

李煜

林花謝了春紅, 太匆匆. 無奈朝來寒雨晩來風. 胭脂淚, 相留醉, 幾時重? 自是人生長恨水長東!

◎ ◎ ◎ △ △ ◎ ◎

相見歡

薛昭蘊

羅襦繡袂香紅, 畫堂中. 細草平沙蕃馬小屛風. 卷羅幕, 憑妝閣, 思無窮. 暮雨輕煙魂斷, 隔簾櫳.

◎ ◎ ◎ △ △ ◎ ◎

10. 昭君怨

郭茂倩의《樂府詩集》에 이르길,《名君》은 漢曲이라고 하였다. 元帝시기에 匈奴의 單於가 조정에 들어오자 원제는 조서를 내려 王嬙(小君)을 그에게 시집보냈다. 王嬙이 떠날 때 조정에 이르러 작별인사를 하는데 광채가 사람들을 비추니 주변사람들이 놀랐으며 황제는 매우 후회하였다. 한나라 사람들이 그녀가 멀리 시집가는 것을 안타까워하며 그녀를 위하여 이 노래를 지어주었다. 살펴보건대 琴曲에는《小君怨》이 있는데 사명이 이것이다. 朱敦儒의 사명은《洛妃怨》이며, 侯寘의 사명은《宴西園》, 陳繼儒의 사명은《一痕沙》라고 한다.

쌍조, 40자이다. 앞 단락은 4구, 양측운, 양평운, 20자이다. 뒷 단락은 동일하다.

詞 譜

(平)仄(平)平(仄)仄韻
(平)仄(平)平(平)仄叶
(仄)仄仄平平換平
仄平平叶平

(仄)仄(平)平(平)仄三換仄
(仄)仄(仄)平(平)仄叶三仄
(平)仄仄平平四換平
仄平平叶四平

小君怨

萬俟咏

春到南樓雪盡,
驚動燈期花信.
小雨一番寒,
倚闌干.

莫把闌干倚,
一望幾重煙水.
何處是京華?
暮雲遮.

小君怨 荷雨

楊萬里

午夢扁舟花底, 香滿西湖烟水. 急雨打篷聲, 夢初惊.
　　　　　△　　　　　△　　　　◎　　◎
却是池荷跳雨, 散了眞珠還聚. 聚作水銀窩, 泛淸波.
　　　　　△　　　　　△　　　　◎　　◎

小君怨 月夜賞荷花

張鎡

月在碧虛中住, 人向亂荷中去. 花氣雜風涼, 滿船香.
　　　　　△　　　　　△　　　　◎　　△
云被歌聲搖動, 酒被詩情援送. 醉里臥花心, 擁紅袋.
　　　　　△　　　　　△　　　　◎　　◎

11. 生查子

《教坊記箋訂》에서 "《生查子》는 五言八九仄韻의 악곡이다. 지금 전해지는 가사는 비록 韓偓이 지은 것이 먼저라고 알려져 있지만 中唐 때 韋應物은 이미 이 곡조를 가지고 있었다. 東坡의 사《生查子》에는 '三度別君來'의 한 수가 있으며 시의 체재는 東坡續集의 自注에서 보인다. '效韋蘇州'가 이것을 증명한다. 예전에 사람들은 查를 楂 또는 槎라고 풀이하였다. 曾慥가《類說》에서 기록하기를 '당나라 明皇이 사람을 불러 查하도록 하였는데 士大夫들이 말하는 것이 마치 仙查와 같아서 물결을 따라 변화하고, 하늘에 오르고 땅에 들어가니 곳곳이 맑고 혼탁하였다.' 곡조명에서의 查는 역시 이러한 뜻으로 사용할 수 있다." 살펴보건대, 이전에 查라는 것은 옛날의 槎로 사에서는 張騫이 뗏목을 타고 은하수에 이르렀다는 전설의 의미를 취한 것이다.

《欽定詞譜》에서 말하길 唐教坊曲의 악곡명이다. 朱希眞의 사명은《楚雲深》이라고 하며, 韓淲의 사명은《梅和柳》,《晴色人靑山》이라고 한다. 살펴보건대 賀鑄 의 사명은《綠羅裙》,《陌上郎》이라고 한다.

쌍조, 40자이다. 앞 단락은 4구, 양측운, 20자이다. 뒷 단락은 동일하다.《尊前集》의 주석에는 "雙調"라고 되어 있다.

詞譜	生查子 晏幾道
㊀仄仄平平句	墜雨已辭雲,
㊉仄平平仄叶	流水難歸浦.
㊉仄仄平平句	遺恨幾時休?
㊉仄平平仄叶	心抵秋蓮苦!
㊀仄仄平平句	忍淚不能歌,
㊀仄平平仄叶	試托哀弦語.
㊉仄仄平平句	弦語願相逢,
㊉仄平平仄韻	知有相逢否?

生查子

魏承班

煙雨晚晴天, 零落花無語. 難話此時心, 梁燕雙來去.
△ △
琴韻對熏風, 有恨和情撫. 腸斷斷弦頻, 淚滴黃金縷.
△ △

生查子 元夕

朱淑眞

去年元夜時, 花市燈如晝. 月上柳梢頭, 人約黃昏後.
△ △
今年元夜時, 月與燈依舊. 不見去年人, 淚濕春衫袖.
△ △

生查子

牛希濟

春山煙欲收, 天淡星稀小. 殘月臉邊明, 別淚臨淸曉.
△ △
語已多, 情未了, 回首猶重道.記得綠羅裙, 處處憐芳草.
· △ △

살펴보건대, '語已多'의 '已'는 襯字로 가곡의 선율에 맞게 첨가된 것이다.

12. 酒泉子

唐教坊曲 이름이다. 應劭의《地理風俗志》에 "酒泉郡의 물은 마치 술과 같다고 해서 주천이라고 한다." 사의 이름은 이것이다. 당나라 곡조는 西凉樂에 속한다.

쌍조, 40자이다. 앞 단락은 5구, 이평운, 이측운, 19자이다. 뒷 단락은 5구, 삼측운, 일평운, 21자이다.《金奩集》에 주석에는 "高平調"라고 되어있다.

詞 譜	酒泉子 溫庭筠
ⓧ仄ⓧ平韻	楚女不歸,
ⓟ仄ⓧ平ⓟ仄換仄	樓枕小河春水.
仄平平句	月孤明,
平仄仄叶仄	風又起,
仄平平叶平	杏花稀.
ⓧ平ⓟ仄平平仄三換仄	玉釵斜簪雲鬟髻,
ⓟⓧ平仄仄叶三仄	裙上金縷鳳.
仄平平句	八行書,
平仄仄叶三仄	千里夢,
仄平平叶平	雁南飛.

살펴보건대, 온정균의 사는 뒷 단락의 앞 두 구가 또 仄平平仄仄平平叶平, 平仄仄平平仄三換仄으로 되어 41자의 체재를 가지고 있다.

酒泉子

孫光憲

空磧無邊, 萬里陽關道路. 馬蕭蕭, 人去去, 隴雲愁.
△ △ ◎
香貂舊制戎衣窄, 胡霜千里白. 綺羅心, 魂夢隔, 上高樓.
△ △ ◎ ◎

살펴보건대 이 사의 起구는 韻자를 쓰지 않았고 온정균의 사와는 조금 다르다.

詞 譜	**酒泉子** 潘閬
平仄平平句	長憶西湖,
(仄)仄(平)平平仄仄句	盡日憑闌樓上望.
(平)平(仄)仄仄平平韻	三三兩兩釣魚舟,
(仄)仄仄平平叶	島嶼正淸秋.
(仄)平(平)仄平平仄換仄	笛聲依約蘆花裡,
(仄)仄(平)平(仄)(平)仄叶仄	白鳥成行忽驚起.
(仄)平(平)仄仄平平三換平	別來閑想整綸竿,
(平)仄仄平平叶三平	思入水雲寒.

살펴보건대, 이 사는《逍遙詞》,《酒泉子》라고 한다. 승려 文瑩의《湘山野錄》에 이르길 "'長憶'이라는 것은 潘閬의 自度曲으로 西湖의 여러 뛰어난 경치를 그리워했기 때문에《憶余杭》라고 불렀으니《酒泉子》는 다르다."

13. 女冠子

女冠은 여성 道士이다. 《花庵詞選》에 이르길 당나라 사는 대부분 사의 이름에 따라 묘사하는데 《女冠子》는 여자 도사들의 情態를 읊은 것이다. 《欽定詞譜》에 이르길 唐教坊曲의 이름이다. 小令은 溫庭筠에서 시작되었다고 하였다. 살펴보건대, 교방곡의 《女冠子》는 격조가 다르다.

쌍조, 41자이다. 앞 단락 5구는, 양측운, 양평운, 23자이다. 뒷 단락 4구는 양평운, 18자이다. 《金奩集》 주석에 "歇指調"라고 하였다. 《樂章集》의 주석에는 "大石調", "仙侶調"라고 되어있다.

詞 譜	女冠子
	韋莊
(仄)平(仄)仄句	四月十七,
(仄)仄(仄)平(平)仄叶	正是去年今日,
仄平平換平	別君時.
(仄)仄平平仄句	忍淚佯低面,
平平仄仄平叶平	含羞半斂眉.
(仄)平平仄仄句	不知魂已斷,
(平)仄仄平平叶平	空有夢相隨.
(平)仄平平仄句	除卻天邊月,
仄平平叶平	沒人知.

살펴보건대 沈義父《樂府指迷》에서는 "평성자를 입성자로 바꾸었다"고 되어있다. 입성으로 지었지만 평성으로 읽는 것은 송사에서는 보통 있는 일이다.

女冠子

歐陽炯

秋宵秋月, 一朵荷花初發. 照前池, 搖曳薰香夜, 嬋娟對鏡時.
 △ △ ◎ ◎
蕊中千點淚, 心裏萬條絲. 恰似輕盈女, 好風姿.
 ◎ ◎

14. 點絳唇

楊愼의 《詞品》에 "《点絳唇》은 梁江淹의 시 '白雪凝瓊貌, 明珠點絳唇(흰 눈은 얼어 옥 모양이 되었고, 밝은 구슬은 붉은 입술을 칠한 듯)'에서 취하여 이름 붙인 것이다." 《欽定詞譜》에 이르길, 王禹偁의 사명은 《點櫻桃》이며, 王十朋의 사명은 《十八香》, 張輯의 사명은 《南浦月》과 《沙頭雨》이며, 韓淲의 사명은 《尋瑤草》라고 한다.

쌍조, 41자이다. 앞단락 4구는 삼측운 20자이다. 뒷단락 5구는 사측운, 21자이다. 《淸眞集》의 주석에는 "仙呂調"라고 되어 있다.

詞 譜	點絳唇 姜夔
(仄)仄平平 句	燕雁无心,
(仄)平(平)仄平平仄 韻	太湖西畔隨云去.
(仄)平(平)仄 叶	數峰淸苦,
(平)仄平平仄 叶	商略黃昏雨.
(仄)仄平平 句	第四橋邊,
(仄)仄平平仄 叶	擬共天隨住.
平平仄 叶	今何許?
(仄)平(平)仄 叶	凭欄怀古,
(平)仄平平仄 叶	殘柳參差舞.

살펴보건대, 《詞律》에 이르길 앞 단락 제2구의 첫 글자는 마땅히 측성이어야 하는데 평성으로 쓴 것은 起調(첫구의 압운한 곳)가 아니다.

點絳唇 感興

王禹偁

雨恨云愁, 江南依旧称佳麗. 水村漁市, 一縷孤烟細.
△ △ △
天際征鴻, 遙認行如綴. 平生事, 此時凝睇, 誰會凭欄意!
△ △ △ △

點絳唇

李清照

蹴罷秋千, 起來慵整纖纖手. 露濃花瘦, 薄汗輕衣透.
△ △ △
見客入來, 袜刬金釵溜. 和羞走, 倚門回首, 却把青梅嗅.
△ △ △

點絳唇

蘇過

高柳蟬嘶, 採菱歌斷秋風起. 晚雲如髻. 湖上山橫翠.
△ △ △
簾卷西樓, 過雨涼生袂. 天如水. 畫樓十二. 有個人同倚.
△ △ △ △

點絳唇

汪藻

新月娟娟, 夜寒江靜山銜斗. 起來搔首. 梅影橫窗瘦.
△ △ △
好个霜天, 閑却傳杯手. 君知否. 亂鴉啼后. 歸興濃如酒.
△ △ △ △

15. 浣溪沙

唐教坊曲의 악곡명이다. "沙" 또는 "紗"라고도 쓰며 《浣紗溪》라고도 쓴다. 任半塘은 "敦煌卷子에 《浣溪沙》의 舞譜가 있으니 이것이 舞曲으로 쓰였음을 알 수 있다."라고 하였다. 《欽定詞譜》에는 '賀鑄가 지은 사는《減字浣溪沙》, 張泌이 지은 사는 《小庭花》, 韓淲가 지은 사는 《滿院春》, 《東風寒》, 《廣寒枝》, 《淸和風》이라고 하였다.'고 되어 있다. 살펴보니, 《踏花天》, 《楊柳陌》, 《綿纏頭》라고도 한다.

쌍조, 42자이다. 앞 단락의 세 구는 삼평운이며 21자이다. 뒤의 단락의 세 구는 양평운이며 21자이다. 뒤 단락의 앞 두 구는 對偶를 많이 활용했다. 《金奩集》에는 "黃鍾宮"이라고 주석하였다. 《張子野詞》의 주에는 "中呂宮", "般涉調"라고 되어 있다. 이 곡조는 맑고 아름다우며 고아하다.

詞 譜	浣溪沙 晏殊
(仄)仄平平仄仄平韻	一曲新詞酒一杯,
(仄)平(平)仄仄平平叶	去年天氣舊池亭台.
(仄)平(平)仄仄平平叶	夕陽西下幾時回?
(平)仄(仄)平平仄仄句	無可奈何花落去,
(仄)平(平)仄仄平平叶	似曾相識燕歸來,
(仄)平(平)仄仄平平叶	小園香徑獨徘徊.

浣溪沙 游蘄水清泉寺, 寺臨蘭溪, 溪水西流.

蘇軾

山下蘭芽短浸溪, 松間沙路淨無泥, 蕭蕭暮雨子規啼.
◎ ◎ ◎
誰道人生無再少？門前流水尙能西, 休將白發唱黃雞.
◎ ◎

浣溪沙

秦觀

漠漠輕寒上小樓, 曉陰無賴似窮秋, 淡煙流水畫屛幽.
◎ ◎ ◎
自在飛花輕似夢, 無邊絲雨細如愁, 寶簾閑挂小銀鉤.
◎ ◎

浣溪沙

賀鑄

樓角初消一縷霞, 淡黃楊柳暗棲鴉, 玉人和月摘梅花.
◎ ◎ ◎
笑撚粉香歸洞戶, 更垂簾幕護窗紗, 東風寒似夜來些.
◎ ◎

浣溪沙

周邦彦

樓上晴天碧四垂, 樓前芳草接天涯, 勸君莫上最高梯.
◎ ◎ ◎
新筍已成堂下竹, 落花都上燕巢泥, 忍聽林表杜鵑啼!
◎ ◎

16. 霜天曉角

이 사는 먼저 林逋의 사에서 먼저 보였으므로 아마 그가 만든 곡조일 것이다. 사의 이름은 앞 단락의 사에 듯에 의거하여 붙인 것이다.

《欽定詞譜》에 이르길 張輯의 사명은《月當窗》이라고 하고 程垓의 사명은《踏月》이라고 하며 吳禮之의 사명은《長橋月》이라 한다고 되어있다.

쌍조, 43자이다. 앞단락의 네 구절은 삼측운으로 21자이다. 뒷단락의 네 구절은 삼측운으로 22자이다. 입성운이 많이 활용되었다. 원나라 高栻의 詞注(사주)에서는 "越調"라고 하였다. 살펴보건대 이 사는 평운 체재가 있는데 뒷부분은 蔣捷사를 인용하였다. 두 詞體의 뒷 단락 첫째 구절의 두 번째 글자는 단운으로 압운 된다. 韓元吉은《霜天曉角》사의 서에서 이 곡을 "聲調凄婉"이라고 하였다.

詞譜	霜天曉角
	林逋
	冰淸霜潔.
(仄)仄平平仄仄平韻	昨夜梅花發.
(仄)平(平)仄仄平平叶	甚處玉龍三弄.
(仄)平(平)仄仄平平叶	聲搖動、枝頭月.
(平)仄(仄)平平仄仄句	夢絶金猊熱,
(仄)平(平)仄仄平平叶	曉寒蘭燼滅.
(仄)平(平)仄仄平平叶	更捲珠簾淸賞,
	且莫掃、階前雪.

살펴보건대 뒷 단락의 첫째 구절에서 임포의 사는 仄仄平仄仄으로 마지막 구절은 仄仄仄, 平平仄으로 되어 있어 사보와 다르다. 사실 첫째구절의 두 번째 글자는 입성을 평성으로 대체한 것이며 마지막 구절의 첫 번째 글자는 상성을 평성으로 대체한 것이다. 이러한 종류의 예시는 특히 입성을 평성으로 대체하는 것인데 사에서는 여러차례 보이지만 명확하지 않다.

霜天曉角 旅興

辛棄疾

吳頭楚尾, 一棹人千里. 休說舊愁新恨, 長亭樹、今如此!
　　　△　　　△　　　　　　　　　　　　△
宦遊吾倦矣! 玉人留我醉. 明日落花寒食, 得且住爲佳耳.
　　　△　　　△　　　　　　　　　　　　△

霜天曉角 題采石娥眉亭

韓元吉

樓上晴天碧四垂, 樓前芳草接天涯, 勸君莫上最高梯.
　　　　　◎　　　　　　◎　　　　　　◎
新筍已成堂下竹, 落花都上燕巢泥, 忍聽林表杜鵑啼!
　　　　　　　　　　　◎　　　　　　◎

[平韻] 詞 譜	霜天曉角 蔣捷
(平)仄平平韻	人影窗紗,
(仄)平平仄平叶	是誰來摺花.
(仄)仄(平)平平仄句	摺則從他摺去,
平平仄逗仄平平叶	知摺去、向誰家?
(平)平平仄平叶	檐牙枝最佳,
(仄)平平仄平叶	摺時高摺些.
(仄)仄(仄)平平仄句	說與摺花人道,
平仄仄逗仄平平叶	須插向、鬢邊斜.

살펴보건대, 뒷단락의 첫 번째 구절은 역시 平仄仄平平으로 이루어져있다.

17. 菩薩蠻

《宋史 · 樂志》에는 "女弟子舞隊名"이 있다. 《杜陽雜編》에 '唐宣宗 大中년간 초에 女蠻國에서 사신을 보내어 雙龍犀와 明霞錦을 바쳤다. 여만국에서 온 여인들은 머리를 높게 틀어 올리고 금관을 썼으며 몸에는 瓔珞을 둘러 菩薩蠻隊라고 불렀다. 당시 가희와 악공들은 이에 《菩薩蠻》이라는 곡을 지었는데, 문인들도 이 곡에 맞추어 사를 자주 지었다.'라고 하였다.

《教坊記箋訂》에 "'楊憲益이 주장하기를, 보살만이라는 이 세 글자는 驃苴蠻 또는 符詔蠻의 다른 해석이다. 이 사패는 고대 緬甸[미얀마] 노래로 開間, 天間에 중국에 전해져 들어왔으며 李白 역시 보살만이라는 작품을 지었다고 하였다. 또한 李拓之는 지금의 滇(전; 운남 지역) 緬(면; 미얀마) 변방의 소수민족들은 여자를 小菩薩이라고 불렀으니 아마도 이 곳일 것이라고 하였다. 살펴보건대, 敦煌曲의 《보살만》에서 '敦煌古往出神將[돈황은 예전에 神將(신장)이 났는데]'이라고 시작되는 한 首에서 '只恨隔蕃部, 情懇難申吐[蕃部(번부; 티베트)가 가로막고 있는 것 그저 안타까우나, 간절한 마음은 아뢰기 어렵구나]'라는 말이 있는 것으로 보아, 이것은 분명 代宗 시기 잇달아 凉, 甘, 肅, 瓜의 네 개 주를 잃고, 德宗 建中 2년 沙州가 吐蕃에 함락되기 전에 지은 것이다. 만약 宣宗 시기에 이 곡조가 지어졌다면 대종 시기에 가사가 있었겠는가?"라고 하였다.

《欽定詞譜》에는 이렇게 되어있다. "唐教坊曲의 악곡명이다. 李憲의 사명은 《子夜歌》이며 일명 《보살만》이라고도 한다. 후대인들이 溫庭筠의 사를 가지고 《重疊金》이라고 불렀다. 韓淲의 사명은 《花間意》, 《梅花句》, 《花溪碧》, 《晚雲烘日》이라고 한다.

쌍조, 44사이다. 앞난락의 네 구절은 앙측운, 앙평운으로 24사이다. 뒤의 난락 네 구절은 양측운, 양평운으로 20자이다.《宋史 · 樂誌》에는 "中呂宮"에 포함되어 있다.《淸眞集》의 주석에는 "正平調"라고 되어있다. 龍楡生은 "이 곡조의 격렬하고 빠른 현악기 연주 부분은 凄淸怨慕[처량하고 쓸쓸하며 원망하면서도 그리워하는] 정취가 있다."라고 하였다.《聲調之學》

詞 譜	菩薩蠻 李白
(平)平(仄)仄平平仄韻	平林漠漠烟如織,
(平)平(仄)仄平平仄叶	寒山一帶傷心碧.
(仄)仄仄平平換平	暝色入高樓,
(仄)平(平)仄平叶平	有人樓上愁.
(仄)平平仄仄三換仄	玉階空佇立,
(仄)仄平平仄叶三仄	宿鳥歸飛急.
(平)仄仄平平四換平	何處是歸程?
(平)平(平)仄平叶四平	長亭連短亭.

살펴보건대, 앞뒤단락 마지막 구절의 세 번째 글자가 仄聲으로 쓰이면 첫 번째 글자는 반드시 平聲이어야 한다. 그렇지 않으면 孤平이 되어버린다.《詞律》에는 "連字또는 更字를 하더라도 첫 글자를 평성으로 쓰는 것이 좋다."라고 하였다.

菩薩蠻

溫庭筠

玉樓明月長相憶, 柳絲裊娜春無力. 門外草萋萋, 送君聞馬嘶.
△ △ ◎ ◎

畵羅金翡翠. 香燭消成淚. 花落子規啼. 綠窓殘夢迷.
△ △ ◎ ◎

菩薩蠻

韋莊

紅樓別夜堪惆悵, 香燈半掩流蘇帳. 殘月出門時, 美人和淚辭.
△ △ ◎ ◎

琵琶金翠羽, 絃上黃鶯語. 勸我早歸家, 綠窗人似花.
△ △ ◎ ◎

菩薩蠻

張先

哀箏一弄《湘江曲》, 聲聲寫盡湘波緣. 纖指十三弦, 細將幽恨傳.
△ △ ◎ ◎
當筵秋水慢, 玉柱敘飛雁. 彈到斷腸時, 春山眉黛低.
△ △ ◎ ◎

菩薩蠻

辛棄疾

鬱孤台下清江水, 中間多少行人淚. 西北望長安, 可憐無數山!
△ △ ◎ ◎
青山遮不住, 畢竟東流去. 江晚正愁余, 山深聞鷓鴣.
△ △ ◎ ◎

菩薩蠻

魏夫人

溪山掩映斜陽裏, 樓臺影動鴛鴦起. 隔岸兩三家, 出牆紅杏花.
△ △ ◎ ◎
綠楊堤下路, 早晚溪邊去. 三見柳綿飛, 離人猶未歸.
△ △ ◎ ◎

18. 訴衷情

唐教坊曲의 이름이며 이후에 사패로 활용되었다. 후대 사람들은 毛文錫의 사에 따라 《桃花水》로 이름을 바꿨으며 일찍이 黃庭堅이 어부의 생활을 읊었기 때문에 《漁父家風》이라고 불렀다. 賀鑄의 사명은 《步花間》, 《畵樓空》이라고 하며 張輯의 사명은 《一絲風》이다. 또한 《訴衷情令》이라고도 한다.

쌍조, 44자이다. 앞단락 네 구절은 삼평운으로 23자이다. 뒷단락의 여섯 구절은 삼평운으로 21자이다. 《樂章集》의 주석에는 "林鍾商"(즉 "歇指調"이다)이라고 되어있다. 《淸眞集》의 주석에는 "商調" 라고 되어있다.

詞譜

(平)平(仄)仄仄平平韻
(仄)仄仄平平叶
(平)平仄仄平仄句
(平)仄仄平平叶
平仄仄句
仄平平叶
仄平平叶
(仄)平平仄句
(平)仄平平句
(平)仄平平叶

訴衷情

陸游

當年萬里覓封侯,
匹馬戍梁州.
關河夢斷何處?
塵暗舊貂裘.
胡未滅,
鬢先秋,
淚空流.
此生誰料,
心在天山,
身老滄洲.

訴衷情 眉意

歐陽修

晨簾幕卷輕霜, 呵手試梅妝. 都緣自有離恨, 故畫作遠山長.
◎ ◎ ◎
思往事, 惜流光, 易成傷. 擬歌先斂, 欲笑還顰, 最斷人腸.
◎ ◎ ◎

살펴보건대 "故"는 村字이다. 송사 중에 村字를 한 두 글자 덧붙여 文意를 충족시키는 일은 적지 않았다.

訴衷情

晏殊

芙蓉金菊斗馨香, 天氣欲重陽. 遠村秋色如畫, 紅樹間疏黃.
◎ ◎ ◎
流水淡, 碧天長, 路茫茫. 憑高目斷, 鴻雁來時, 無限思量.
◎ ◎ (作平) ◎

살펴보건대 이 사의 앞뒤 단락의 마지막 구절의 두 번째 글자는 모두 거성을 썼으며 문사들은 이를 많이 따랐다.

訴衷情 寶月山作

僧仲殊

清波門外擁輕衣, 楊花相送飛. 西湖又還春晚, 水樹亂鶯啼.
◎ ◎ 平 平仄 平平 仄 ◎
閑院宇, 小簾幃, 晚初歸. 鐘聲已過, 篆香才點, 月到門時.
◎ ◎ 平 平仄仄 仄 平平仄 ◎

살펴보건대, 이 사의 앞 단락 제2, 3구와 뒷 단락 제4, 5구는 평측이 조금 다르다.

19. 卜算子

《詞律》에 이르길 毛先舒는 駱賓王의 시는 숫자를 사용하기를 좋아했다(예를 들어 "秦地重關一百二, 漢家離宮三十六(진 지방 관문은 둘이 백을 당할 만큼 굳세고, 한나라 이궁은 서른여섯 개)"와 같다)고 여겨 이와 같은 시를 "卜算子"라고 불렀으며 사패도 여기서 이름을 딴 것이다. 樹가 살펴보건대 黃庭堅의 사의 "似扶著, 賣卜算"는 아마도 卜算을 읽는 사람에서 그 의미를 따온 것일 것이다. 《欽定詞譜》에 이르길 후대 사람들은 蘇軾의 사에 따라 《缺月挂疏桐》이라고 바꿔 불렀으며, 秦湛의 사는 《百尺樓》라고 하며, 僧皎의 사는 《楚天遙》라고 하며, 無名氏의 사는 《眉峰碧》이라고 한다.

쌍조, 44자이다. 앞 단락 4구는 양측운, 22자이다. 뒷 단락도 동일하다. 元高栻의 사 주석에는 "仙呂調"라고 되어있으며 《張子野詞》의 주석에는 "般涉調"라고 되어있다.

詞 譜

㊀仄仄平平句
㊀仄平平仄韻
㊀仄平平仄仄平句
㊉仄平平仄叶

㊉仄仄平平句
㊀仄平平仄叶
㊀仄平平仄仄平句
㊀仄平平仄叶

卜算子

蘇軾

缺月掛疏桐,
漏斷人初靜.
誰見幽人獨往來,
縹緲孤鴻影.

驚起卻回頭,
有恨無人省.
揀盡寒枝不肯棲,
寂寞沙洲冷.

卜算子 送鮑浩然之浙東

王觀

水是眼波橫，山是眉峯聚．欲問行人去哪邊，眉眼盈盈處．
△ △
才始送春歸，又送君歸去．若到江南趕上春，千萬和春住．
△ △

卜算子

陸游

驛外斷橋邊，寂寞開無主．已是黃昏獨自愁，更著風和雨．
△ △
無意苦爭春，一任羣芳妒．零落成泥碾作塵，只有香如故．
△ △

卜算子

李之儀

我住長江頭，君住長江尾．日日思君不見君，共飮長江水．
△ △
此水幾時休，此恨何時已？只願君心似我心，定不負、相思意．
△ · △

살펴보건대, 뒷단락 마지막 구의 여섯 자는 3, 3구의 방식인데 張先이 지은 사의 앞뒤단락의 마지막 구절은 모두 이와 같은 방식이다. 그러므로 "定" 자를 襯字로 볼 수 있다.

20. 采桑子

《教坊記》의 대곡 중에 《采桑》이라고 부르는 것이 있다. 董逢元의 《唐詞紀》에서는 "《采桑》은 예전의 相和歌 중에서 《采桑曲》(陌上桑)이다."라고 하였다. 살펴보건대 이 사는 大曲에 실려 있다가 만들어진 것이다. 李煜의 사는 《丑奴兒令》이라고 하고, 馮延巳의 사는 《羅敷艷歌》이며, 賀鑄의 사는 《丑奴兒》, 陳師道의 사는 《羅敷媚》라고 한다.

쌍조, 44자이다. 앞단락 네 구절은 3평운, 22자이다. 뒷단락은 동일하다. 《尊前集》 주석에는 "羽調"라고 되어있다. 《張子野詞》의 주석에는 "쌍조"라고 되어있다. 《淸眞集》의 주석에는 "大石調"라고 되어있다. 《樂府雅詞》의 주석에는 "中呂宮"이라고 되어있다.

詞 譜

(仄)平(平)仄平平仄句
(平)仄平平韻
(平)仄平平叶
(仄)仄平平(仄)仄平叶
(去)

(仄)平(平)仄平平仄句
(仄)仄平平叶
(仄)仄平平叶
(仄)仄平平(仄)仄平叶
(去)

采桑子

馮延巳

馬嘶人語春風岸,
芳草綿綿,
楊柳橋邊,
日落高樓酒旆懸.

舊愁新恨知多少!
目斷遙天,
獨立花前,
更聽笙歌滿畫船.

采桑子 西湖念語

歐陽修

輕舟短棹西湖好, 綠水逶迤, 芳草長堤, 隱隱笙歌處處隨.
◎ ◎ ◎
無風水面琉璃滑, 不覺船移, 微動漣漪, 驚起沙禽掠岸飛.
◎ ◎ ◎

采桑子

呂本中

恨君不似江樓月, 南北東西. 南北東西, 只有相隨無別離.
◎ ◎ ◎
恨君卻似江樓月, 暫滿還虧. 暫滿還虧, 待到團圓是幾時?
◎ ◎

采桑子 咏雪

康與之

馮夷剪碎澄溪練, 飛下同雲. 著地無痕, 柳絮梅花處處春.
◎ ◎ ◎
山陰此夜明如晝, 月滿前村. 莫掩溪門, 恐有扁舟乘興人.
◎ ◎ ◎

21. 減字木蘭花

이 사는 《減字玉樓春》이라고 불러야 한다. 《花間集》에 따르면 《玉樓春》은 仄韻 七言律이라고 한다. 《木蘭花令》은 韋庄에서부터 시작되었는데 이는 측운 칠언율의 세 번째 구를 3자로 된 두 구절로 나누었다. 송나라 초기에 이 두 체재는 혼합되어 하나가 되었다. 馮延巳는 《偸聲木蘭花》를 지었는데 《玉樓春》의 앞뒤단락의 앞 두 구절은 여전히 측운 칠언으로 지었으며 뒤의 두 구절은 네 글자를 한 구절로, 일곱 글자를 한 구절로 했으며 평운으로 압운을 변환하였다. 이 사는 《偸聲木蘭花》의 앞뒤단락의 첫 번째 구절에서 또 세 글자를 감하게 하여 하나의 시체로 만들게 하였다.

쌍조, 44글자이다. 앞단락 네 구절은 양측운, 양평운, 22자이다. 뒷단락도 동일하다. 《張子野詞》는 주석에 "林鍾商"이라고 되어있다. 《樂章集》의 주석에는 "仙呂調"라고 되어있다.

詞 譜	減字木蘭花
	秦觀
(平)平(仄)仄韻	天涯舊恨,
(仄)仄(平)平平仄仄叶	獨自淒涼人不問.
(仄)仄平平換平	欲見迴腸,
(仄)仄平平(仄)仄平叶平	斷盡金爐小篆香.
(平)平(平)仄三換仄	黛蛾長斂,
(仄)仄(平)平平仄仄叶換仄	任是春風吹不展.
(仄)仄平平四換平	困倚危樓,
(仄)仄平平(仄)仄平叶四平	過盡飛鴻字字愁.

살펴보건대 夏承燾가 말하길 "예전 사람들이 《減字木蘭花》를 塡詞할 때 平仄韻의 변환은 대부분 운에 따라 의미를 바꾸어 변환하였다." (《唐宋詞欽賞》)

減字木蘭花

呂本中

去年今夜, 同醉月明花樹下. 此夜江邊, 月暗長堤柳暗船.
△ △ ◎ ◎
故人何處? 帶我離愁江外去. 來歲花前, 又是今年憶昔年.
△ △ ◎ ◎

減字木蘭花 題雄州驛

蔣興祖女

朝雲橫度, 轆轆車聲如水去. 白草黃沙, 月照孤村三兩家.
△ △ ◎ ◎
飛鴻過也, 萬結愁腸無晝夜. 漸近燕山, 回首鄉關歸路難.
△ △ ◎ ◎

22. 好事近

"近"이라는 것은 사조의 명칭 중 하나이다. 王易의《詞曲史》에서는 '近'을 '近拍'이라고도 부르며 入破樂에서 近은 拍이 되었다. 따라서 대개 近詞는 모두 구절이 짧고 운은 은밀하며 음은 길다고 하였다. 이러한 내용에 따르면 "近"은 대곡의 세 번째 부분인 "入破"(舞蹈를 위주로 하는) 속 곡조의 명칭으로 이것은 무도의 시작 전에 연주하는 것이다.《欽定詞譜》에서는 張輯의 사는《釣船笛》이라고 하며 韓淲의 사는《翠園枝》라고 부른다고 하였다.

쌍조, 45자이다. 앞단락의 네 구절은 양측운이며 22자이다. 뒷단락의 네 구절은 양측운으로 23자이다. 입성운을 例用하였다.《張子野詞》에서는 "仙呂調"라고 주석하였다.

詞 譜	好事近 秦觀
(平)仄仄平平句	春路雨添花,
(平)仄(仄)平平仄韻	花動一山春色.
(平)仄(仄)平平仄句	行到小溪深處,
(去) 厭平平平仄叶	有黃鸝千百.
(上一下四) (平)平(平)仄仄平平句	飛雲當面化龍蛇,
(仄)(仄)仄平仄叶	夭驕轉空碧.
(仄)仄(仄)平平仄句	醉臥古藤陰下,

仄平平平仄叶　　　了不知南北.
(上一下四)　　　(作平)

好事近

朱敦儒

搖首出紅塵, 醒醉更無時節. 活計綠蓑青笠, 慣披霜沖雪.
△ △
晚來風定釣絲閒, 上下是新月. 千裡水天一色, 看孤鴻明滅.
△ (作平) △

好事近 夕景

廖世美

落日水熔金, 天淡暮煙凝碧. 樓上誰家紅袖, 靠闌干無力.
△ △
鴛鴦相對浴紅衣. 短棹弄長笛. 驚起一雙飛去, 聽波聲拍拍.
△ (作平)△

好事近 登梅仙山絶頂望海

陸游

揮袖上西峰, 孤絶去天無尺. 拄杖下臨鯨海, 數煙帆歷歷.
△ (作平)△
貪看雲氣舞青鸞, 歸路已將夕. 多謝半山松吹, 解慇勤留客.
△ △

好事近

楊萬里

月未到誠齋, 先到万花川谷. 不是誠齋无月, 隔一林修竹.
△ △
如今才是十三夜, 月色已如玉. 未是秋光奇絶, 看十五十六.
△ (作平) △

살펴보건대, 《詞律》에 이르길 "上聲의 음은 부드럽고 온화하며 겸손한 맛이 있는데 이 때문에 近에서는 平聲을 쓴 것이다."라고 하였다. 이 사의 結句에서 "五"자는 상성으로 읽지만 평성으로 썼는데 이 역시 송사에서 자주 등장하지만 입성으로 읽으며 평성으로 쓴 것에 비해서는 적은 편이다.

23. 謁金門

唐敎坊曲 이름이며 이후에 사패로 사용되었다. 任半塘은 燉煌曲辭에 '得謁金門朝帝庭(유생이 金馬門에서 天子를 朝謁했다)'라는 구절이 있는데 이윽고 羽士가 금문에 찾아왔다. 교방곡에는 또한 《儒士謁金門》이라는 곡명이 있다고 하였다. 《欽定詞譜》에서 말하길 후대 사람들은 韋莊의 시에 따라 《空相憶》이라고 불렀으며 張輯의 사는 《花自落》, 《垂楊碧》이라고 불렀으며 李淸臣의 사는 《楊花落》이라고 불렀으며, 李石의 사는 《出塞》라고 했으며 韓淲의 사는 《醉花春》, 《春早湖山》이라고 불렀다.

쌍조, 45자이다. 앞단락 네 구절은 사측운으로 21자이다. 뒷단락의 네 구절은 사측운으로 24자이다. 《金奩集》의 주석에는 "쌍조"라고 주석하였다. 원나라 高栻의 詞注(사주)에는 "商調"라고 주석하였다.

詞譜	謁金門　　馮延巳
平(仄)仄韻	風乍起,
(平)仄(仄)平平仄叶	吹皺一池春水.
(平)仄(平)平平仄仄叶	閒引鴛鴦芳徑裏,
(仄)平平仄仄叶	手挼紅杏蕊.
(仄)仄(平)平(平)仄叶	鬥鴨欄干獨倚,
(仄)仄(平)平平仄叶	碧玉搔頭斜墜.
(平)仄(仄)平平仄仄叶	終日望君君不至,
(仄)平平仄仄叶	擧頭聞鵲喜.

살펴보건대, 앞뒤단락의 결구 역시 (仄)仄平平仄으로 썼다. 龍楡生은 “대개 句句叶韻이라는 것은 그 정서의 변화가 빠르다. 이 곡은 마땅히 절박하게 쓰였으며 또한 왕복의 정에 사로잡혔다”라고 하였다.

謁金門

陳克

愁脉脉, 目斷江南江北. 烟樹重重芳信隔, 小樓山幾尺.
　△　　　　　△　　　　　　△　　　　△
細草孤雲斜日, 一向弄晴天色. 簾外落花飛不得, 東風無氣力.
　　　　△　　　　　△　　　　　　△　　　　△

謁金門 吳山觀濤

周密

天水碧, 染就一江秋色. 鰲戴雪山龍起蟄, 快風吹海立.
　△　　　　　△　　　　　　△　　　　△
數点烟鬟靑滴, 一杼霞綃紅濕. 白鳥明邊帆影直, 隔江聞夜笛.
　　　　△　　　　　△　　　　　　△　　　　△

24. 淸平樂

《敎坊記箋訂》에는 "《鑒戒錄》에는 오대시기 陳裕의 시가 실려 있는데 '阿家解舞淸平樂(阿家는 무용곡 〈청평락〉을 알았다)'이라는 구절에 따라 舞曲이다. 溫庭筠의 《淸平樂》의 '新歲淸平思同輦'이라는 구절에서 海內의 청평에 대한 뜻이 분명하지 결코 淸調와 平調에 대한 것이 아니다. 《唐書》에서는 南詔에 淸平官이 있었는데 청평관은 조정의 禮樂을 담당하였으며 당나라의 재상과 같았다. 楊憲益은 《零墨新箋》에서 이 곡을 南詔樂으로 분류했으니 관명에서 따왔기 때문이다."

《欽定詞譜》에서는 당교방곡의 이름이다. 《花菴詞選》에서는 《淸平樂令》이라고 했으며 張輯의 사에서는 《憶夢月》로, 張翥의 사는 《醉東風》이라고 불렀다.

쌍조, 46자이다. 앞단락의 네 구절은 사측운으로 22자이다. 뒷단락의 네 구절은 삼평운으로 24자이다. 《碧雞漫志》에서는 "이 곡은 越調에 있는데 당나라에 이르러 성행하였다."라고 하였다. 《宋史·樂志》에는 이 곡이 "大石調"에 포함되었다. 《樂章集》에는 "越調"라고 주석하였다. 龍楡生은 "이 곡조는 마치 '원망하지만 노하지는 않은' 감정과 같아야 한다."라고 하였다.

詞 譜

平⃝平平⃝仄韻
仄⃝仄平平仄叶
仄⃝仄平⃝平平仄仄叶

淸平樂 晩春

黃庭堅

春歸何處?
寂寞無行路.
若有人知春去處,

(仄)仄(平)平(平)仄叶	喚取歸來同住.
(平)平(平)仄平平換平	春無蹤跡誰知,
(仄)平(平)仄平平叶平	除非問取黃鸝.
(仄)仄(平)平(平)仄句	百囀無人能解,
(平)平(平)仄平平叶平	因風飛過薔薇.

清平樂

韋莊

鶯啼殘月, 繡閣香燈滅. 門外馬嘶郎欲別, 正是落花時節.
　　　△　　　　　　△　　　　　　　△　　　　　　△
妝成不畫蛾眉, 含愁獨倚金扉. 去路香塵莫掃, 掃即郎去歸遲.
　　　　　△　　　　　　△　　　　　　　　(作平)　　　◎

清平樂

李煜

別來春半, 觸目愁腸斷. 砌下落梅如雪亂, 拂了一身還滿.
　　　△　　　　　　△　　　　　　　△　　　　　　△
雁來音信無凭、路遙歸夢難成. 離恨恰似春草、更行更遠還生.
　　　　　◎　　　　　　◎　　　　　　　　　　　　◎

清平樂

晏殊

金風細細, 葉葉梧桐墜. 綠酒初嘗人易醉, 一枕小窗濃睡.
　　　△　　　　　　△　　　　　　　△　　　　　　△
紫薇朱槿花殘, 斜陽却照闌干. 雙燕欲歸時節, 銀屏昨夜微寒.
　　　　　◎　　　　　　◎　　　　　　　　　　　　◎

清平樂

辛棄疾

茅檐低小, 溪上青青草. 醉里吳音相媚好, 白發誰家翁媼?
　　　△　　　　　　△　　　　　　　△　　　　　　△
大儿鋤豆溪東, 中儿正織鷄籠. 最喜小儿无賴, 溪頭臥剝蓮蓬.
　　　　　◎　　　　　　◎　　　　　　　　　　　　◎

25. 憶秦娥

《欽定詞譜》에는 "이 사는 李白이 처음 지었다. '秦娥夢斷秦樓月(진아는 꿈에서 깨고 장안 누대에는 달 걸려있네)'라는 구절이 있기에 《憶秦娥》로 부르기도 하고 《秦樓月》이라고도 한다. 후대 사람들이 蘇軾의 사를 보고 《雙荷葉》이라고도 불렀다. 無名氏의 사는 《蓬萊閣》이라고 한다. 賀鑄에 이르러 측운을 평운으로 바꿨으며 이름도 《子夜歌》로 바꿨다. 張輯의 사는 《碧雲深》이라고 한다.

살펴보건대 劉熙載의 《藝概》에서는 '정경을 떠올려보면 이백의 사는 唐玄宗이 四川으로 달아난 이후에 지어진 것일 것이다.'라고 하였다.

쌍조 46자이다. 앞 단락의 다섯 구절은 3측운, 一疊句(일첩구)로 21자이다. 뒷단락의 다섯 구절은 3측운, 일첩구로 25자이다. 보통 입성운으로 쓰이며, 평성운으로도 바꿔 쓰는 경우도 있다. 《張子野詞》에는 "般涉調(반섭조)"라고 풀이되어 있다. 《詞林正韻》에는 "商調"에 포함되어 있다.

詞 譜	憶秦娥 李白
平(平)仄(韻)	簫聲咽,
(平)平(仄)仄平平仄(叶)	秦娥夢斷秦樓月.
平平仄(疊上句末三字)	秦樓月,
(平)平(仄)仄(叶平)	年年柳色,
仄平平仄(叶)	灞陵傷別.
(仄)平(平)仄平平仄(叶)	樂遊原上清秋節,
(平)平(仄)仄平平仄(叶)	咸陽古道音塵絕.
平平仄(疊上句末三句)	音塵絕,
(平)平(平)仄(句)	西風殘照,
仄平平仄(叶)	漢家陵闕.

《詞律(사율)》에 "두 結句(결구)에서 첫 번째 글자는 반드시 仄聲(측성)으로 써야 하며 去聲(거성)을 쓰게 되면 더욱 좋다."라고 되어있다.

살펴보건대, 두 결구가 平平平仄 또는 平仄平仄으로 된 것이 있다.

憶秦娥

范成大

樓陰缺△, 闌幹影臥東廂月△. 東廂月△, 一天風露, 杏花如雪△.

隔煙催漏金虯咽△, 羅幃黯淡燈花結△. 燈花結△, 片時春夢, 江南天闊◎

憶秦娥

劉克莊

遊人絕△. 綠陰滿野芳菲歇△. 芳菲歇. 養蠶天氣, 採茶時節△.

枝頭杜宇啼成血△. 陌頭楊柳吹成雪△. 吹成雪△. 淡煙微雨, 江南三月△.

憶秦娥

張先

哀箏一弄《湘江曲》, 聲聲寫盡湘波綠. 纖指十三弦, 細將幽恨傳.
△ △ ◎ ◎
當筵秋水慢, 玉柱斂飛雁. 彈到斷腸時, 春山眉黛低.
△ △ ◎ ◎

[平韻] 詞 譜	憶秦娥 孫道絢
(平)平平韻	花深深,
(仄)平(平)仄平平平叶	一鉤羅襪行花陰.
平平平疊三字	行花陰.
(平)平(仄)仄句	閒將柳帶,
仄仄平平叶	試結同心.
(仄)平(平)仄平平平叶	日邊消息空沈沈,
(仄)平(平)仄平平平叶	畫眉樓上愁登臨.
平平平疊三字	愁登臨,
(仄)平(平)仄句	海棠開後,
仄仄平平叶	望到如今.

26. 更漏子

이 곡조는 溫庭筠에게서부터 시작되었다. 온정균은《秋思》라는 사를 지었는데 사에서는 更漏를 읊었기 때문에《更漏子》라고 이름 붙였다. 賀鑄의 사는《獨奇樓》라고 불렀다.

쌍조, 46자이다. 앞단락의 여섯 구절은 양측운, 양평운으로 23자이다. 뒷단락의 여섯 구절은 삼측운, 양평운으로 23자이다.《尊前集》에서는 "大石調"라고 주석하였다.《金奩集》에서는 "林鍾商調"라고 주석하였다.《張子野詞》에서는 "般涉調"라고 주석하였다.

詞譜	更漏子 溫庭筠
(仄)(平)平 句	玉鑪香,
平仄仄 韻	紅蠟淚,
(平)仄(仄)平(平)仄 叶	偏照畫堂秋思.
(平)仄仄 句	眉翠薄,
仄平平 換平	鬢雲殘,
(仄)平平仄平 叶平	夜長衾枕寒.
平(平)仄 三換仄	梧桐樹,
(平)平仄 叶三仄	三更雨,
(仄)仄(平)平(仄)仄 叶三仄	不道離情正苦.
(仄)仄仄 句	一葉葉,

仄平平四換平　　一聲聲,
㊣平平仄平叶四平　　空階滴到明.

살펴보건대, 뒷단락 앞 두 구절의 평측은 송나라 사람들의 사에서는 앞단락 두 구절의 평측이 같은 것이 많다.

更漏子

溫庭筠

柳絲長, 春雨細, 花外漏聲迢遞. 驚塞雁, 起城烏, 畫屛金鷓鴣.
△ △ △ ◎
香霧薄, 透重幕, 惆悵謝家池閣. 紅燭背, 繡幃垂, 夢長君不知.
△ △ △ ◎ △

更漏子

毛熙震

秋色淸, 河影淡, 深戶燭寒光暗. 綃幌碧, 錦衾紅, 博山香炷融.
△ △ ◎ ◎
更漏咽, 蛩鳴切, 滿院霜華如雪. 新月上, 薄雲收, 映簾懸玉鉤.
△ △ △ ◎ ◎

27. 一絡索

一絡索은 一索絡이라고도 쓰는데 송대의 속어로써 하나로 잇는다는 의미이다. 사패로 활용될 때는 一索珠와 같은 의미이며 노랫소리가 부드럽게 유려한 것이 마치 구슬을 연이어 주렁주렁 매단 것과 같다는 의미이다. 歐陽修의 사는 《洛陽春》이라고 하며, 張先의 사는 《玉連環》이라고 부른다. 또한 《上林春》이라고 하기도 한다.

쌍조, 46자이다. 앞단락의 네 구절은 삼측운으로 23자이다. 뒷단락 역시 동일하다. 《淸眞集》에는 "雙調"라고 주석하였다.

詞 譜	一絡索
	舒亶
(仄)仄(平)平平仄韻	葉底枝頭紅小,
(平)平(仄)仄叶	天然窈窕.
(仄)平(平)仄仄平平句	後園桃李謾成蹊,
(平)(仄)仄逗平平仄句	問占得、春多少?
(仄)仄(仄)平平仄叶	不管雪消霜曉,
(平)平(平)仄叶	朱顔長好.
(平)平(仄)仄仄平平句	年年若許醉花間,
(仄)(平)仄逗平平仄叶	待拚了、花間老.

一絡索

呂渭老

蟬帶殘聲移別樹. 晚涼房戶. 秋風有意染黃花,下幾點、漠涼雨.
平 仄平 平平 仄 △ △ △
渺渺雙鴻飛去. 亂云深處. 一山紅葉爲誰愁,供不盡、相思句.
△ △

살펴보건대, 이 곡조는 앞뒤로 배열이 고른데 "別"자는 襯字이다.

28. 阮郎歸

《神仙記》에는 기록되어 있기를, 東漢의 明帝 永平년간 劉辰, 阮肇은 天台山에 들어가 약초를 캤다고 하였다. 두 사람은 산에서 두 여인을 만나게 되었는데 용모가 기가 막혔다. 그래서 반 년 동안 함께 지내다 돌아가고자 하여 집에 다다르니 이미 자손들이 칠대나 되었다. 詞名은 이와 같다. 《欽定詞譜》에서는 正持正의 사명은 《碧桃春》이며 李祁의 사명은 《醉桃源》이고, 韓淲의 사는 《濯纓曲》이라고 한다.

쌍조, 47자이다. 앞단락의 네 구절은 사평운, 24자이다. 뒷단락의 다섯 구절은 사평운으로 23자이다. 《淸眞集》에서는 "大石調"라고 주석하였다. 《張子野詞》에는 또한 "仙呂調"에 포함되어있다.

詞譜	阮郎歸 歐陽修
(平)平(平)仄仄平平韻	南園春半踏靑時,
(平)平(平)仄平叶	風和聞馬嘶.
(平)平(平)仄仄平平叶	靑梅如豆柳如眉,
(仄)平(平)仄平叶	日長蝴蝶飛.
平仄仄句	花露重,
仄平平叶	草煙低,
(平)平(平)仄平叶	人家簾幕垂.
(平)平(平)仄仄平平叶	鞦韆慵困解羅衣,
(仄)平(平)仄平叶	畫梁雙燕棲.

阮郎歸

晏幾道

天邊金掌露成霜, 云隨雁字長. 綠杯紅袖趁重陽, 人情似故鄕.
◎ ◎ ◎ ◎
蘭佩紫, 菊簪黃, 殷勤理旧狂. 欲將沉醉換悲凉, 淸歌莫斷腸.
◎ ◎ ◎ ◎

阮郎歸

蘇軾

綠槐高柳咽新蟬, 薰風初入弦. 碧紗窗下洗沉煙, 棋聲驚晝眠.
◎ ◎ ◎ ◎
微雨過, 小荷翻, 榴花開欲燃. 玉盆纖手弄淸泉, 瓊珠碎却圓.
◎ ◎ ◎ ◎

29. 畵堂春

이 사는 처음에 《淮海居士長短句》에서 보이며 아마도 秦觀이 만든 곡조로 보인다. 畵堂의 봄을 제목으로 하여 읊었기 때문에 이것을 詞名으로 하였다.

쌍조, 47자이다. 앞단락의 네 구절은 사평운으로 24자이다. 뒷단락의 네 구절은 삼평운으로 23자이다. 《張子野詞》에서는 "般涉調"라고 주석하였다.

詞 譜

(仄)平(平)仄仄平平韻
(仄)平(仄)仄平叶
(仄)平(平)仄仄平平叶
(平)仄平平叶

(仄)仄(仄)平(仄)仄句
(仄)平(仄)仄平平叶
(仄)平(平)仄仄平平叶
(仄)仄平平叶

畵堂春

秦觀

落紅鋪徑水平池,
弄晴小雨霏霏.
杏園憔悴杜鵑啼,
無奈春歸!

柳外畫樓獨上,
憑欄手撚花枝.
放花無語對斜暉,
此恨誰知!

畵堂春

黃庭堅

東風吹柳日初長, 雨餘芳早斜陽. 杏花零落燕泥香, 睡損紅妝.

◎ ◎ ◎ ◎

香篆煙銷龍鳳, 畫屛雲鎖瀟湘. 夜寒微透薄羅裳, 無限思量.

◎ ◎ ◎

畵堂春

張先

外潮蓮子長參差, 霽山靑處鷗飛. 水天溶漾畫橈遲, 人影鑑中移.

◎ ◎ ◎ 平仄 仄平 ◎

桃葉淺聲雙唱, 杏紅深色輕衣. 小荷障面避斜暉, 分得翠陰歸.

◎ ◎ 平 仄仄平 ◎

살펴보건대, 이 사는 두 결구가 한 글자 씩 많아 平仄이 그에 맞추어 변화된 것이다.

30. 攤破浣溪沙

《梅苑》에서는 《添字浣溪沙》이라고 하였다. 《樂府雅詞》에서는 《攤破浣溪沙》라고 하였다. 후대인들이 南唐의 元宗 李璟의 사를 아름답다고 칭찬했기 때문에 《南唐浣溪沙》라고도 불렀다. 王力은 "攤은 넓게 깔아두는 것이며, 破는 갈라놓는 것이다. 즉 한 구절을 두 구절로 나누는 것을 破한다고 한다. 글자 수는 줄어들기도 하고 늘어나기도 하는데 이것을 攤한다고 한다."라고 하였다. (《漢語詩律學》) 살펴보건대 이 곡조는 《浣溪沙》의 두 단락의 구조에서 7자를 10자의 두 구절로 나누었으며 韻을 말미로 보내었기 때문에 添字, 攤破라는 이름이 붙은 것이다. 《花間集》에는 凝詞에 실려 있으며 《山花子》라고 되어있다. 任半塘은 "《山花子》는 唐나라의 독특한 곡조이므로 五代시기 이후에 《浣溪沙》를 가리켜 《山花子》라고 한 것은 아니다. 두 가지 곡조의 구법은 같지만 一叶平韻, 一叶仄韻이다. 燉煌曲에서 출현한 이후 이 두 이름을 두 종류의 곡조로 여긴 것이다."라고 하였다.

쌍조, 48자이다. 앞단락 네 구절은 삼평운이며 24자이다. 뒷단락의 네 구절은 양평운으로 24자이다.

詞 譜

(仄)仄平平仄平平韻
(平)平(平)仄仄平平叶
(平)仄(仄)平(平)(仄)仄句
仄平平叶

(仄)仄(仄)平平仄仄句
(平)平(平)仄仄平平叶
(平)仄(平)平平仄仄句
仄平平叶

攤破浣溪沙

李璟

手捲眞珠上玉鉤,
依前春恨鎖重樓.
風裏落花誰是主,
思悠悠.

靑鳥不傳雲外信,
丁香空結雨中愁.
回首綠波三楚暮,
接天流.

살펴보건대 앞 단락의 세 번째 구절은 일반적으로 仄仄平平平仄仄으로 짓는다.

攤破浣溪沙

李璟

菡萏香銷翠葉殘, 西風愁起綠波間. 還與韶光共憔悴, 不堪看.
◎ ◎ ◎
細雨夢迴雞塞遠, 小樓吹徹玉笙寒. 多少淚珠何限恨! 倚欄干.
◎ ◎

攤破浣溪沙 簡傅巖叟

辛棄疾

總把平生入醉鄉. 大都三万六千場. 今古悠悠多少事, 莫思量.
◎ ◎ ◎
微有寒些春雨好, 更无尋處野花香. 年去年來還又笑, 燕飛忙.
◎ ◎

31. 眼兒媚

《欽定詞譜》에서는 陸游의 詞名이 《秋波媚》, 左譽의 사명은 《小闌干》, 韓淲의 사명은 《東風寒》이다.

쌍조, 48자이다. 앞단락 다섯 구절은 삼평운으로 24자이다. 뒷단락 다섯 구절은 이평운으로 24자이다. 南曲에는 《高大石調引》에 포함되었는데 구법과 사는 동일하다.

詞 譜	**眼兒媚** 梅 宋齊愈
(平)(平)(平)(仄)仄平平韻	霏霏疏影轉征鴻,
(平)仄仄平平叶	人語暗香中.
(仄)平(平)(仄)句	小橋斜渡,
(仄)平(平)(仄)句	西亭深院,
(仄)仄平平叶	水月朦朧.
(平)平(仄)仄平平仄句	人間不是藏春處,
(仄)仄仄平平叶	玉笛曉霜空.
(平)平(仄)仄句	江南樹樹,
(平)平(仄)仄句	黃垂密雨,
(仄)仄平平叶	綠漲薰風.

살펴보건대, 起句의 네 글자를 宋나라 사람들은 대부분 平平平仄으로 쓰기도 하고 仄仄平平, 平仄平平, 平平仄仄으로 쓰기도 하였다.

眼兒媚

王雱

楊柳絲絲弄輕柔, 烟縷織成愁. 海棠未雨, 梨花先雪, 一半春休.
◎ ◎ ◎
而今往事難重省, 歸夢繞秦樓. 相思只在, 丁香枝上, 豆蔻梢頭.
◎ ◎

眼兒媚 萍鄉道中乍晴, 臥輿中困甚, 小憩柳塘

范成大

酣酣日脚紫烟浮, 妍暖試輕裘. 困人天气, 醉人花底, 午夢扶頭.
◎ ◎ ◎
春慵恰似春塘水, 一片紋愁. 溶溶, 東風无力, 欲皺還休.
◎ ◎

眼兒媚 七月十六日晚, 登高興亭, 望長安南山

陸游

秋到邊城角聲哀, 烽火照高台. 悲歌擊筑, 凭高酹酒, 此興悠哉.
◎ ◎ ◎
多情誰似南山月, 特地暮云開. 灞橋烟柳, 曲江池館, 應待人來.
◎ ◎

32. 桃源憶故人

《欽定詞譜》에서는 《虞美人影》이라고 하였다. 張先의 사는 《胡搗練》이라고 부르기도 하였고 陸游의 사명은 《桃源憶故人》으로, 趙鼎의 사명은 《醉桃園》이며, 韓淲의 사명은 《杏花風》이라고 하였다.

쌍조 48자이다. 앞단락의 네 구절은 사측운으로 24자이다. 뒷단락 역시 동일하다.

詞 譜	**桃源憶故人** 暮春 蘇軾
(平)平(仄)仄平平韻	華胥夢斷人何處?
(仄)仄(平)平(平)仄叶	聽得鶯啼紅樹.
(仄)仄(平)平(平)仄叶	幾點薔薇香雨,
(仄)仄平平仄叶	寂寞閑庭戶.
(仄)平(仄)仄平平仄叶	暖風不解留花住,
(仄)仄(平)平(平)仄叶	片片著人無數.
(平)仄(仄)平(平)仄叶	樓上望春歸去,
(平)仄平平仄叶	芳草迷歸路.

살펴보건대 앞뒤 단락의 두, 세 번째 구절의 뒤 세 글자는 대부분 平平仄으로 짓는다.

桃源憶故人

朱敦儒

小園雨霽秋光轉, 天氣微寒猶暖. 黃菊紅蕉庭院, 翠徑苔痕軟.
△ △ △ △
眼前明快眉間展, 細酌霞觴不淺, 一曲廣陵彈遍, 目送飛鴻遠.
△ △ △ △

桃源憶故人

劉學箕

暮霞散綺西溪浦, 天上晴雲開絮. 淸絶梅花幾樹, 惱亂春愁處.
△ △ △ △
小橋流水人來去, 沙岸浴鷗飛鷺. 誰畫江南好處? 著我閒巾屨.
△ △ △ △

桃源憶故人

王之道

逢人借問春歸處, 遙指蕪城煙樹. 收盡柳梢殘雨, 月闖西南戶.
△ △ △ △
游絲不解留伊住, 漫惹閒愁無數. 燕子爲誰來去? 似說江頭路.
△ △ △ △

살펴보건대, 이 사의 내용과 韻의 활용은 모두 蘇軾의 사와 동일하다.

33. 朝中措

唐代에는 士人을 措 혹은 措大라고 불렀다. 鄭綮의 《開天傳信記》에는 "한 사인이 있었는데 거만하고 직입적이었다."라고 되어있다. 그리고 寒山詩 속의 조대는 즉 "囊裏無青蚨(錢), 篋中有黃絹(書). 行到食店前, 不敢暫廻面.(주머니는 돈 없이 텅텅 비었고, 상자 속엔 색 바랜 시만 채웠네. 식당 앞을 지나서 가는 길인데, 얼굴 한번 돌려보지 못했구나)"이다. 措는 醋의 諧音인데, 사인들을 케케묵은 식초와 같다는 뜻으로 희롱한 것이다. 《欽定詞譜》에는 李祁의 사명은 《照紅梅》, 韓淲의 사명은 《婦容曲》, 《梅月圓》이다.

쌍조, 48자이다. 앞단락 네 구절은 삼평운으로 24자이다. 뒷단락의 다섯 구절은 이평운으로 24자이다. 《宋史 · 樂志》에서는 "옛날의 곡으로 새로운 음악을 만들었기 때문에 黃鐘宮의 《朝中措》이라 한 것이다."라고 하였다.

詞 譜

㊉平㊉仄仄平平韻
㊉仄仄平平叶
㊀仄㊉平㊀仄句
㊉平㊀仄平平叶

㊉平㊀仄句
㊉平㊀仄句
㊉仄平平叶
㊀仄㊉平㊉仄句
㊉平㊀仄平平叶

朝中措 蓉中共樂臺

趙師俠

斜陽留照有餘紅.
煙靄淡冥濛.
麥隴青搖一望,
前山翠失雙峰.

高台徙倚,
松飄逸韻,
梅減冰容.
俯視塵寰如掌,
翩然我欲乘風.

朝中措

周紫芝

黃昏樓閣亂栖鴉, 天末淡微霞. 風里一池楊柳,月邊滿樹梨花.
◎ ◎ ◎
陽台路遠, 魚沈尺素. 人在天涯. 想得小窗遙夜, 哀弦撥斷琵琶.
◎ ◎

朝中措

趙長卿

柳林冪冪暮煙斜, 秋水淺平沙. 樓外碧天無際, 紫山斷處橫霞.
◎ ◎ ◎
星稀漸覺, 東檐隱月, 涼到窗紗. 多少傷懷往事, 隔溪燈火人家.
◎

34. 武陵春

《塡詞名解》에서는 唐나라 사람의 시 “爲是仙才登望處, 風光便似武陵春(이내 신선의 재주를 가진 이가 올라가 멀리 바라보이는 곳, 풍광은 흡사 무릉춘 같구나)”에서 취하여 이름지었다고 하였다. 賀鑄의 사는 《花想容》이라고 한다.

쌍조, 48자이다. 앞단락의 네 구절은 삼평운으로 24자이다. 뒷단락도 동일하다. 《張子野詞》에는 “쌍조”라고 주석하였다.

詞 譜	武陵春 張先
(平)仄(平)平平仄仄句	秋染青溪天外水,
(平)仄仄平平韻	風棹採菱還.
(平)仄平平(仄)仄平叶	波上逢郎密意傳,
(仄)仄仄平平叶	語近隔叢蓮.
(平)仄(平)平平仄仄句	相看忘卻歸來路,
(平)仄仄平平叶	遮日小荷圓.
(平)仄平平(仄)仄平叶	菱蔓雖多不上船,
(平)仄仄平平叶	心眼在郎邊.

살펴보건대 뒷단락의 起구 역시 平平仄仄平平仄으로 지었다.

武陵春

李清照

風住生香花已盡, 日晚倦梳頭. 物是人非事事休, 欲語泪先流.
◎ ◎ ◎
聞說双溪春尚好, 也擬泛輕舟. 只恚双溪舴艋舟, 載不動、許多愁.
◎ ◎ ◎

살펴보건대, 末구의 "載"는 櫬字로 보인다. 萬俟가 읊은 사에는 "獨自介、憶黃昏"과 "可熬是、不宜春"이 있는데 모두 이와 같다.

武陵春

辛棄疾

走去走來三百里, 五日以爲期. 六日歸時已是疑, 應是望多時.
◎ ◎ ◎
鞭個馬兒歸去也, 心急馬行遲. 不免相煩喜鵲兒, 先報那人知.
◎ ◎ ◎

35. 人月圓

《欽定詞譜》에서는 "이 사는 王詵에서부터 시작되었는데 왕선의 사에 '人月圓時(매년 정월 보름날 밤)'라는 구절이 있었기 때문에 이 구절을 따서 이름붙인 것이다. 吳激의 사에는 '靑衫泪濕(푸른 적삼에 눈물을 흘리다)'라는 구절이 있으니 또한 《靑衫濕》이라고 부르기도 한다."

쌍조, 48자이다. 앞단락의 다섯 구절은 양평운으로 24자이다. 뒷단락의 여섯 구절은 양평운으로 24자이다. 《中原音韻》에서는 "黃鍾宮"으로 주석하였다.

詞 譜	人月圓
	王詵
㊀平㊉仄平平仄句	小桃枝上春來早,
㊉仄仄平平韻	初試薄羅衣.
㊉平㊀仄句	年年此夜,
平平㊀仄句	華燈競處,
㊉仄平平叶	人月圓時.
㊀平㊉仄句	禁街簫鼓,
㊉平㊀仄句	寒輕夜永,
㊉仄平平叶	纖手同攜.
㊀平㊉仄句	夜闌人靜,
平平㊀仄句	千門笑語,
㊉仄平平叶	聲在簾幃.

人月圓

汪元量

錢塘江上春潮急, 風卷錦帆飛. 不堪回首, 离宮別館, 楊柳依依.
◎ ◎
薊門听雨, 燕台听雪, 寒入宮衣. 嬌鬟慵理, 香肌瘦損, 紅泪双垂.
◎ ◎

青衫濕

吳激

南朝千古傷心事, 猶唱後庭花. 舊時王謝、堂前燕子, 飛向誰家?
◎ ◎
恍然一夢, 仙肌勝雪, 宮鬢堆鴉. 江州司馬, 青衫淚溼, 同是天涯.
◎ ◎

36. 柳梢青

《欽定詞譜》에서 이르길 이 사는 평측에서 두 가지 체계가 있다. 평운을 압운한 것으로 韓淲의 사《雲淡秋空》,《雨洗元宵》,《玉水明沙》, 元張雨의 사는《早春怨》으로 부른다. 무명씨의 사는《隴頭殘月》이라고 한다.

쌍조, 49자이다. 앞단락 여섯 구절은 삼평운으로 24자이다. 뒷단락 다섯 구절은 삼평운으로 25자이다. 首구에는 仄不起韻을 사용했다. 측운체는 자구가 모두 같으며 입성운을 활용하였다.

詞 譜	柳梢青
	僧仲殊
(仄)仄平平韻	岸草平沙.
(平)平(仄)仄句	吳王故苑,
(仄)仄平平叶	柳裊烟斜.
(仄)仄平平句	雨后輕寒,
(平)平(平)仄句	風前香軟,
(平)仄平平叶	春在梨花.
(平)平(仄)仄平平叶	行人一棹天涯,
(仄)(仄)仄逗平平仄(去)平叶	酒醒處, 殘陽亂鴉.
(平)仄平平句	門外秋千,
(平)平(平)仄句	墻頭紅粉,
(平)仄平平叶	深院誰家?

柳梢青

辛棄疾

莫煉丹難. 黃河可塞, 金可成難. 休辟穀難. 吸風飲露, 長忍飢難.
◎　◎　◎

勸君莫遠遊難. 何處有、西王母難. 休採藥難. 人沈下土, 我上天難.
◎　◎　◎

[仄韻] 詞 譜	**柳梢青** 賀鑄
(仄)平(平)仄韻	子規啼血.
(仄)平(仄)仄句	可憐又是,
(平)平平仄叶	春歸時節.
(仄)仄(平)平句	滿院東風,
(仄)平(平)仄句	海棠鋪綉,
(平)平平仄叶	梨花飛雪.
(平)平(仄)仄平平句	丁香露泣殘枝,
(仄)(仄)仄逗平平仄平叶	算未比、愁腸寸結.
(仄)仄(平)平句	自是休文,
(平)平(平)仄句	多情多感,
(平)平平仄叶	不幹風月.

살펴보건대 앞단락의 起구는 압운을 하지 않는데 뒷단락의 起구는 압운을 한다. 앞단락의 처음 구절은 또한 平仄平仄으로 지었다.

37. 太常引

“引 ”은 일종의 詞調 명칭이다. 唐宋의 大曲은 1부는 “散序”(기악 위주)로 2부는 “中序”(가창 위주) 모두 “引”(전주곡)이 있다. 이것은 중서의 “引”(노래를 이끌어 낸다)에서 만들어진 것이다. 《欽定詞譜》에서는 “또한 《太淸引》이라고도 부른다. 韓淲의 사에는 ‘小春時候臘前梅(젊고 어린 시절 섣달 매화를 기다리고)’라는 구절이 있어 《臘前梅》라고 부르기도 한다.”라고 하였다.

쌍조, 49자이다. 앞단락 네 구절은 사평운으로 24자이다. 뒷단락 다섯 구절은 삼평운으로 25자이다. 《太和正音譜》에서는 “仙呂調”이라고 주석하였다.

詞譜

仄⃝平平⃝仄仄平平韻
平⃝仄仄平平叶
仄⃝仄仄平平叶
仄⃝仄⃝仄逗平平仄平叶
(去)

平⃝平仄⃝仄句
平⃝平仄⃝仄句
仄⃝仄仄平平叶
仄⃝仄仄平平叶
平⃝仄⃝仄逗平平仄平叶
(去)

太常引

辛棄疾

一輪秋影轉金波,
飛鏡又重磨.
把酒問姮娥,
被白髮欺人奈何!
(去)

乘風好去,
長空萬里,
直下看山河.
斫去桂婆娑,
人道是、清光更多.

살펴보건대 夏承燾는 두 結구는 "去聲자를 入聲으로 고칠 수 없다."고 하였다. (《塡詞四說》).

太常引

盧祖皐

夢回金井卸梧桐, 嘶馬帶疏鐘. 草面露痕濃, 漸薄袖、清寒暗通.
◎ ◎ ◎ ◎
天低絳闕, 云浮碧海, 殘月尙朦朧. 吹面桂花風, 峭不似、紅塵道中.
◎ ◎ ◎

太常引

韓玉

荒山連水水連天, 憶曾上、桂江船. 風雨過吳川, 又卻在、瀟湘岸邊.
◎ ◎ ◎ ◎
不堪追念, 浪萍蹤迹, 虛度夜如年. 風外曉鍾傳, 尙獨對、殘燈未眠.
◎ ◎ ◎

살펴보건대 이 사 앞단락의 두 번째 구절은 한 글자가 많은데 이것은 襯字라고 볼 수 있다.

38. 賀聖朝

唐教坊曲의 이름으로 이후에 사패로 쓰이게 되었다. 《欽定詞譜》에 처음으로 馮延巳의 사를 싣고 있는데, 이것은 바로 "이 곡조가 최초로 풍연사의 사에서 기원했다"라는 말이다. 葉淸臣의 사는 자주 활용되는 형식으로 쌍조, 49자이다. 앞단락 네 구절은 삼측운으로 24자이다. 뒷단락 다섯 구절은 삼측운으로 25자이다. 《敎坊記》에는 "南呂宮"으로 주석하였다. 《中原音韻》에서는 "黃鍾宮"이라고 주석하였다.

詞 譜

仄⃝平仄⃝仄平平仄韻
仄平⃝平平仄叶
(上一下四)
平⃝平平⃝仄仄平平叶
仄平⃝平平仄叶
(去)(上一下四)

平⃝平平⃝仄句
平⃝平仄⃝仄叶
仄平⃝平平仄叶
(上一下四)
仄⃝平平⃝仄仄平平句
仄平⃝平平仄叶
(去)(上一下四)

賀聖朝 留別

葉淸臣

滿斟綠醑留君住,
莫匆匆歸去.
三分春色二分愁,
更一分風雨.

花開花謝,
都來几許.
且高歌休訴.
不知來歲牡丹時,
再相逢何處.

賀聖朝

趙鼎

斷霞收盡黃昏雨, 滴梧桐疏樹. 帘櫳不卷夜沉沉, 鎖一庭風露.
△ △ △

天涯人遠, 心期夢悄, 苦長宵難度. 知他窗外促織兒, 有許多言語!
平平仄仄 △ △

살펴보건대, 이 사 뒷단락의 두 번째 구절은 압운하지 않았다.

賀聖朝

趙彦端

一江風月同君住, 了不知秋去. 賞心亭下, 過帆如馬, 墮楓如雨.
△ △ 仄平平仄 仄平平仄 仄平 平△

相將莫問興亡事, 舉離觴誰訴. 垂楊指點, 但歸來、有溫柔佳處.
平平仄仄平平△ △ △

살펴보건대, 이 사 앞단락의 세 번째 구절 · 네 번째 구절은 네 글자로 된 세 개의 구절로 지었는데, 첫 번째 · 두 번째 구절은 일곱 글자로 된 구절로, 네 번째 · 다섯 번째 구절은 네 글자의 한 구절, 앞은 세 글자 뒤는 다섯 글자로 여덟 글자가 한 구절이 되도록 지었다. 그러나 평측은 葉詞가 따르는 것과 기본적으로 상통한다.

39. 荷葉杯

唐教坊曲 이름이다. 蘇軾《中山松醪》라는 시에서 自註 달기를 "당나라 사람들은 연잎으로 술잔을 만들었는데 이를 벽통주(碧筩酒)라고 하였다."라고 했는데 사의 명은 이것에서 온 것이다. 일설에는 隋殷英童《采蓮曲》의 "蓮葉捧成杯(연잎을 받들어 잔을 이루었다.)"에서 따 이름 붙였다고 하였다.

쌍조, 50자이다. 앞단락 다섯 구절은 양측운, 삼평운으로 25자이다. 뒷단락도 동일하다. 《金奩集》에는 "南呂宮", "쌍조"로 주석하였다. 龍榆生은 "이것은 평운을 주로하였고 측운을 부차적으로 했으며 측운은 음절을 복잡하게 만들어 성조와 정감의 아름다움을 증가시켜준다."라고 하였다.

詞譜	荷葉杯 韋莊
(仄)仄(仄)平平仄[韻]	記得那年花下,
平仄[叶]	深夜,
(平)仄仄平平[換平]	初識謝娘時.
(仄)平平仄仄平平[叶平]	水堂西面畫簾垂,
(平)仄仄平平[叶平]	攜手暗相期.
(平)仄(仄)平平仄[三仄句]	惆悵曉鶯殘月,
平仄[叶三仄]	相別,
(平)仄仄平平[四換平]	從此隔音塵.
(平)平平仄仄平平[叶四平]	如今俱是異鄉人,
(平)仄仄平平[叶四平]	相見更無因.

荷葉杯

韋莊

絶代佳人難得, 傾國, 花下見無期. 一雙愁黛遠山眉, 不忍更思惟.
△ △ ◎ ◎ ◎
閑掩翠屏金鳳, 殘夢, 羅幕畫堂空. 碧天無路信難通, 惆悵舊房櫳.
△ △ ◎ ◎ ◎

40. 西江月

唐敎坊曲(당교방곡)의 악곡명으로, 李白(이백)의 《蘇臺覽古詩》에서 "只今唯有西江月, 曾照吳王宮裏人(지금은 그저 서강에 떠 있는 저 달은, 그 옛날엔 오왕의 서시를 비추었겠지)"의 구절에서 따온 것이다. 歐陽炯(구양형)의 사에는 "兩岸苹香暗起白(양 언덕의 풀 향기는 맑고 은은하게 퍼지는구나)"이라는 구절이 있어서 "白苹香(백평향)"이라고도 부른다. 程珌(정필)의 사는 《步虛詞(보허사)》라고 하며, 王行(왕행)의 사는 《江月令(강월령)》 혹은 《壺天曉(호천효)》, 《醉高歌(취고가)》라고도 한다. 任半塘(임반당)은 "敦煌曲(돈황곡)에는 세 수의 辭(사)가 있는데 平仄(평측) 간에 叶韻(협운)을 했으며, '慢曲子(만곡자)'라는 제목의 악보는 二段(이단)이 있다."라고 하였다.

쌍조, 50자이다. 앞단락 네 구절은 양평운, 一仄韻(일측운)으로 같은 부분에서 換押(환압)하여 25자이다. 뒷단락도 동일하다. 沈義父(심의부)의 《樂府指迷(악부지미)》에는 "西江月(서강월)의 첫머리는 平聲(평성)으로 압운하였고 4구, 8구는 평성이 아니라 仄聲(측성)으로 압운하였다. 평성을 東자로 압운하는 것처럼 측성은 반드시 董자, 東자로 압운해야한다"고 하였다. 또한 앞뒤 단락의 起句(기구)는 모두 측운으로 압운하거나, 뒷단락에서 압운했지만 이를 따라 짓는 사람은 적었다. 앞뒤 단락의 첫 두 구절은 일반적으로 대우를 사용하였다.

《張子野詞(장자야사)》에는 "道調宮(도주궁)"이라고 풀이하였다. 《樂章集(악장집)》에서는 "中呂宮(중여궁)"이라고 풀이하였다.

詞 譜

(仄)仄(平)平(仄)仄句
(平)平(仄)仄平平韻
(仄)平(仄)仄仄平平叶
(仄)仄(仄)平(平)仄換叶仄

(仄)仄(仄)平(平)仄句
(仄)平(仄)仄平平叶平
(仄)平(平)仄仄平平叶平
(仄)仄(仄)平(平)仄換叶仄

西江月

蘇軾

照野彌彌淺浪,
橫空隱隱層霄.
障泥未解玉驄驕,
我欲醉眠芳草.

可惜一溪風月,
莫教踏碎瓊瑤.
解鞍欹枕綠楊橋,
杜宇一聲春曉.

西江月

辛棄疾

明月別枝驚鵲, 淸風半夜鳴蟬. 稻花香裡說豐年, 聽取蛙聲一片.
◎ ◎ △
七八個星天外, 兩三點雨山前. 舊時茅店社林邊, 路轉溪橋忽見.
◎ ◎ △

西江月

張孝祥

問訊湖邊春色, 重來又是三年. 東風吹我過湖船, 楊柳絲絲拂面.
◎ ◎ △
世路如今已慣, 此心到處悠然. 寒光亭下水如天, 飛起沙鷗一片.
◎ ◎ △

西江月

劉過

堂上謀臣尊俎, 邊頭將士干戈. 天時地利與人和. 燕可伐歟曰可!
◎ ◎ △
今日樓臺鼎鼐, 明年帶礪山河. 大家齊唱大風歌. 不日四方來賀.
◎ ◎

살펴보건대, 夏承燾(하승도)는 "仄聲(측성)자의 음이 중복은 두 편 사의 마지막에 놓아 장중한 어기가 작품 전체에 드러나도록 하는 것이 가장 좋다."라고 하였다.《唐宋詞欣賞(당송사흔상)》

41. 惜分飛

《欽定詞譜》에 이르길, 賀鑄의 사는 《惜雙雙》, 曹冠의 사는 《惜芳菲》, 劉弇의 사는 앞뒤 단락의 첫 번째 구절이 한 글자 많으며 《惜雙雙令》이라고 한다.

쌍조, 50자이다. 앞단락의 네 구절은 사측운으로 25자이다. 뒷단락도 동일하다.

詞譜	惜分飛 毛滂
(仄)仄平平平仄仄韻	淚溼闌干花著露,
(平)仄(平)平(仄)仄叶	愁到眉峯碧聚.
(仄)仄平平仄叶	此恨平分取,
(仄)仄(仄)平(平)仄叶	更無言語空相覷.
(仄)仄平平平仄仄叶	斷雨殘雲無意緖,
(仄)仄(平)平(仄)仄叶平	寂寞朝朝暮暮.
(平)仄平平仄叶	今夜山深處,
(仄)平(平)仄平平仄叶	斷魂分付潮回去.

살펴보건대, 앞단락의 첫 번째 구절의 첫 번째 글자는 측성을 쓰는 것이 상례(常例)이다.

惜分飛

王邁

池上樓台堤上路, 盡日悠揚飛舞. 欲下還重擧, 又隨胡蝶墻東去.

糝徑飄空无定處, 來往綠窗朱戶. 却被春風妒, 送將蛛网留連住.

惜分飛

辛棄疾

翡翠樓前芳草路. 寶馬墜鞭曾駐. 最是周郎顧. 尊前幾度歌聲誤.

望斷碧雲空日暮. 流水桃源何處. 聞道春歸去. 更無人管飄紅雨.

42. 少年遊

《欽定詞譜》에 이르길, 이 사는 《珠玉集》에서 처음 보였으며, 여기에는 "長似少年時(오래도록 소년 시절 같네)"라는 구절이 있는데 이 구절에서 따서 이름 붙였다고 하였다. 韓淲의 사는 《玉蜡梅枝》, 薩都剌의 사는 《小闌干》이라고 한다. 이 사는 별체(別體)가 비교적 많은데 《古今詞譜》에서 "더욱 변하여 환두(換頭)가 되었다." 《詞律》에는 柳永의 사를 정체(正體)라고 하였다.

쌍조, 50자이다. 앞단락 다섯 구절은 삼평운으로 25자이다. 뒷단락 다섯 구절은 양평운으로 25자이다. 《樂章集》에는 "林鍾商"이라고 주석하였다. 《張子野詞》는 또한 "쌍조", "般涉調"에 포함시켰다. 《淸眞集》 역시 "黃鍾宮"에 포함시켰다.

詞 譜	少年游 柳永
(平)平(仄)仄仄平平[韻]	長安古道馬遲遲,
(平)仄仄平平[叶]	高柳亂蟬嘶.
(仄)平仄仄[句]	夕陽鳥外,
(平)平(平)仄[句]	秋風原上,
(仄)仄仄平平[叶]	目斷四天垂.
(平)平(仄)仄平平仄[句]	歸云一去无踪迹,
(平)仄仄平平[叶]	何處是前期?
(平)仄平平[句]	狎興生疏,

(仄)平(平)仄句	酒徒蕭索,
(仄)仄仄平平叶	不似少年時.

살펴보건대, 앞단락 세 번째 구절 역시 (平)平平仄, (仄)仄平平, 뒷단락 세 번째 구절 역시 (仄)平仄仄으로 지었다. 《詩余圖譜》에는 안기도(晏幾道)의 사를 정체라고 하였다. 쌍조로 52자이다. 앞단락 여섯 구절은 양평운으로 26자이다. 뒷단락도 동일하다. 《塡詞名解》에 이르길 52자의 형식은 "大石調"라고 하였다.

詞 譜	少年游
	晏幾道
(平)平(仄)仄句	離多最是,
(平)仄仄平平句	東西流水,
(平)仄仄平平韻	終解兩相逢.
平仄平仄句	淺情終似,
(平)平(平)仄句	行雲無定,
(平)仄仄平平叶	猶到夢魂中.
(仄)平(平)仄句	可憐人意,
(仄)平(平)仄句	薄於雲水,
(平)仄仄平平叶	佳會更難重.
仄仄平平句	細想從來,
(仄)平(平)仄	斷腸多處,
(仄)仄仄平平叶	不與者番同.

살펴보건대, 앞단락 세 번째 구절 역시 앞단락 네 번째 구절은 平平仄仄으로 지었다.

少年游 感舊

周邦彦

幷刀如水, 吳鹽胜雪, 纖手破新橙. ◎ 錦幄初溫, 獸烟不斷, 相對坐調笙. ◎

低聲問向誰行宿, 城上已三更. ◎ 馬滑霜濃, 不如休去, 直是少人行. ◎

살펴보건대, 이 사의 앞단락은 안기도 사의 뒷단락과 동일한데 이 사의 뒷단락과 유영 사의 뒷단락이 동일하다. 《淸眞集》에는 "黃鍾宮"이라고 주석하였다.

少年游 戰平甫

姜夔

雙螺未合，雙蛾先斂，家在碧雲西. 別母情懷，隨郎滋味，桃葉渡江時.
◎ ◎
扁舟載了，匆匆歸去，今夜泊前溪. 楊柳津頭，梨花牆外，心事兩人知.
◎ ◎

少年游 潤州作，代人寄遠

蘇軾

去年相送，餘杭門外，飛雪似楊花. 今年春盡，楊花似雪，猶不見還家.
◎ ◎
對酒捲簾邀明月，風露透窗紗. 恰似姮娥憐雙燕，分明照、畫樑斜.
仄仄仄平平平仄 ◎ 측측평평평평측 平平仄 仄平◎

살펴보건대, 이 사는《古今詞譜》에서 "黃鍾宮"에 속해있다. 앞단락과 안기도 사의 앞단락은 동일하며 뒷단락과 유영 사의 뒷단락이 조금 다르다. 뒷단락은 일곱 글자 구절로 仄仄平平平平仄이며 이는 요구(拗句)이다. 이와 같은 요구는 仄仄平平平仄仄으로 바꿀 수 없다.

43. 南歌子

《欽定詞譜》에 이르길, 唐教坊曲의 이름이라고 하였다. 또한《南柯子》,《望秦川》,《風蝶令》이라고도 불렀다.

《塡詞名解》은 본디 이름을《南柯子》라고 했으며 "제목을 당나라의 순우분(淳于棼)이 괴안국(槐安國)에서 남가태수가 되는 꿈을 꾼 일에서 딴 것이다."라고 하였다. 살펴보건대, 이 설은 적절하지 않다.《教坊記》에 실려있는 곡명들은 모두 玄宗 이전에 있었던 것인데, 李公佐의《南柯記》는 대략 德宗 시기에 지어졌으며《南柯子》는 원래 제목이 아니다. 張衡의《南都賦》에는 "坐南柯兮起鄭舞(남쪽으로 뻗은 나뭇가지에 앉아서 정나라 춤을 추었다.)" 구절이 있다. 이 사의 곡조는 본래 남방의 음악에 속해있었으며 이 때문에《南柯子》라고 이름 붙인 것이다. 任半塘은 "燉煌卷子에 원래 곡조의 舞譜가 있으며 이것으로 무곡을 알 수 있다고 하였다."

쌍조로 52자이다. 앞단락 네 구절은 삼평운으로 26자이다. 뒷단락은 동일하다. 앞단락의 起구는 대우를 활용하였다. 이 사는 입성운을 활용하였다.《金奩集》에서는 "仙呂調"으로 주석하였다.《張子野詞》에서는 "林鍾商"이라고 주석하였다.

詞譜	南歌子　歐陽修
(仄)仄平平仄句	鳳髻金泥帶,
平平仄仄平韻	龍紋玉掌梳.
(仄)平(平)仄仄平平叶	走來窗下笑相扶.
(仄)仄(仄)平(平)仄仄平平叶	愛道畫眉深淺入時無?
(仄)仄平平仄句	弄筆偎人久,
平平仄仄平叶	描花試手初,
(仄)平(平)仄仄平平叶	等閒妨了繡功夫.
(仄)仄(平)平(平)仄仄平平叶	笑問雙鴛鴦字怎生書?

살펴보건대, 앞뒤단락 마지막 구절은 앞은 두 글자 뒤는 일곱 글자로 또는 앞은 네 글자 뒤는 다섯 글자 혹은 앞은 여섯 글자 뒤는 세 글자로 마땅히 하나로 이어진다.

南歌子 旅思

呂本中

驛路侵斜月, 溪橋度曉霜. 短籬殘菊一枝黃, 正是亂山深處過重陽.
◎ ◎ ◎
旅枕元無夢, 寒更每自長. 只言江左好風光, 不道中原歸思轉淒涼.
◎ ◎ ◎

少年游 潤州作, 代人寄遠

僧仲殊

十里青山遠, 潮平路帶沙. 數聲啼鳥怨年華. 又是淒涼時候、在天涯.
◎ ◎ ◎
白露收殘暑, 淸風襯晚霞. 綠楊堤畔鬧荷花. 記得年時沽酒、那人家.
◎ ◎ ◎

少年游 潤州作, 代人寄遠

呂渭老

策杖穿荒圃, 登臨笑晚風. 無窮秋色蔽晴空. 遙見夕陽江上、卷飛蓬.
◎ ◎ ◎
雁過菰蒲遠, 山遙夢寐通. 一林楓葉墮愁紅. 歸去暮煙深處、聽疏鍾.
◎ ◎ ◎

44. 醉花陰

이 사는 于毛滂의《東堂詞》에서 처음 보이며 사에는 "人在醉陰中, 欲覓殘春, 春在屛風曲. 勸君對客杯須覆.(그 사람은 취해서 그늘 가운데 있고, 남은 봄을 찾으려고 하네. 봄은 바람을 막아 굽어 도네)" 구절이 있다. 사명은 여기서 취한 것이다.

쌍조, 52자이다. 앞단락 다섯 구절은 삼측운으로 26자이다. 뒷단락은 동일하다.《中原音韻》에서는 "黃鍾宮"이라고 주석하였다.《太平樂府》에는 "仲呂宮"이라고 주석하였다.

詞譜

(仄)仄(平)平平仄韻
(仄)仄平平仄叶
(上一下四或上二下三)
(平)仄仄平平句
(仄)仄平平句
(仄)仄平平仄叶

(平)平(仄)仄平平仄叶
(仄)仄平平仄叶
(上一下四或上二下三)
(仄)仄仄平平句
(平)仄平平句
(平)仄平平仄叶

醉花陰 重陽

李淸照

薄霧濃雲愁永晝,
瑞腦銷金獸.
(上一下四或上二下三)
佳節又重陽,
玉枕紗廚,
半夜涼初透.

東籬把酒黃昏後,
有暗香盈袖.

莫道不銷魂,
簾卷西風,
人比黃花瘦.

살펴보건대, 首구의 첫 구절은 (平)平(仄)仄平平仄으로 지었다. 앞뒤단락의 두 번째 구절은 上二下三를 많이 활용했는데 上一下四만을 쓰거나 앞 구절은 上一下四, 뒷 구절은 上二下三을 쓰는 경우도. 《詞律》에 이르길 "각자 전후로 모두 瑞腦 구법을 썼다"라고 하는데 정확하지 않다.

醉花陰

無名氏

粉妝一捻和香聚. 敎露華休妒. 今日在尊前, 只爲情多, 脉脉都无語.
仄平仄仄平平△ △ △
西湖雪過留難住. 指广寒歸去. 去後又明年, 人在江南. 夢到花開處.
△ △ △

45. 浪淘沙

唐教坊曲 이름이며 이후에 사패로 사용되었다. 《欽定詞譜》에 이르길 당나라 사람의 《浪淘沙》는 본디 칠언절구였는데 남당시기에 이르러 李煜에서 兩段令 사를 창작하기 시작하면서 비록 매 단락이 칠언시의 두 구절을 보존하기는 했지만 사실은 옛날 곡조의 이름을 써서 새로운 소리를 만들어낸 것이다. 살펴보건대, 張舜民의 사는 《賣花聲》이라고 하며 柳永의 사는 《浪淘沙令》이라고 하였다.

쌍조, 54자이다. 앞단락 다섯 구절은 사평운으로 27자이다. 뒷단락은 동일하다. 《樂章集》에는 "歇指調"라고 주석하였다. 南曲에는 "越調引"에 포함시켰으며 또한 "越調正曲"에 포함시켰으며 구법과 사는 동일하다.

詞 譜	浪淘沙
	李煜
(平)仄仄平平韻	帘外雨潺潺,
(平)仄平平叶	春意闌珊.
(平)平(仄)仄仄平平叶	羅衾不耐五更寒.
(仄)仄(仄)平平仄仄句	夢里不知身是客,
(仄)仄平平叶	一晌貪歡.
(仄)仄仄平平叶	獨自莫凭欄,
(平)仄平平叶	无限江山.
(仄)平(平)仄仄平平叶	別時容易見時難.
(平)仄(仄)平平仄仄句	流水落花春去也,
(平)仄平平叶	天上人間.

浪淘沙

歐陽修

把酒祝東風, 且共從容. 垂楊紫陌洛城東, 總是當時攜手處, 游遍芳叢.
◎ ◎ ◎ ◎
聚散苦匆匆, 此恨無窮. 今年花勝去年紅. 可惜明年花更好, 知與誰同.
◎ ◎ ◎ ◎

浪淘沙 題岳陽樓

張舜民

木葉下君山, 空水漫漫. 十分斟酒斂芳顔. 不是渭城西去客, 休唱陽關.
◎ ◎ ◎ ◎
醉袖撫危欄, 天淡雲閒. 何人此路得生還? 回首夕陽紅盡處, 應是長安.
◎ ◎ ◎ ◎

46. 鷓鴣天

《詞品(사품)》은 鄭嵎(정우)의 시 "春遊鷄鹿塞, 家在鷓鴣天(봄에 닭과 사슴이 변방에서 노닐고, 집에는 자규가 하늘에 있네)"에서 이름 딴 것이라고 하였다. 《欽定詞譜(흠정사보)》에는 "趙令畤(조령치)의 사는 《思越人(사월인)》이라고 하고, 李元膺(이원응)의 사는 《思佳客(사가객)》이라고 하며 賀鑄(하주)의 사는 《剪朝霞(전조하)》라고 하고 韓淲(한호)의 사는 《驪歌一疊(여가일첩)》이라고 한다. 盧祖皐(노조고)의 사는 《醉梅花(취매화)》라고 한다."고 되어있다.

쌍조, 55자이다. 앞단락의 네 구절은 삼평운으로 28자이다. 뒷단락의 다섯 구절은 삼평운으로 27자이다. 앞단락의 3구, 4구와 세 글자로 이루어진 뒷단락의 두 구절은 대우를 많이 활용했다. 《樂章集(악장집)》에는 "正平調(정평조)"라고 풀이하였다. 《太和正音譜(태화정음보)》에는 "大石調(대석조)"라고 풀이하였다.

詞 譜

(仄)仄平平(仄)仄平韻
(平)平(平)仄仄平平叶
(仄)平(平)仄平平仄句
(平)仄平平(仄)仄平叶

平仄仄句
仄平平叶

鷓鴣天

晏幾道

彩袖殷勤捧玉鐘,
當年拚卻醉顏紅.
舞低楊柳樓心月,
歌盡桃花扇底風.

從別後,
憶相逢.

(仄)平(仄)仄仄平平叶　　幾回魂夢與君同?
(平)平(仄)仄平平仄句　　今宵剩把銀缸照,
(平)仄平平(仄)仄平句　　猶恐相逢是夢中!

살펴보건대, 《詞律(사율)》에는 "첫째, 넷째, 마지막 구의 다섯 번째 글자는 측성을 써도 괜찮다. 그러나 예전 사람들은 이런 종류의 일곱 글자로 이루어진 구절의 다섯 번째 글자는 평성을 많이 썼다."라고 되어 있다.

鷓鴣天

賀鑄

重過閶門萬事非, 同來何事不同歸! 梧桐半死淸霜後, 頭白鴛鴦失伴飛.
◎ ◎ ◎
原上草, 露初晞, 舊棲新壟兩依依. 空床臥聽南窗雨, 誰復挑燈夜補衣!
◎ ◎ ◎

鷓鴣天

辛棄疾

陌上柔桑破嫩芽, 東鄰蠶種已生些. 平岡細草鳴黃犢, 斜日寒林點暮鴉.
◎ ◎ ◎
山遠近, 路橫斜. 青旗沽酒有人家. 城中桃李愁風雨, 春在溪頭薺菜花.
◎ ◎ ◎

鷓鴣天

姜夔

肥水東流無盡期, 當初不合種相思. 夢中未比丹青見, 暗裏忽驚山鳥啼.
◎ ◎ ◎
春未綠, 鬢先絲, 人間別久不成悲. 誰教歲歲紅蓮夜, 兩處沉吟各自知.
◎ ◎ ◎

47. 河傳

《古今詞話》에 이르길 《河傳》은 隋煬帝가 명령하여 변하(汴河)를 팔 때 노동요를 만들었다고 하였다. 《欽定詞譜》에 이르길 《河傳》의 이름은 隋에서부터 시작되었으니 이 사의 형식은 溫庭筠에서부터 시작되었다. 《花間集》에 당나라 사가 실려 있는데 , 후인들이 張先의 사에 따라 《慶同天》이라고 바꿔 불렀으며 李淸照의 사에 따라 《月照梨花》라고도 불렀고 徐昌圖의 사에 따라 《秋光滿目》이라고 바꿔 부르기도 하였다. 살펴보건대, 또한 《水調河傳》이라고 불렀다.

쌍조, 55자. 앞단락 일곱 구절은 양측운, 오평운으로 27자이다. 뒷단락 일곱 구절은 삼측운, 사평운으로 28자이다. 《金奩集》에서는 "南呂宮"으로 주석하였다. 《樂章集》에서는 "仙呂調"로 주석하였다. 《碧鷄漫志》에 "歐陽修 사에 있는 《河傳》

詞 譜	河傳 溫庭筠
(平)仄韻	湖上,
平仄叶	閒望.
仄平平換平	雨蕭蕭,
(平)仄(平)(平)仄平叶平	煙浦花橋路遙.
仄平仄(平)(平)仄平叶平	謝娘翠蛾愁不消,
(平)平叶平	終朝,
仄平平仄平叶平	夢魂迷晩潮.

仄仄平平平仄仄三換仄	蕩子天涯歸棹遠,
平仄仄叶三仄	春已晩,
(平)仄(平)平仄叶三仄	鶯語空斷腸.
仄平平四換平	若耶溪,
(平)仄平叶四平	溪水西,
仄平叶四平	柳堤,
仄平平仄平叶四平	不聞郎馬嘶.

살펴보건대, 앞단락 네 번째 구절은 仄仄仄平平平으로 짓기도 하며 다섯 번째 구절을 仄仄仄仄仄平으로 짓기도 하는데 뒷단락의 首구는 또한 平仄平仄仄平仄으로 짓기도 한다.

又一體

河傳

顧敻

(仄)仄韻	棹擧,
平仄叶	舟去.
(平)平(仄)仄句	波光渺渺,
仄平平仄叶	不知何處.
(仄)平(平)仄仄平平換平	岸花汀草共依依,
仄平叶平	雨微,
仄平平仄平叶平	鷓鴣相逐飛.
(平)平(平)仄平平仄三換仄	天涯離恨江聲咽,
(平)平仄叶三仄	啼猿切,
(仄)仄(仄)平仄叶三仄	此意向誰說.
仄平平四換平	艤蘭橈,
仄(平)平叶四平	獨無憀,
(平)平叶四平	魂銷,
仄平平仄平叶四平	小鑪香欲焦.

河傳 效花簡體

辛棄疾

春水, 千里, 孤舟浪起, 夢携西子. 覺來村巷夕陽斜. 几家, 短墻紅杏花.
 △　　　　◎　　　　◎　　　　　◎

晚云做造些儿雨. 折花去, 岸上誰家女? 太狂顚! 那岸邊, 柳綿, 被風吹上天.
　　　◎　　　　◎　　　　　　　◎

살펴보건대, 이 사와 顧夐의 사는 같은 형식이지만 앞단락 세 번째 구절은 압운하였다.

又一體

河傳

李珣

(仄)仄 韻	去去!
平仄 叶	何處?
(平)平平仄 叶	迢迢巴楚.
平仄平平 換平	山水相連,
(平)仄(仄)仄 換平	朝雲暮雨,
平仄仄仄平平 叶平	依舊十二峰前,
(平)仄(仄)仄平 叶平	猿聲到客船.
(平)平(仄)仄平平仄 三換仄	愁腸豈異丁香結?
平(平)仄 叶三仄	因離別,
仄仄平平仄 叶三仄	故國音書絶.
仄平平平仄 句	想佳人花下,
仄平仄平平 四換平	對明月春風,
仄平平 叶四平	恨應同.

살펴보건대, 뒷단락 네 번째 구절과 다섯 번째 구절은 仄仄平平仄句, 平仄仄仄平平으로 짓는다.

48. 玉樓春

《欽定詞譜》에 이르길 《花間集》에 실려 있는 顧敻의 사에는 "月照玉樓春漏促(달은 옥루를 비추고, 봄은 물시계 소리를 재촉하네)"의 구절이 있는데 또한 "柳映玉樓春日晚(버들은 옥루를 비추고 봄날의 해는 길구나)"의 구절이 있다. 《尊前集》에 실려 있는 歐陽炯의 사에는 "春早玉樓烟雨夜"의 구절이 있는데 여기서 따서 이름 붙인 것이다. 또한 《花間集》에는 《木蘭花》, 《玉樓春》의 두 곡조가 실려 있는데 칠언팔구는 《玉樓春》의 형식이며 《木蘭花》는 韋莊의 사, 毛熙震의 사, 魏承班 사는 《玉樓春》과 동일한 것이 없다. 《尊前集》에 잘못 기록된 후 송나라 사람들이 잘못된 것을 따라 기록하면서 대개 섞였다. 살펴보건대 이 두 사패의 구별은 자구와 궁조에 있다. 《玉樓春》은 측운의 칠언율이다. 그러나 《木蘭花》는 韋莊의 사에서 세 번째 구절, 魏承班의 사에서 첫 번째 · 세 번째 구절, 毛熙震의 사에서 첫 번째 · 세 번째 · 다섯 번째 · 일곱 번째 구절, 모두 두 개의 세 글자로 된 구절이다. 송사 중에서 칠언팔구의 《木蘭花》는 "林鍾商" · "般涉調"에 포함되어 있으며(《樂章集》), "大石調", "仙呂調"(《淸眞集》)에 포함되어있으니 두 형식은 이미 하나로 혼합되었다. 徐釚의 《詞苑叢談》에는 "詞는 글자 수가 어느 정도 같지만 속해있는 宮調는 다르니 사명 역시 이 때문에 다르게 되며 《玉樓春》과 《木蘭花》는 서로 같으나 《木蘭花》의 곡조를 부르면 '大石調'에 속한다."라고 하였다. 林鍾商, 大石調는 商七調에 속하는데 이것은 《木蘭花》의 宮調인데 《玉樓春》에서는 般涉調, 仙呂調라고 여겨지니 모두 羽七調에 속한다.

쌍조로 56자이다. 앞단락 네 구절은 삼측운으로 28자이다. 뒷단락은 동일하다. 《詞林正韻》에서 "仙呂調의 玉樓春은 거성으로만 압운한다."라고 하였다.

詞譜	玉樓春　張先
(平)平(仄)仄平平仄韻	龍頭舴艋吳兒競,
(仄)仄(平)平平仄仄叶	筍柱鞦韆遊女並.
(平)平(平)仄仄平平句	芳洲拾翠暮忘歸,
(平)仄(仄)平平仄仄叶	秀野踏青來不定.
(平)平(仄)仄平平仄叶	行雲去後遙山暝,
(仄)仄(平)平平仄仄叶	已放笙歌池院靜.
(仄)平(仄)仄仄平平句	中庭月色正淸明,
(平)仄(仄)平平仄仄叶	無數楊花過無影.

살펴보건대, 앞단락 首구 역시 (仄)仄(平)平平仄仄으로 지었으며 이를 따라 지은 사들은 적다.

玉樓春 春景

宋祁

東城漸覺風光好, 縠皺波紋迎客棹. 綠楊煙外曉寒輕, 紅杏枝頭春意鬧.
△ △ △
浮生長恨歡娛少, 肯愛千金輕一笑? 爲君持酒勸斜陽, 且向花間留晚照.
△ △ △

玉樓春

晏幾道

鞦韆院落重簾暮, 彩筆閒來題繡戶. 牆頭丹杏雨餘花, 門外綠楊風后絮.
△ △ △
朝雲信斷知何處. 應作襄王春夢去. 紫騮認得舊遊蹤, 嘶過畫橋東畔路.
△ △ △

玉樓春

嚴仁

春風只在園西畔, 薺菜花繁胡蝶亂. 冰池晴綠照還空, 香徑落紅吹已斷.
◎ ◎ ◎
意長翻恨游絲短, 盡日相思羅帶緩. 寶奩明月不欺人, 明日歸來君試看.
◎ ◎ ◎

玉樓春

辛棄疾

三三兩兩誰家女? 聽取鳴禽枝上語. 提壺沽酒已多時, 婆餠焦時須早去.
◎ ◎ ◎
醉中忘卻來時路, 借問行人家住處. 只尋古廟那邊行, 更過溪南烏桕樹.
◎ ◎ ◎

49. 鵲橋仙

이 사는 견우와 직녀가 칠석에 서로 만나는 일을 읊은 것이다. 《風俗記》에 "칠석에 직녀가 은하를 건너려 하면 까치들로 하여금 다리를 만들게 한다." 《欽定詞譜》에서 "歐陽修에서부터 시작되었으니 사에는 '鵲迎橋路接天津(까치는 다리 길에서 맞이하고 하늘 못에 접해있네)'의 구절이 있는데 여기서 따다 곡조의 이름을 지은 것이다. 周邦彦의 사 《鵲橋仙令》, 《梅苑詞》라고 하며 《憶人人》이라고 한다. 韓淲의 사는 秦觀사의 구절을 취하여 《金風玉露相逢曲》이라고 한다. 張輯의 사에는 '天風取送廣寒秋(하늘 바람을 취해서 광한궁의 가을에 보내고)'라는 구절이 있어 《廣寒秋》라고 한다."

쌍조로 56자이다. 앞단락 다섯 구절은 이측운으로 28자이다. 뒷단락은 동일하다. 《古今詞譜》에 "仙呂調의 곡조는 또한 高平調에 포함되기도 한다." 《樂章集》에서는 "歇指調"라고 주석하였다.

詞 譜	鵲橋仙 秦觀
(平)平(仄)仄平平仄韻	龍頭舴艋吳兒競,
(仄)仄(平)平平仄仄叶	筍柱鞦韆遊女並.
(平)平(平)仄仄平平句	芳洲拾翠暮忘歸,
(平)仄(仄)平平仄仄叶	秀野踏青來不定.
(平)平(仄)仄平平仄叶	行雲去後遙山暝,
(仄)仄(平)平平仄仄叶	已放笙歌池院靜.

(仄)平(仄)仄仄平平句　　中庭月色正淸明,
(平)仄(仄)平平仄仄叶　　無數楊花過無影.

살펴보건대, 앞단락과 뒷단락의 두 번째 구절을 압운하였으며 앞단락과 뒷단락의 첫 번째 · 두 번째 구절도 압운하였다.

鵲橋仙 山行書所見

辛棄疾

松岡避暑, 茅檐避雨, 閑去閑來幾度? 醉扶怪石看飛泉, 又却是前回醒處.
△ △ △ △
東家娶婦, 西家歸女, 燈火門前笑語. 釀成千頃稻花香, 夜夜費一天風露.
△ △ △ △

鵲橋仙

陸游

茅檐人靜, 篷窗燈暗, 春晚連江風雨. 林鶯巢燕總無聲, 但月夜常啼杜宇.
△ △
催成淸淚, 驚殘孤夢, 又揀深枝飛去. 故山獨自不堪聽, 況半世飄然羈旅.
△ △

鵲橋仙

張鎡

連汀接渚, 縈蒲帶藻, 萬鏡香浮光滿. 濕煙吹霽木蘭輕, 照波底紅嬌翠腕.
△ △
玉纖採處, 銀籠攜去, 一曲山長水遠. 採鴛雙慣貼人飛, 恨南浦離多夢短.
△ △

50. 南鄕子

당교방곡의 이름이며 이후에 사패로 활용되었다. 남쪽의 풍물을 주제로 읊었기 때문에 이름으로 하였다. 任半塘은 “《南鄕子》는 舞曲으로 燉煌卷子에도 舞譜가 있다.”고 하였다.

쌍조로 56자이다. 앞단락 다섯 구절은 사평운으로 28자이다. 뒷단락은 동일하다. 《張子野詞》에는 “中呂宮”과 “般涉調”라 주석하였다. 《淸眞集》에는 “商調”로 주석하였다.

詞 譜

(仄)仄仄平平韻
(仄)仄平平仄仄平叶
(平)仄(仄)平平仄仄句
平平叶
(仄)仄平平仄仄平叶

(仄)仄仄平平叶
(仄)仄平平仄仄平叶
(仄)仄(平)平平仄仄句
平平叶
(仄)仄平平仄仄平叶

南鄕子 春閨

孫道絢

曉日壓重檐,
斗帳犹寒起未忺.
天气困人梳洗倦,
眉尖.
淡畵春山不喜添.

閑把綉絲撏.
紝得金針又怕拈.
陌上行人歸也未,
恹恹.
滿院楊花不卷帘.

南鄕子

蘇軾

晩景落瓊杯, 照眼雲山翠作堆. 認得岷峨春雪浪, 初來. 萬頃蒲萄漲綠醅.
◎ ◎ ◎ ◎
暮雨暗陽臺, 亂灑高樓濕粉腮. 一陣東風來捲地, 吹迴. 落照江天一半開.
◎ ◎ ◎ ◎

南鄕子 登京口北固亭有怀

辛棄疾

何處望神州? 滿眼風光北固樓. 千古興亡多少事, 悠悠, 不盡長江滾滾流.
◎ ◎ ◎ ◎
年少萬兜鍪, 坐斷東南戰未休. 天下英雄誰敵手? 曹劉. 生子當如孫仲謀.
◎ ◎ ◎ ◎

살펴보건대, 이 사의 말구의 '孫'자는 詞譜에 따라 측성으로 지어야한다 그러나 다른 글자로 대체하여 지을 수 없을 때는 離譜가 가능할 뿐이다.

南鄕子 夏日作

李之儀

綠水滿池塘, 點水蜻蜓避燕忙. 杏子壓枝黃半熟, 鄰牆. 風送荷花幾陣香.
◎ ◎ ◎ ◎
角簟襯牙床. 汗透鮫綃晝影長. 點滴芭蕉疏雨過, 微涼. 畫角悠悠送夕陽.
◎ ◎ ◎ ◎

51. 虞美人

당교방의 이름이다. 項羽가 총애했던 첩 虞美人에서 따서 이름 지었다.《欽定詞譜》에 《樂府雅詞》에는《虞美人令》이라고 하였으며 周紫芝의 사는《玉壺氷》, 張炎의 사는 버드나무를 읊었으며《憶柳曲》이라고 했고 王行의 사는 李煜 사의 구절을 따서《一江春水》라고 하였다.

쌍조로 56자이다. 앞단락 네 구절은 양측운, 양평운으로 28자이다. 뒷단락도 동일하다.《碧雞漫志》에 "《虞美人》은 그 곡이 모두 소주 발음이며 지금 민간에서 성행하고 있다. 예전 곡 세 가지는 하나는 中呂調에, 하나는 中呂宮에, 근세에는 또한 黃鍾宮에 포함되었다."라고 하였다. 살펴보건대 이 사는《尊前集》에서 "中呂宮"이라고 주석하였다.《淸眞集》에서는 "正宮"이라고 주석하였다.

詞 譜

㊀仄仄平平韻
㊀仄平平仄仄平叶
㊥仄㊀平平仄仄句
平平叶
㊀仄平平仄仄平叶
㊀仄仄平平叶
㊀仄平平仄仄平叶
㊀仄㊥平平仄仄句

虞美人

李煜

春花秋月何時了?
往事知多少!
小樓昨夜又東風,
故國不堪回首月明中!

雕欄玉砌應猶在,
只是朱顔改.
問君能有幾多愁?

平平叶

(仄)仄平平仄仄平叶　　　　恰似一江春水向東流.

살펴보건대, 앞뒤단락의 結구는 앞은 여섯 자 뒤는 세 글자 · 앞은 네 글자 뒤는 다섯 자, 앞은 두 글자 뒤는 일곱 글자로 가능하지만 마땅히 한 번에 이어져야 한다. 王力은 “아홉 자 구절의 다섯 번째 글자는 평성으로 이루어짐을 원칙으로 하며 세 번째 글자는 평성으로 이루어져야 한다.”고 말했다.(《漢語詩律學》)

虞美人

晏幾道

疏梅月下歌金縷. 憶共文君語. 更誰情淺似春風. 一夜滿枝新綠替殘紅.
△ △ ◎ ◎
蘋香已有蓮開信. 兩槳佳期近. 採蓮時節定來無. 醉後滿身花影倩人扶.
△ △ ◎ ◎

虞美人

李廌

玉闌乾外淸江浦, 渺渺天涯雨. 好風如扇雨如簾, 時見岸花汀草漲痕添.
△ △ ◎ ◎
青林枕上關山路, 臥想乘鸞處. 碧蕪千里思悠悠, 惟有霎時涼夢到南州.
△ △ ◎ ◎

虞美人

陳亮

東風盪颺輕雲縷, 時送蕭蕭雨. 水邊畫榭燕新歸, 一點香泥濕帶落花飛.
△ △ ◎ ◎
海棠糝徑鋪香繡, 依舊成春瘦. 黃昏庭院柳啼鴉, 記得那人, 和月折梨花.
△ △ ◎ ◎

52. 夜行船

《欽定詞譜》에서 《夜行船》과 《雨中花》는 서로 혼동되기 가장 쉬운데 송나라 사람들의 사집에서 매 번 잘못 기록되었다. 지금 《花草粹編》에서 엮은 것에 비추어보건대 《夜行船》에서 두 結구는 여섯 글자 · 일곱 글자이고 《雨中花》에서의 두 結구는 다섯 자이다. 살펴보건대, 《詞律》에서는 《夜行船》를 역시 《雨中花令》이라고 보았다. 黃公紹 사는 《明月棹孤舟》, 王觀의 사는 《送將歸》라고 하였다.

쌍조로 56자이다. 앞단락 다섯 구절은 삼측운이며 28자이다. 뒷단락도 동일하다. 《中原音韻》에서는 "쌍조"라고 주석하였다.

詞 譜

(平)仄(平)平平仄仄韻
(平)(平)(仄)逗仄平平仄叶
(仄)仄平平句
(平)仄(平)仄句
(仄)仄仄平平仄叶

(仄)仄(平)平平仄仄叶
(平)(平)(仄)逗仄平平仄叶
(仄)仄平平句
(平)平(平)仄句
(平)仄仄平平仄叶

夜行船

吳文英

鴉帶斜陽歸遠樹.
无人听、數聲鐘暮.
日与愁長,
心灰香斷,
月冷竹房扃戶.

畫扇青山吳苑路.
傍怀袖、夢飛不去.
憶別西池,
紅綃盛泪,
腸斷粉蓮啼露.

夜行船 越中作

丘崈

水滿平湖香滿路. 繞重城、藕花无數. 小艇紅妝, 疏帘輕盖, 烟柳畫橋斜渡.
△ △ △
恣樂追凉忘日暮. 簫鼓動、月明人去. 犹有清歌, 隨風迢遞, 聲在芰荷深處.
△ △ △

夜行船

王嵎

曲水濺裙三月二. 馬如龍、鈿車如水. 風颺游絲, 日烘晴晝, 人共海棠俱醉.
△ △ △
客里光陰難可意. 掃芳塵、旧游誰記. 午夢醒來, 小窗人靜, 春在賣花聲里.
△ △ △

夜行船

孫浩然

何處采菱歸暮? 隔宵烟、菱歌輕擧. 白苹風起月華寒, 影朦朧、半和梅雨.
△ △ 仄平平仄仄平平 △
脉脉相逢心似許, 扶蘭棹、黯然凝佇. 遙指前村, 隱隱烟樹, 含情背人歸去.
△ △ 仄仄平平 平平仄平平 △

살펴보건대 이 사의 앞뒤단락의 뒤의 두 구절은 구절의 형식과 평측 모두가 오문영의 사와 다르다.

雨中花

王觀

百尺淸泉聲陸續. 映瀟灑、碧梧翠竹. 面千步迴廊, 重重簾幕, 小枕欹寒玉.
△ (仄)平(平)△ 仄(平)仄平平 (仄)仄平平△
試展鮫綃看畫軸. 見一片、瀟湘凝綠. 待玉漏穿花, 銀河垂地, 月上欄干曲.
△ (平)平(平)△ 仄(平)仄平平 (仄)仄平平△

살펴보건대,《詩餘譜》에서는 이 사를《雨中花》의 정식 형식이라고 보았는데 이 사의 앞뒤단락 세 번째, 다섯 번째 구절을 다섯 글자로 이루어진 구절로 지었으며 세 번째 구절은 앞이 한 글자 뒤가 네 글자이나, 두 번째 구절의 뒤에 네 글자의 평측은 오문영의 사와 다르다.

53. 夜遊宮

王嘉의 《拾遺記》에는 漢成帝가 太液地 주변에 宵遊宮을 지었다고 되어있다. 사패는 아마 여기서 이름을 얻었을 것이다. 賀鑄의 사는 《新念別》이라고 한다.

쌍조로 57자이다. 앞단락 여섯 구절은 사측운으로 29자이다. 뒷단락 여섯 구절은 사측운으로 28자이다. 《淸眞集》에는 "般涉調"라 주석하였다.

詞 譜

(仄)仄平平仄仄韻
(去)
仄(平)仄(仄)平平仄叶
(仄)仄平平仄(仄)仄叶
(去)
仄平平句
仄平平句
平仄仄叶

(仄)仄平平仄叶
仄(平)仄逗(仄)平平仄叶
(仄)仄平平仄(仄)仄叶
(去)

仄平平句
仄平平句
平仄仄叶

夜遊宮 記夢寄師伯渾

陸游

雪曉淸笳亂起,

夢遊處、不知何地.
鐵騎無聲望似水.

想關河,
雁門西,
青海際.

睡覺寒燈裏,
漏聲斷、月斜窗紙.
自許封侯在萬里.

有誰知,
鬢雖殘,
心未死!

살펴보건대, 앞뒤단락의 세 번째 구절의 여섯 번째 글자는 평성을 쓰는 것을 일반적으로 상례로 했으며, 이 두 구절의 마지막 세 글자는 대부분 거 · 평 · 상성으로 지었는데 이 사는 거 · 거 · 상성으로 지었다.

夜遊宮 鶴

毛滂

長記勞君送遠, 柳煙重、桃花波暖. 花外溪城望不見. 古槐邊, 故人稀, 秋鬢晚.
△ △ △ △
我有凌霄伴, 在何處、山寒雲亂. 何不隨君弄淸淺. 見伊時, 話陽春, 山數點.
△ △ △ △

夜遊宮

周邦彦

叶下斜陽照水, 卷輕浪、沈沈千里. 橋上酸風射眸子, 立久時, 看黃昏, 灯火市.
△ △ △ △
古屋寒窗底, 听几片、井桐飛墜. 不戀單衾再三起. 有誰知, 爲蕭娘, 書一紙.
△ △ △ △

54. 一斛珠

《塡詞名解》에서는 당나라 明皇이 花萼樓에서 梅妃를 그리고 있는데 때마침 진주를 바치러 온 외국 사신을 맞닥뜨리게 되자 곧바로 명령하여 한 섬의 구슬을 매비에게 하사하였다. 매비는 시를 써서 사례하였는데 시에 "長門盡日無梳洗, 何必珍珠慰寂寥(장문궁에서 온 종일 머리도 빗지 않고 얼굴도 씻지 않았는데, 어찌 진주로 이 적막하고 무료함을 위로해 줄까!)"라는 구절이 있었다. 명황은 이 시를 보고 마음이 언짢아져서는 樂府에 명령하여 이 시구에 악보를 만들도록 하고는《一斛珠》라고 이름 붙였다. 살펴보건대, 이 사는 오래된 곡의 이름을 사용하여 새로운 곡조를 만든 것이다.《欽定詞譜》에 이르기를《宋史 · 樂志》에서는《一斛夜明珠》라고 했으며 晏幾道의 사는《聚落魄》, 張先의 사는《怨春風》, 黃庭堅의 사는《聚落拓》이라고 불렀다고 한다.

쌍조로 57자이다. 앞단락 다섯 구절은 사측운으로 27자이다. 뒷단락 다섯 구절은 사측운으로 30자이다.《尊前集》에서는 "商調"라고 주석하였다.《宋史 · 樂志》에는 "中呂宮"에 포함되어있다.

詞 譜	**一斛珠** 佳人吹笛
	張先
(平)仄(仄)仄韻	雲輕柳弱.
(仄)平(仄)仄平平仄叶	內家髻要新梳掠.
(平)平(平)仄平平仄叶	生香眞色人難學.
(平)仄平平句	橫管孤吹,
(仄)仄(平)平仄叶	月淡天垂幕.
(平)平(仄)仄平平仄叶	朱唇淺破桃花萼.
(仄)平(平)仄平平仄叶	倚樓誰在欄干角.
(仄)平(仄)仄平平仄叶	夜寒手冷羅衣薄.
(平)仄平平句	聲入霜林,
(仄)仄(平)平仄叶	簌簌驚梅落.

살펴보건대, 뒷단락 首구는 平仄仄平平仄仄으로 짓는 경우도 있다.

聚落魄

范成大

栖烏飛絶, 絳河綠霧星明滅. 燒香曳簟眠淸樾. 花影吹笙, 滿地淡黃月.
△ △ △ △
好風碎竹聲如雪, 昭華三弄臨風咽. 鬢絲撩亂綸巾折. 凉滿北窗, 休共軟紅說.
△ △ △ △

一斛珠

侯寘

梅花似雪, 雪花却似梅淸絶. 小窗低映梅梢月. 常記良宵, 吹酒共攀折.
△ △ △ △
如今客里都休說, 瀟瀟洒洒情怀別. 夜闌火冷孤灯滅. 雪意梅情, 分付漆園蝶.
△ △ △ △

55. 小重山

《欽定詞譜》에 이르길 李邴의 사는 《小冲山》이라고 하며 姜夔의 사는 《小重山令》, 韓淲의 사는 《柳色新》이라고 불렀다고 하였다.

쌍조로 58자이다. 앞단락 여섯 구절은 사평운으로 30자이다. 뒷단락 여섯 구절은 사평운으로 28자이다. 입성운으로 압운하였다. 당나라 사람들은 대부분 이 사를 궁정에 사는 여인들의 시름으로 묘사하였다. 《宋史 · 樂志》에 "옛 곡조를 가지고 새로운 소리를 만든 것이 58곡인데 쌍조로 《小重山》이다." 李之儀의 《跋小重山詞》는 이 곡을 "원활하게 실마리를 찾아낸다(宛轉抽繹)", "소리가 거문고에 있다(聲有琴中韻)"라고 하였다.

詞 譜	小重山 岳飛
(仄)仄平平(仄)仄平韻	昨夜寒蛩不住鳴.
(平)平平仄仄句	驚回千里夢,
仄平平叶	已三更.
(仄)平(仄)仄仄平平叶	起來獨自遶階行.
平(仄)仄句	人悄悄,
(仄)仄仄平平叶	簾外月朧明.
(仄)仄仄平平叶	白首爲功名.
(仄)平平仄仄句	舊山松竹老,
仄平平叶	阻歸程.

(仄)平(平)仄仄平平叶	欲將心事付瑤琴.
平(平)仄句	知音少,
(平)仄仄平平叶	弦斷有誰聽!

小重

韋莊

一閉昭陽春又春. 夜寒宮漏永, 夢君恩. 臥思陳事暗消魂, 羅衣濕, 紅袂有啼痕.
◎ ◎ ◎ ◎
歌吹隔重閽. 繞庭芳草綠, 倚長門. 萬般惆悵向誰論? 凝情立, 宮殿欲黃昏.
◎ ◎ ◎ ◎

小重山

汪藻

月下潮生紅蓼汀. 淺霞都斂盡, 四山青. 柳梢風急墮流螢, 隨波處, 点点亂寒星.
◎ ◎ ◎ ◎
別語寄叮嚀. 如今能間隔, 几長亭? 夜來秋气入銀屏. 梧桐雨, 還恨不同听.
◎ ◎ ◎ ◎

小重山 潭州紅梅

姜夔

人繞湘皐月墜時, 斜橫花樹小, 浸愁漪. 一春幽事有誰知? 東風冷、香遠茜裙歸.
◎ ◎ ◎ ◎
鷗去昔遊非. 遙憐花可可, 夢依依. 九疑雲杳斷魂啼, 相思血, 都沁綠筠枝.
◎ ◎ ◎ ◎

小重山 春愁

吳淑姬

謝了荼蘼春事休, 無多花片子, 綴枝頭. 庭槐影碎被風揉. 鶯雖老, 肆尚帶嬌羞.
◎ ◎ ◎
獨自倚妝樓. 一川煙草浪, 襯雲浮. 不如歸去下簾鉤, 心兒小, 難著許多愁.
◎ ◎ ◎ ◎

56. 踏沙行

楊愼의 《詞品》에서 “韓翃의 시에 ‘踏沙行草過春溪(봄날 파릇파릇한 풀을 밟으며 봄 시냇물을 지나가네.)’라는 구절이 있는데 사의 이름은 여기서 비롯된 것이다.”라 하였다. 《欽定詞譜》에서는 “朝冠의 사를 《喜朝天》, 趙長卿의 사를 《柳長春》, 《鳴鶴餘音詞》를 《踏雪行》이라고 한다.” 살펴보건대 賀鑄의 사는 《惜餘春》, 《芳心苦》라고 한다.

쌍조로 58자이다. 앞단락 다섯 구절은 삼측운으로 29자이다. 뒷단락도 동일하다. 앞뒤단락의 첫 번째, 두 번째 구절은 대우를 활용하였다. 《張子野詞》는 “中呂宮”으로 주석하였다. 金詞에는 “中呂調”라고 주석하였다.

詞 譜	踏沙行 晏殊
(仄)仄平平句	小徑紅稀,
(平)平(仄)仄韻	芳郊綠遍.
(平)平(仄)仄平平仄叶	高台樹色陰陰見.
(平)平(仄)仄仄平平叶	春風不解禁楊花,
(平)平(仄)仄平平仄叶	蒙蒙亂扑行人面.
(仄)仄平平句	翠叶藏鶯,
(平)平(仄)仄叶	珠帘隔燕.
(平)平(仄)仄平平仄叶	爐香靜逐游絲轉.
(仄)平(平)仄仄平平句	一場愁夢酒醒時,
(平)平(仄)仄平平仄叶	斜陽却照深深院.

踏沙行

寇准

春色將闌, 鶯聲漸老, 紅英落盡青梅小. 畫堂人靜雨濛濛, 屏山半卷餘香裊.
△ △ △
密約沈沈, 離情杳杳, 菱花塵滿慵將照. 倚樓無語欲銷魂, 長空黯淡連芳草.
△ △ △

踏沙行 相別

歐陽修

候館梅殘, 溪橋柳細, 草薰風暖搖征轡. 離愁漸遠漸無窮, 迢迢不斷如春水.
△ △ △
寸寸柔腸, 盈盈粉淚, 樓高莫近危欄倚. 平蕪盡處是春山, 行人更在春山外.
△ △ △

踏沙行 郴州旅舍

秦觀

霧失樓台, 月迷津渡, 桃源望斷無尋處. 可堪孤館閉春寒, 杜鵑聲裡斜陽暮.
△ △ △
驛寄梅花, 魚傳尺素. 砌成此恨無重數. 郴江幸自繞郴山, 爲誰流下瀟湘去?
△ △ △

踏沙行 荷花

賀鑄

楊柳回塘, 鴛鴦別浦. 綠萍漲斷蓮舟路. 斷無蜂蝶慕幽香, 紅衣脫盡芳心苦.
△ △ △
返照迎潮, 行雲帶雨. 依依似與騷人語. 當年不肯嫁春風, 無端卻被秋風誤.
△ △ △

踏沙行 自沔東來, 丁未元日至金陵, 江上感夢而作

姜夔

燕燕輕盈, 鶯鶯嬌軟, 分明又向華胥見. 夜長爭得薄情知? 春初早被相思染.
△ △ △
別後書辭, 別時針線, 離魂暗逐郎行遠. 淮南皓月冷千山, 冥冥歸去無人管.
△ △ △

57. 臨江仙

唐教坊曲(당교방곡)의 곡조명으로 이후 사패로 활용되었다. 黃升(황승)의 《花菴詞選(화암사선)》에서 "당나라의 사는 대부분 사의 제목과 관련하여 감정을 묘사하였는데 《臨江仙(임강선)》은 물에 사는 신선을 읊은 것 중에 하나이다."라고 하였다. 살펴보건대 賀鑄(하주)의 사는 《雁後歸(안후귀)》, 《鴛鴦夢(원앙몽)》이라 하고, 후대 사람들이 李淸照(이청조)의 사에 따라 《庭院深深(정원심심)》이라고 바꿔 부르기도 하였다.

쌍조, 60자이며 앞 단락의 다섯 구절은 삼평운으로 30자이다. 뒷단락도 동일하다. 오대(五代)시기 사람들은 앞뒤 단락의 4구를 대부분 네 글자로 지은 것이 마치 李煜(이욱)의 사와 같고, 앞뒤 단락의 첫째 구는 한 글자를 적게 지은 것은 마치 晏幾道(안기도)의 사와 같다. 《樂章集(악장집)》에서는 《仙呂調(선려조)》라고 주석하였고, 《張子野詞(장자야사)》에는 《高平調(고평조)》라고 주석하였다.

詞譜	臨江仙 陳與義
仄⃝仄仄⃝平平仄仄句	憶昔午橋橋上飲,
仄⃝平平⃝仄平平韻	坐中多是豪英.
平⃝平平⃝仄仄平平句	長溝流月去無聲.
仄⃝平平仄仄句	杏花疎影裏,
平⃝仄仄平平叶	吹笛到天明.
仄⃝仄平⃝平平仄仄句	二十餘年如一夢,
仄⃝平平⃝仄平平叶	此身雖在堪驚.
仄⃝平仄⃝仄仄平平叶	閒登小閣看新晴.
仄⃝平平仄仄句	古今多少事,
平⃝仄仄平平叶	漁唱起三更.

臨江仙

李煜

櫻桃落盡春歸去, 蝶翻輕粉雙飛. 子規啼月小樓西. 玉鉤羅幕, 惆悵暮煙垂.
平⃝平仄⃝仄平平仄 ◎ ◎ 仄⃝平平⃝仄 ◎
別巷寂寥人散後, 望殘煙草低迷. 鑪香閑嫋鳳凰兒. 空持羅帶, 回首恨依依.
◎ ◎ 平⃝平平⃝仄 ◎

살펴보건대, 여기서는 앞 단락의 1, 4구와 뒤 단락의 4구를 제한 것 외에 자구(字句)의 평측은 모두 이전의 詞(사)와 동일하다. 五代(오대)시기 사람들은 이 형식에 따라 사를 많이 지었다.

臨江仙

晏幾道

陌上柔桑破嫩芽, 東鄰蠶種已生些. 平岡細草鳴黃犢, 斜日寒林點暮鴉.
◎ ◎ ◎
山遠近, 路橫斜. 靑旗沽酒有人家. 城中桃李愁風雨, 春在溪頭薺菜花.
◎ ◎ ◎

살펴보건대, 여기서는 앞뒤 단락의 첫 구절을 제한 것 외에 자구의 평측은 모두 이전의 사와 동일하다.

臨江仙

蘇軾

夜飲東坡醒復醉, 歸來仿佛三更. 家童鼻息已雷鳴. 敲門都不應, 倚杖聽江聲.
◎ ◎ ◎
長恨此身非我有, 何時忘卻營營? 夜闌風靜谷紋平. 小舟從此逝, 江海寄余生.
◎ ◎ ◎

臨江仙 和韓求仁南都留別

晁補之

曾唱牡丹留客飲, 明年何處相逢? 忽驚鵲起落梧桐. 綠荷多少恨, 回首背西風.
◎ ◎ ◎
莫嘆今宵身是客, 一尊未曉猶同. 此身應似去來鴻. 江湖春水闊, 歸夢故園中.
◎ ◎ ◎

臨江仙 與客湖上飲歸

葉夢得

不見跳魚翻曲港, 湖邊特地經過. 蕭蕭疏雨亂風荷. 微雲吹散, 涼月墜平波.
◎ ◎ ◎
白酒一杯還徑醉, 歸來散發婆娑. 無人能唱採蓮歌. 小軒欹枕, 簷影掛星河.
◎ ◎ ◎

58. 唐多令

“唐”은 “糖”이라고 하기도 한다.《欽定詞譜》에 이르길 周密은 劉過의 사에 따라《南樓令》이라고 바꿔 불렀고, 張翥의 사는《箜篌曲》이라고 한다고 하였다.

쌍조 60자이다. 앞단락의 다섯 구절은 사평운으로 30자이다. 뒷단락은 동일하다.《太和正音譜》는 “越調”에 포함되었고 또한 “高平調”에 포함되어있다.

詞 譜

(平)仄仄平平韻
(平)平(仄)仄平叶
仄平平逗(平)平平叶
(仄)仄(仄)平平仄仄句
(平)(仄)仄逗仄平平叶

(平)仄仄平平叶
(仄)平(平)仄平叶
仄平平逗(平)仄平平叶
(仄)仄(仄)平平仄仄句
(平)(仄)仄逗仄平平叶

唐多令

劉過

蘆葉滿汀洲,
寒沙帶淺流.
二十年、重過南樓.
柳下(作平)繫船猶未穩,
能幾日、又中秋.

黃鶴斷磯頭.
故人今在否?
舊江山、渾(作平)是新愁.
欲買桂花同載酒,
終不似、少年遊.

唐多令

吳文英

何處合成愁? 離人心上秋. 縱芭蕉、不雨也颼颼. 都道晚涼天氣好, 有明月、怕登樓.
◎ ◎ ◎ ◎
年事夢中休, 花空煙水流. 燕辭歸、客尚淹留. 垂柳不縈裙帶住, 謾長是、系行舟.
◎ ◎ ◎ ◎

唐多令

鄧剡

雨過水明霞, 潮回岸帶沙. 叶聲寒、飛透窗紗. 懊恨西風吹世換, 更吹我、落天涯.
◎ ◎ ◎ ◎
寂寞古豪華, 烏衣日又斜. 說興亡、燕入誰家? 只有南來无數雁, 和明月、宿芦花.
◎ ◎ ◎ ◎

59. 一剪梅

周邦彦 사의 起구에 "一剪梅花萬樣嬌(한 줄기 매화꽃은 만 가지 모양처럼 아름답고)"라는 구절이 있어서 여기서 이름 딴 것이다. 《欽定詞譜》에 이르길 후대 사람들이 李淸照의 사에 따라 《玉簟秋》, 韓淲의 사는 《腊梅香》라고 한다.

쌍조 60자이다. 앞단락 여섯 구절은 육평운으로 30자이다. 뒷단락도 동일하다. 앞뒤단락 두 번째, 다섯 번째 구절은 압운을 하지 않는다. 앞뒤단락의 네 글자 구절은 일반적으로 대우를 사용하였다. 元高栻의 사는 "南呂宮"으로 주석하였다. 夏承焘는 이 곡조는 섬세하고 가볍다고 하였다.(《唐宋詞欽賞》)

詞 譜	一剪梅 舟過吳江 蔣捷
ⓐ仄平平ⓐ仄平韻	一片春愁待酒澆,
㊥仄平平叶	江上舟搖,
㊥仄平平叶	樓上帘招.
㊥平㊥仄仄平平叶	秋娘度与泰娘嬌,
㊥仄平平叶	風又飄飄,
ⓐ仄平平叶	雨又蕭蕭.
㊥仄平平ⓐ仄平叶	何日歸家洗客袍?
㊥仄平平叶	銀字笙調,
㊥仄平平叶	心字香燒.
㊥平㊥仄仄平平叶	流光容易把人抛,

(平)仄平平叶	紅了櫻桃,
(仄)仄平平叶	綠了芭蕉.

一剪梅

吳文英

遠目傷心樓上山, 愁里長眉, 別後峨鬟. 暮雲低壓小闌干, 敎問孤鴻, 因甚先還.
◎ ◎ ◎ ◎
瘦倚溪橋梅夜寒, 雪欲消時, 淚不禁彈. 翦成釵勝待歸看, 春在西窗, 燈火更闌.
◎ ◎ ◎ ◎

一剪梅

李淸照

紅藕香殘玉簟秋. 輕解羅裳, 獨上蘭舟. 云中誰寄錦書來? 雁字回時月滿西樓.
◎ ◎ 仄 仄 平 平 仄 仄 ◎
花自飄零水自流. 一种相思, 兩處閑愁. 此情无計可消除, 才下眉頭却上心頭.
◎ ◎ ◎

살펴보건대, 이 사의 앞뒤단락은 각자 三韻으로 압운하였다. 앞단락 結구는 일곱 글자로 趙長卿의 사의別是人間一段愁"와《樂府雅詞》의 "明日從敎一線添"과 같다. 어떤 이는 한 글자가 부족하다고 하여 응당 "雁字來時, 月滿西樓"라고 지어야 한다고 하였다. 그러나 맞지 않다.

一剪梅

王瑩卿

豆蔻梢頭春意暖, 風滿前山, 雨滿前山. 杜鵑啼血五更殘, 花不禁寒, 人不禁寒.
◎ ◎ ◎ ◎
离合悲歡事几般, 离有悲歡, 合有悲歡. 別時容易見時難, 怕唱陽關, 莫唱陽關.
◎ ◎ ◎ ◎

살펴보건대, 이 사의 앞뒤단락의 두 번째 · 세 번째 · 다섯 번째 · 여섯 번째 구절은 모두 첩운을 사용하였다.

60. 蝶戀花

都穆은《南濠詩話》에서 "옛 사람들은 사조를 대부분 古詩의 단어에서 취하여 이름 지었다. 예를 들어《蝶戀花》라는 이름을 梁의 簡文帝가 지은 시의 '翻階蛺蝶戀花情(계단에 오르듯 나비는 점점 더 꽃을 사랑하네)'라는 구절에서 따온 것이다."라고 하였다.《欽定詞譜》에서는 당교방곡 이름이라고 하였다. 원래 곡명은《鵲踏池》, 晏殊의 사는 지금의 이름으로 고쳤다. 후인들은 馮延巳의 사에 따라 사명을《黃金樓》라고 고쳤으며, 趙令時의 사에 따라《卷珠帘》라고 바꿨다. 賀鑄의 사는《鳳栖梧》, 李石의 사는《一夢金》이락 하였다. 살펴보건대, 任半塘은 "이 사조는 五代시기에 이르러 이미《蝶戀花》라고 이름을 고쳤다."고 하였다.

쌍조로 60자이다. 앞단락은 다섯 구절이다. 사측운이며 30자이다. 뒷단락도 동일하다.《樂章集》은 "小石註"라고 주석하였다.《淸眞集》은 "商調"라고 주석하였다.

詞 譜	鵲踏池
	馮延巳
㊀仄㊉平平仄仄韻	六曲闌干偎碧樹,
㊉仄平平句	楊柳風輕,
㊀仄平平仄叶	展盡黃金縷.
㊉仄㊉平平仄仄叶	誰把鈿箏移玉柱?
㊉仄㊀仄平平仄叶	穿簾海燕驚飛去.
㊀仄㊉平平仄仄叶	滿眼遊絲兼落絮.

(平)仄平平句	紅杏開時,
(仄)仄平平仄叶	一霎淸明雨.
(平)仄(仄)平平仄仄叶	濃睡覺來慵不語,
(平)平(仄)仄平平仄叶	驚殘好夢無尋處?

살펴보건대, 두 번째 · 세 번째 구절은《詞律》에서 앞은 네 글자, 뒤는 다섯 글자인 아홉 글자 구절로 지었다. 앞뒤단락 네 번째 구절은 역시 平仄平平仄平仄으로 지은 것이 있으나《詞律》에서는 "이와 같은 형식이 있었지만 사를 지을 때는 많이 짓는 형식에 따라 지었다."

蝶戀花

晏殊

檻菊愁烟蘭泣露, 羅幕輕寒, 燕子双飛去. 明月不諳离恨苦, 斜光到曉穿朱戶.
△ △ △ △
昨夜西風凋碧樹, 獨上高樓, 望盡天涯路. 欲寄彩箋兼尺素, 山長水闊知何處?
△ △ △ △

蝶戀花 春曉

歐陽修

庭院深深深幾許, 楊柳堆煙、簾幕無重數. 玉勒雕鞍遊冶處, 樓高不見章臺路.
△ △ 仄仄平平仄仄 △
雨橫風狂三月暮, 門掩黃昏, 無計留春住. 淚眼問花花不語, 亂紅飛過鞦韆去.
△ △ △ △

鳳栖梧

柳永

佇倚危樓風細細. 望極春愁, 黯黯生天際. 草色煙光殘照裡. 無言誰會凭闌意.
△ △ △ △
擬把疏狂圖一醉, 對酒當歌, 强樂還無味. 衣帶漸寬終不悔, 爲伊消得人憔悴.
△ △ △ △

蝶戀花

蘇軾

簌簌無風花自墮. 寂寞園林, 柳老櫻桃過. 落日有情還照坐, 山青一點橫云破.
　　　　　　　△　　　　　　　　　　△　　　　　　　　△　　　　　　　　△
路盡河回人轉舵. 系纜漁村, 月暗孤燈火. 憑仗飛魂招楚些, 我思君處君思我.
　　　　　　　△　　　　　　　　　　△　　　　　　　　△　　　　　　　　△

蝶戀花

周邦彦

月皎驚烏棲不定. 更漏將殘, 車歷轆牽金井. 喚起兩眸清炯炯. 淚花落枕紅棉冷.
　　　　　　　△　　　　　　　　　　　△　　　　　　　　△　　　　　　　　△
執手霜風吹鬢影. 去意徊徨, 別語愁難聽. 樓上闌干橫斗柄. 露寒人遠難相應.
　　　　　　　△　　　　　　　　　　△　　　　　　　　△　　　　　　　　△

蝶戀花

范成大

春漲一篙添水面.　芳草鵝儿, 綠滿微風岸.　畫舫夷犹灣百轉, 橫塘塔近依前遠.
　　　　　　　△　　　　　　　　　　　△　　　　　　　　△　　　　　　　　△
江國多寒農事晚.　村北村南, 谷雨才耕遍.　秀麥連岡桑叶賤, 看看嘗面收新茧.
　　　　　　　△　　　　　　　　　　　△　　　　　　　　△　　　　　　　　△

61. 釵頭鳳

원래는《擷芳詞》라고 불렀다. 楊湜이《古今詞話》에서 말하길, 政和(徽宗의 연호)연간 도성에 기원의 기생어미(그녀는 일찍이 樂官에 시집을 가서 궁에 들어가 歌舞를 배웠다)가 있었는데 그녀는 궁중의《擷芳詞》을 기원의 기녀들에게 전수했다. 사람들은 모두 이 노래를 듣는 것을 좋아했다. 이후 成都에 이 노래가 전해지자 그 곳의 사람들은 앞단락 아랫부분에 "憶憶憶" 세 글자를 덧붙였고 뒷 단락 아랫부분에는 "得得得" 세 글자를 덧붙였다. 궁중에 擷芳園이 있었기 때문에 이렇게 부른 것이다.《欽定詞譜》에서 이르길 程垓의 사는《摘紅英》, 曾覿의 사는《淸商怨》, 呂渭老의 사는《惜分釵》이라고 불렀다고 하였다. 陸游는《擷芳詞》에 "可憐孤似釵頭鳳(가련하고 고독하기가 채두봉 같구나!)"이라는 구절이 있기 때문에《釵頭鳳》이라고 바꿔 불렀다고 하였다. 無名氏의 사는《玉瓏璁》이라고 하였다.

쌍조 60자이며 앞단락 여덟 구절은 칠측운이고 이첩자이다. 뒷단락도 동일하다. 앞뒤락은 上三韻에서 上去聲을 사용하였고 下四韻에서는 반드시 入聲을 사용하였으나 반대로 上三韻에서 入聲을 쓰고 下四韻에서 上去聲을 쓰는 경우도 있다.

詞譜	釵頭鳳
	陸游
平平仄韻	紅酥手,
(平)平仄叶	黃縢酒,
(仄)平(平)仄平平仄叶	滿城春色宮墻柳.
(平)平仄二換仄	東風惡,
平(平)仄叶二仄	歡情薄.
(平)(平)平(仄)句	一懷愁緖,
仄平平仄叶二仄	幾年離索.
仄叶二仄仄疊字仄疊字	錯! 錯! 錯!
平平仄叶首仄	春如舊,
(平)平仄叶首仄	人空瘦,
(仄)平(平)仄平平仄叶首仄	淚痕紅浥鮫綃透.
平(平)仄叶二仄	桃花落,
仄平仄叶二仄	閑池閣.
(平)(平)平(仄)句	山盟雖在,
仄平平仄叶二仄	錦書難托.
仄叶二仄仄疊字仄疊字	莫! 莫! 莫!

釵頭鳳

秦觀

臨丹壍, 憑高閣, 閒吹玉笛招黃鶴. 空江暮, 重回顧, 一洲煙草, 滿川雲樹. 住! 住! 住!
△ △ △ △ △ △ △ △ △
江風作, 波濤惡, 汀蘭寂寞岸花落. 長亭路, 塵如霧, 青山雖好, 朱顏難駐. 去! 去! 去!
△ △ △ △ △ △ △ △ △

釵頭鳳

唐婉

世情薄, 人情惡, 雨送黃昏花易落. 曉風干, 泪痕殘, 欲箋心事, 獨語斜欄. 難! 難! 難!
(仄)平△ 平平△ 仄仄平平平仄△ 仄平◎ 仄平◎ 仄(平)平(仄) (仄)仄平◎ ◎ ◎ ◎
人成各, 今非昨, 病魂常似秋千索. 角聲寒, 夜闌珊, 怕人尋問, 咽泪裝歡. 瞞! 瞞! 瞞!
平平△ 平平△ 仄平平仄平平△ 仄平◎ 仄平◎ 仄(平)平(仄) (仄)仄平◎ ◎ ◎ ◎

살펴보건대, 이 사는 측평이 환운되었다. 《樂府指迷》에 이르길, "入聲字는 平聲으로 대체하여 쓸 수 있는데 이 곡조에는 매 단락 下三韻이며 입성을 활용했는데 이 사는 평성을 활용하는 것으로 바뀌지어도 괜찮다. 앞뒤단락 세 번째 구절 역시 仄平平仄平平仄로 지은 것도 있다.

62. 漁家傲

《欽定詞譜》에서 "이 사는 《晏殊》의 것에서 처음 보이는데 이 사에 '齊揭調(高唱), 神仙一曲漁家傲(齊揭調(높이 노래 부름), 신선이 만든 한 곡 〈漁家傲〉)'라는 구절이 있기 때문에 여기서 따다 이름 붙였다."고 하였다. 또한 《綠蓑令》이라고도 한다. 任半塘은 "元李冶의 《敬齋古今注》 8, 曾列의 《定風波》 5종에는 일종의 송나라 《漁家傲》의 전신이 있다."라고 하였다. 賀鑄의 사는 《荊溪咏》、《游仙咏》이라고 하였다.

쌍조 62자이다. 앞단락은 다섯 구절로 오측운이며 31자이다. 뒷단락도 동일하다. 《清眞集》에는 "般涉調"라고 주석하였다. 南曲에는 "中呂宮引"에 포함되어있는데 구법과 가사는 동일하다.

詞 譜	漁家傲 范仲淹
(仄)仄(平)平平仄仄韻	塞下秋來風景異,
(平)平(仄)仄平平仄叶	衡陽雁去無留意.
(仄)仄(平)平平仄仄叶	四面邊聲連角起.
(平)(仄)仄叶	千嶂裏,
(平)平(仄)仄平平仄叶	長煙落日孤城閉.
(仄)仄(仄)平平仄仄韻	濁酒一杯家萬里,
(仄)平(仄)仄平平仄叶	燕然未勒歸無計.
(平)仄(平)平平仄仄叶	羌管悠悠霜滿地.

平(仄)仄叶	人不寐,
(平)平(仄)仄平平仄叶	將軍白髮征夫淚.

漁家傲

歐陽修

花底忽聞敲兩槳, 逡巡女伴來尋訪. 酒盞旋將荷葉當. 蓮舟蕩, 時時盞裏生紅浪.
△ △ △ △ △
花氣酒香清廝釀, 花腮酒面紅相向. 醉倚綠陰眠一餉. 驚起望, 船頭閣在沙灘上.
△ △ △ △ △

漁家傲 記夢

李清照

天接雲濤連曉霧, 星河欲轉千帆舞. 彷彿夢魂歸帝所. 聞天語, 殷勤問我歸何處?
△ △ △ △
我報路長嗟日暮, 學詩謾有驚人句. 九萬里風鵬正擧. 風休住, 蓬舟吹取三山去.
△ △ △ △

漁家傲 福建道中

陳與義

今日山頭云欲擧, 青蛟素鳳移時舞. 行到石橋聞細雨. 听還住, 風吹却過溪西去.
△ △ △ △
我欲尋詩寬久旅, 桃花落盡春无數. 渺渺籃輿穿翠楚. 悠然處, 高林忽送黃鸝語.
△ △ △ △

63. 蘇幕遮

당교방곡 이름으로 본디 서역의 무곡이며 당시에 胡樂이라고 불렸다. 張說의《蘇摩遮》이라는 시에서는 "摩遮本出海西胡(〈소막차〉는 본디 바다 서쪽 오랑캐에서 나왔고)"라고 하였다. 自註 달기를 "潑寒胡戲所歌(물을 뿌려 추위를 기원하는 서역 오랑캐의 노래)"라고 하였다.《一切輕音義》에서는 "蘇幕遮"은 胡語이며 본래 음은 "颯么遮"이고 우리는 "戲"라고 부른다 하였다. 龜茲國에서부터 전해져왔는데 지금 여전히 이 곡조들은 이것은 大花臉과 拔頭과 같은 일종의 가무에 남아있다. 살펴보건대 송사는 옛 곡조를 사용하여 또 다른 새로운 곡을 만든 것이다. 周邦彦의 사에는 "鬓雲松"이라는 구절이 있기에 또《鬓雲松令》이라고도 한다.

쌍조 62자이다. 앞단락 일곱 구절은 사측운으로 31자이다. 뒷단락도 동일하다.

詞 譜	蘇幕遮 別恨 范仲淹
仄平平句	碧雲天
平仄仄韻	黃葉地
(平)仄平平句	秋色連波
(平)仄平平仄叶	波上寒煙翠
(平)仄(平)平平仄仄叶	山映斜陽天接水
(平)仄平平句	芳草無情
(仄)仄平平仄叶	更在斜陽外
仄平平句	黯鄉魂
平仄仄叶	追旅思
(仄)仄平平句	夜夜除非
(仄)仄平平仄叶	好夢留人睡
(平)仄(平)平平仄仄叶	明月樓高休獨倚
(仄)仄平平句	酒入愁腸
(仄)仄平平仄叶	化作相思淚.

蘇幕遮

周邦彦

燎沉香, 消溽暑. 鳥雀呼晴, 侵曉窺簷語. 葉上初陽乾宿雨, 水面淸圓, 一一風荷擧.

故鄉遙, 何日去? 家住吳門, 久作長安旅. 五月漁郎相憶否? 小楫輕舟, 夢入芙蓉浦.

64. 破陣子

《欽定詞譜》에 이르기를 당교방곡의 이름이라고 하였다. 陳暘의 《樂書》에 실려 있는 당나라 《破陣樂》은 龜茲樂府에 속하였으며 이것은 李世民이 秦王이었을 때 지은 것이다. 노래하고 춤추는 이천 명의 사람들을 썼는데, 모두 울긋불긋한 옷과 색을 칠한 갑옷을 입고 손에는 깃발을 들었다. 또한 기병을 무대로 데리고 오는데 더욱 장관을 이루었다. 각지의 번진(藩鎭)들은 봄에 의복을 보내어 위문하며 가무를 거행하는데 이 곡조에 맞추어 춤춘다. 살펴보건대 당나라 《破陣樂》은 7언 절구이며 송사는 옛 곡조를 사용하여 새로운 곡조를 만들었다. 《塡詞名解》에서는 《破陣子》를 《十拍子》라고 했으나 唐樂을 살펴보면 본디 두 곡조 모두 교방곡에 속하였다. 살펴보건대 이 곡조는 晏殊의 "海上蟠桃易熟(바다 위에 쌓인 복숭아는 쉽게 익고)" 곡에서 시작되었으며 송나라 사람들은 모두 안수의 사를 따라 塡寫하였다.

쌍조 62자이다. 앞단락 다섯 구절은 삼평운으로 31자이다. 뒷단락도 동일하다. 元高栻의 사는 "正宮"이라고 주석하였다.

詞 譜

破陣子 春景

晏殊

(仄)仄(平)平(平)仄句	燕子來時新社,
(平)仄(仄)仄平平韻	梨花落後淸明.
(平)仄(仄)平平仄仄句	池上碧苔三四點,
(仄)仄平平(仄)仄平叶	葉底黃鸝一兩聲.
(仄)平(平)仄平叶	日長飛絮輕.
(仄)仄(平)平(仄)仄句	巧笑東鄰女伴,
(仄)平(仄)仄平平叶	採桑徑裏逢迎.
(平)仄(仄)平平仄仄句	疑怪昨宵春夢好,
(平)仄平平(仄)仄平叶	元是今朝鬥草贏.
(仄)平(平)仄平叶	笑從雙臉生.

破陣子 爲陳同父賦壯語以寄

辛棄疾

醉裡挑燈看劍, 夢回吹角連營. 八百里分麾下炙, 五十絃翻塞外聲, 沙場秋點兵.
◎ ◎ ◎
馬作的盧飛快, 弓如霹靂弦驚. 了卻君王天下事, 贏得生前身後名, 可憐白髮生.
◎ ◎ ◎

65. 定風波

당교방곡 이름으로 후에 사패로 활용되었다. 《古今詞譜》에 이르길 商調曲으로 歐陽炯에서부터 시작되었다고 하였다. 살펴보건대 張先의 사는 《定風波令》, 賀鑄의 사는 《醉琼枝》라고 하였다. 任半塘은 "燉煌曲 《定風波》에서 말하길 '誰人敢去定風波(누가 감히 〈定風波〉를 취할까?)'라고 되어있다. 《詞譜》에는 李珣의 곡조를 잘못 써서 《定風流》라고 했으나 아무래도 본의를 헤아리지 않은 것이다."

쌍조 62자이다. 앞단락 다섯 구절은 삼평운, 양측운으로 30자이다. 뒷단락 여섯 구절은 사측운, 이평운으로 32자이다. 《張子野詞》에는 "쌍조", "般涉調"라고 주석하였다. 《淸眞集》에는 "商調"라고 주석하였다.

詞 譜

(仄)仄平平仄仄平韻
(仄)平(平)仄仄平平叶
(仄)仄(仄)平平仄仄換仄
平仄叶仄
(仄)平(平)仄仄平平叶平

(仄)仄(仄)平平仄仄三換仄
平仄叶三仄
(仄)平(平)仄仄平平叶平
(平)仄(仄)平平仄仄四換仄
平仄叶四仄
(平)平(平)仄仄平平叶平

定風波

歐陽炯

暖日閑窗映碧紗,
小池春水浸晴霞.
數樹海棠紅欲盡,
爭忍,

玉閨深掩過年華?
獨凭綉床方寸亂,
腸斷,
泪珠穿破臉邊花.
鄰舍女郎相借問,
音信,
教人休道未還家.

定風波

蘇軾

莫聽穿林打葉聲, 何妨吟嘯且徐行. 竹杖芒鞋輕勝馬, 誰怕? 一蓑煙雨任平生.
◎ ◎ △ △ ◎
料峭春風吹酒醒, 微冷, 山頭斜照卻相迎. 回首向來蕭瑟處, 歸去, 也無風雨也無晴.
△ △ ◎ △ △ ◎

定風波 暮春漫興

辛棄疾

興少日春懷似酒濃, 插花走馬醉千鐘. 老去逢春如病酒, 唯有, 茶甌香篆小簾櫳.
◎ ◎ △ △ ◎
卷盡殘花風未定, 休恨, 花開元自要春風. 試問春歸誰得見? 飛燕, 來時相遇夕陽中.
△ △ ◎ △ △ ◎

66. 解佩令

《韓詩外傳》에 실려 있기를 鄭交甫가 江濱에서 노닐고 있다가 강비 두 여인(江妃二女)를 만났는데 매우 기뻐하며 패옥(佩玉)을 서로 주었다. 교보는 패옥을 받고 품속에 넣어 두었는데 수십 걸음을 걷지도 않았는데 품속의 패옥이 갑자기 사라졌고 두 여인 쪽으로 고개를 돌렸으나 여인들 역시 보이지 않았다. 곡조의 이름은 이 이야기에서 따다 붙인 것이다. 龍楡生은 "일본의 나이토 코지로(內藤虎次郎)는《高麗史》에 기록된 바 고려 시대의 唐樂은 小曲에《解佩》令이 있다고 하였다." 송사에는《小山詞》가 먼저 보인다.

쌍조, 66자이다. 앞뒤단락은 각각 오측운이며 33자이다.

詞 譜	解佩令
	史達祖
(平)平(平)仄韻	人行花塢,
(平)平(平)仄叶	衣沾香霧,.
仄平(平)逗(平)平平仄叶	有新詞、逢春分付.
(仄)仄平平句	屢欲傳情,
仄(仄)(仄)逗(仄)平平仄叶	奈燕子、不曾飛去.
仄平平逗仄平(平)仄叶	倚珠簾、詠郎秀句.
(平)平(仄)仄叶	相思一度.
(平)平(仄)仄叶	穠愁一度.
仄平(仄)逗(平)平平仄叶	最難忘、遮燈私語.

⑮仄平平句　　　　　　　　澹月梨花,
仄⑮㊥逗㊥平平仄叶　　　　借夢來、花邊廊廡.
仄平平逗仄平㊥仄叶　　　　指春衫, 淚曾濺處.

살펴보건대, 앞뒤단락 첫 번째 구절은 압운하였으며 두 번째 구절은 첩운하였다.

解佩令

蔣捷

春晴也好, 春陰也好, 著些儿、春雨越好. 春雨如絲, 綉出花枝紅裊. 怎禁他、孟婆合皂.
△ △ △ 仄仄平平紅 △ △

梅花風小, 杏花風小, 海棠風、驀地寒峭. 歲歲春光, 被二十四風吹老. 楝花風、爾且慢到.
△ △ △ △ (作平) △

살펴보건대, 이 사의 다섯 번째 구절은 한 글자가 적다. 《詞律》에 杜文瀾은 "《歷代詩餘》에서 '綉'자 앞에 '剛'자가 있다."고 교감하였다. 참고할 것.

解佩令

晏幾道

玉階秋感, 年華暗去. 掩深宮、團扇無情緒. 記得當時, 自翦下、機中輕素. 點丹青、畫成秦女.
△ 平仄平平 △ △ △

涼襟猶在, 朱弦未改, 忍霜紈、飄零何處? 自古悲涼, 是情事、輕如雲雨. 倚麼弦、恨長難訴.
△ △ △

살펴보건대, 이 사의 앞단락 起구 첫 구절과 뒷단락 起구 두 번째 구절은 압운하지 않았다. "掩深宮"에서는 逗 뒤에 한 글자가 많거나 "情"자를 없앴는데 詞譜가 합쳐지면서 모두 필요 없게 되었다. 따라서 곡조를 부르는 사람이 聲情의 변화에 따라 한 두 글자를 더하거나 빼는 일은 매우 자연스러운 것으로 곡조를 지을 때도 역시 마찬가지였다.

67. 謝池春

謝池는 南朝의 대 시인 謝靈運 집안의 못이다. 사령운의《登池上樓》에 "池塘生春草, 園柳變鳴禽.(연못 가에 봄풀은 돋아 나오고, 뜰 버들 속 새 소리 달라졌다)"라는 구절에서 따다 사의 이름을 붙인 것이다. 송사 중에는《張子野詞》에서 가장 먼저 보이며 이미 만사였다. 孫道絢의 사는《玉蓮花》, 李石의 사는《風中柳》라고 하였다.《欽定詞譜》에서는 陸游의 사를 이 곡조의 정체로 보았다.

쌍조, 66자이다. 앞뒤단락은 각 여섯 구절이며 사측운으로 33자이다.

詞 譜

(仄)仄平平句
(仄)仄(仄)平平仄韻
仄平平逗平平仄仄叶
平平(平)仄句
仄平平平仄叶
(上一下四)
仄平平逗仄平平仄叶
(去)

(平)平仄仄句
(仄)仄(平)平平仄叶
仄平平逗平平仄仄叶
平平(平)仄句

謝池春

陸游

壯歲從戎,
曾是氣吞殘虜.
陣雲高、狼烽夜擧.
朱顏靑鬢,
擁雕戈西戍.
笑儒冠、自來多誤.

功名夢斷,
卻泛扁舟吳楚.
漫悲歌、傷懷吊古.
煙波無際,
望秦關何處?

仄平平平仄叶

(上一下四)
仄平平逗仄平平仄叶　　嘆流年、又成虛度.
(去)

살펴보건대, 《詞律》에 이르기를 "夜擧", "吊古"는 去上성을 써서 더욱 미묘하다고 하였다.

玉蓮花

孫道絢

鎖減芳容, 端的爲郎煩惱. 鬢慵梳、宮妝草草. 別哇情緒,待歸來都告. 怕傷郎、又還休道.

(作平)

名繮利鎖, 幾阻當年歡笑. 更那堪、鱗鴻信杳. 蟾枝高折, 願從今須早. 莫辜負、鳳幃人老.

仄平仄

風中柳

李石

烟雨池塘,綠野作添春漲. 鳳樓高、珠帘卷上. 金柔玉困,舞腰肢相向. 似玉人、瘦時模樣.

(作平)

离亭別后, 試問陽關誰唱. 對青春、翻成帳望. 重門靜院, 度香風屛障. 吐飛花、伴人來往.

△ △ ◎ △ △ ◎

68. 殢人嬌

殢(음은 替이며, 친한 사람)人은 정인(情人)이다. 이 곡조는 먼저 柳永의 사에서 발견되었다. 쌍조, 64자이다. 앞뒤단락은 각각 여섯 구절이며 사측운으로 32자이다.《樂章集》에는 "林鍾商"으로 주석하였다.

詞 譜	殢人嬌　　　　毛滂
(平)仄平平句	云做屏風,
(平)平(平)仄韻	花爲行幛,
(平)(仄)(仄)逗仄平平仄叶	屏幛里、見春模樣.
(仄)平(仄)仄句	小晴未了,
(平)平(仄)仄叶	輕陰一餉,
(仄)仄仄逗(仄)平仄平(平)仄叶	酒到處、恰如把春拈上.
(平)仄平平句	官柳黃輕,
(平)平(仄)仄叶	河堤綠漲.
(平)(平)(仄)逗仄平平仄叶	花多處、少停蘭槳.
(仄)平(平)仄句	雪邊花際,
(平)平(仄)仄叶	平芜疊幛.
(仄)仄仄逗(平)平仄平(仄)仄叶	這一段、凄凉爲誰悵望.

살펴보건대, 이 사의 앞뒤단락 세 번째 구절의 세 번째 글자는 逗이며 平仄仄, 平平仄, 仄平仄, 仄仄仄으로 많이 지었고 平仄平, 仄平平으로 지은 것은 적었다. 앞뒤단락의 末구는 아홉 글자가 이어지거나

3·5 逗로 짓는 것에도 구애받지 않았다. 逗 뒤에 여섯 글자는 平仄仄平平仄를 앞으로 짓거나 뒤에 仄仄平平仄仄으로 지었다.

殢人姣

向子湮

白似雪花, 柔於柳絮, 胡蝶儿、鎭長一處. 春風駘蕩, 驀然吹去, 爭得倩、游絲半空惹住.
(作平) △ (作平)△ △ △
波上精神, 掌中態度, 分明是、彩云團住. 当年飛燕, 從今不數, 只恐是、高唐夢中神女.
△ △ △ △

殢人姣

晏殊

二月春風, 正是楊花滿路, 那堪更、別离情緒. 羅巾掩泪, 任粉痕沾污, 爭奈向、千留万留不住.
仄 仄 平 平 仄 △ △ (上一下四)△ △
玉酒頻傾, 宿眉愁聚, 空腸斷、宝箏弦柱. 人間后會, 又不知何處, 魂夢里、也須時時飛去.
△ (上一下四)△ 仄 平 平 平 平 △

살펴보건대,《欽定詞譜》는 이 사를 정체라고 보았고 끝부분의 “、”(逗) 뒤에는 대부분 ㊥平仄平㊥仄으로 지었다.

殢人姣

蘇軾

滿院桃花, 盡是劉郎未見. 於中更、一枝纖軟. 仙家日月, 笑人間春晚. 濃睡起, 驚飛亂紅千片.
△ △ △ △
密意難窺, 羞容易見, 平白地、爲伊腸斷. 問君終日, 怎安排心眼? 須信道、司空自來見慣.
△ △ △ △

69. 行香子

《演繁露》에 이르길, 行香은 불교의 배불(拜佛) 의식인데 분향하며 길을 걷는 것이며 이것은 재계(齋戒)의 주인이 직접 빙 돌면서 참석하는 중에 향을 화로에 넣어 태운다. 사의 이름은 본디 여기서 온 것이다.

쌍조, 66자이다. 앞단락 여덟 구절은 오평운으로 33자이다. 뒷단락 여덟 구절은 사평운으로 33자이다. 《太平樂府》에는 "쌍조"로 주석하였다. 《壯者野詞》에서는 "般涉調"로 주석하였다.

詞 譜

(仄)仄平平句
(仄)仄平平叶
(仄)平(平)逗(仄)仄平平叶
(平)平(仄)仄句
(平)仄平平叶
仄(平)平(仄)句
(去)一字逗貫三宮二句
(平)(平)仄句
仄平平叶

(平)平(仄)仄句
(平)仄平平叶

行香子

朱敦儒

宝篆香沉,
錦瑟侵塵.
日長時、懶把金針.
裙腰暗減,
眉黛長顰,
看梅花過,

梨花謝,
柳花新.

春寒院落,
灯火黃昏.

仄⃝平平⃝逗仄⃝仄平平叶	悄无言、獨自銷魂.
平⃝平仄⃝仄句	空彈粉泪,
平⃝仄平平叶	難托淸塵.
仄平⃝平仄⃝句	但樓前望,
(去)一字逗貫三言三句 平⃝平⃝仄句	心中想,
仄平平叶	夢中尋.

살펴보건대, 앞뒤단락의 세 글자와 '、(逗)'는 평측에 구애받지 않는다. 하지만 정체는 仄平平이다. 또한 뒷단락의 起구는 仄仄平平으로도 지으며 압운하다. 뒷단락의 첫 번째 구절 역시 平仄⃝平仄으로 지으며 압운은 하지 않는다.

行香子 過七里瀨

蘇軾

一葉舟輕, 雙槳鴻驚. 水天淸、影湛波平. 魚翻藻鑒, 鷺點煙汀. 過沙溪急, 霜溪冷, 月溪明.
◎ ◎ ◎ ◎ ◎
重重似畫, 曲曲如屛. 算當年、虛老嚴陵. 君臣一夢, 今古虛名. 但遠山長, 雲山亂, 曉山靑.
◎ ◎ ◎ ◎ ◎

行香子

王莘

策杖溪邊, 倚杖峰前. 望琼林、玉樹森然. 誰家殘雪? 何處孤烟? 向一溪橋, 一茅店, 一漁船.
◎ ◎ ◎ ◎ ◎
別般天地, 新樣山川. 喚家僮、訪鶴尋猿. 山深寺遠, 云冷鐘殘. 喜竹間灯, 梅間屋, 石間泉.
◎ ◎ ◎ ◎ ◎

70. 靑玉案

《詞品》에 이르길, 사의 제목은 東漢시기 張衡의 《四愁詩》에 있는 "美人贈娥錦綉段, 何以報之靑玉案(미인이 나에게 비단 신발을 보내줬는데, 내가 가진 청옥안으로 어찌 보답할 수 있을까?)"의 의미에서 딴 것이다. 살펴보건대, "案"은 옛날의 "盌"자이다. 賀鑄의 사는 《橫塘路》라고 하며 韓淲의 사는 《西湖路》라고 하였다.

쌍조, 67자이다. 앞단락 여섯 구절은 오측운으로 33자이다. 뒷단락 여섯 구절은 오측운으로 34자이다. 앞뒤단락의 다섯 번째 구절은 압운하지 않으며 소식 · 신기질의 사와 같다. 南曲은 "中呂宮引"에 포함시켰으며 구법과 사는 동일하다. 《中原音韻》에서는 "쌍조"로 주석하였다.

詞譜	青玉案 賀鑄
(平)平(仄)仄平平仄韻	凌波不過橫塘路,
仄(仄)仄逗平平仄叶	但目送芳塵去.
(仄)仄(平)平平仄仄叶	錦瑟年華誰與度?
(仄)平平仄句	月台花謝,
(仄)平(平)仄叶	瑣窗朱戶,
(仄)仄平平仄叶	惟有春知處.
(仄)平(仄)仄平平仄叶	碧雲冉冉蘅皐暮,
(仄)仄平平仄平仄叶	彩筆新題斷腸句.
(仄)仄(平)平平仄仄叶	試問閒愁都幾許?
(仄)平平仄句	一川烟草,
(仄)平(平)仄叶	滿城風絮,
(平)仄平平仄叶	梅子黃時雨.

살펴보건대, 이 사의 뒷단락 두 번째 구절은 요구(拗句)로 지었다.

青玉案 送伯固還吳中

蘇軾

三年枕上吳中路, 遣黃犬、隨君去. 若到松江呼小渡, 莫驚鴛鷺, 四橋盡是, 老子經行處.
△ △ △ △
輞川圖上看春暮, 常記高人右丞句. 作個歸期天定許, 春衫猶是, 小蠻針線, 曾濕西湖雨.
△ △ △ △

行香子 元夕

辛棄疾

東風夜放花千樹, 更吹落星如雨. 寶馬雕車香滿路. 鳳簫聲動, 玉壺光轉, 一夜魚龍舞.
△ △ △ △
蛾兒雪柳黃金縷. 笑語盈盈暗香去. 衆裏尋他千百度, 驀然回首, 那人卻在, 燈火闌珊處.
△ △ △ △

71. 感皇恩

당교방곡의 이름이며 후대에 사패로 활용되었다. 쌍조이며 67자이다. 앞단락 일곱 구절은 사측운으로 34자이다. 뒷단락 일곱 구절은 사측운으로 33자이다. 《教坊記》에는 "道調宮"으로 주석하였다. 《張子野詞》에서는 "中呂宮"으로 포함시켰고, 《中原音韻》에서는 "南呂宮"으로 주석하였다.

詞 譜	感皇恩
	毛滂
(仄)仄仄平平句	綠水小河亭,
(平)平(仄)仄韻	朱欄碧甃
(平)仄平平仄平仄叶	江月娟娟上高柳.
(仄)平(仄)仄句	畫樓縹緲,
(仄)仄(平)平平仄叶	盡掛窗紗簾繡.
(仄)平平仄仄句	月明知我意,
平平仄叶	來相就.
(平)仄(平)平句	銀字吹笙,
(平)平(仄)仄叶	金貂取酒,
(仄)仄平平仄平仄叶	小小微風弄襟袖.
(仄)平(仄)仄句	寶熏濃炷,
(平)仄(仄)平平仄叶	人共博山煙瘦.
(仄)平平仄仄句	露涼釵燕冷,
平平仄叶	更深後.

살펴보건대, 뒷단락 첫 번째 구절은 平平仄仄 · 仄仄平仄으로 짓는 경우도 있다.

感皇恩

朱敦儒

一個小園兒, 兩三畝地, 花竹隨宜旋裝綴. 槿籬茅舍, 便有山家風味. 等閒池上飲, 林間醉.
△ △ △ △
都爲自家, 胸中無事, 風景爭來趁遊戲. 稱心如意, 剩活人間幾歲. 洞天誰道在, 塵寰外.
△ △ 仄平平平仄△ △

感皇恩

晁冲之

蝴蝶滿西園, 啼鶯无數. 水閣橋南路, 凝佇. 兩行烟柳, 吹落一池飛絮. 秋千斜挂起, 人何處?
△ 仄仄平平△ △ △ △
把酒勸君, 閑愁莫訴. 留取笙歌住. 休去. 几多春色, 禁得許多風雨. 海棠花謝也, 君知否.
△ 平仄平平△ △ △ △

살펴보건대, 이 사의 앞뒤단락 세 번째 구절은 모두 두 구절로 나뉘었는데 短韻을 가지고 있다. 또한 앞뒤단락 일곱 번째 구절은 압운을 히였다.

感皇恩

葛郯

花似鏡中人, 不堪衰老. 空羡青青岸邊草. 多情消瘦, 更被无情相惱. 近來无限事, 凭誰道.
△ △ △ △
胡蝶滿園, 叢邊空繞. 睡起流鶯過、語聲小. 瑣窗危坐, 更被玉蟾相照. 夜闌梅影瘦, 凭誰掃.
△ 仄仄平平仄 仄平△ △ △

살펴보건대, 이 사의 뒷단락 세 번째 구절은 탄파(攤破)하여 5 · 3구의 형식으로 지었다.

72. 天仙子

段安節의《樂府雜錄》에는 “《天仙子》의 원래 제목이《萬斯年》이며 李德裕에 들어서 龜茲樂府의 무곡(舞曲)에 속했다. 皇甫松 사에 ‘懊惱天仙應有以(고뇌하는 하늘의 신선은 응당 까닭이 있고)’라는 구절이 있어 여기서 따다 제목을 붙였다.”고 하였다. 살펴보건대,《天仙子》는 본래 당교방곡의 제목이었으나 이후에 사패로 활용되었기 때문에 단안절의 주장은 정확하지 않다. 당사는 單調이며 송나라 사람들로부터 쌍조가 되었다. 任半塘은 “《天仙子》와《萬斯年》은 관계가 없다.《萬斯年》은 宰相들이 들어올 때 찬양하던 대곡이므로 소곡의 다른 제목이라고 하기에는 마땅하지 않다. 황보송이 지은 사와 燉煌寫卷에서 보이는《天仙子》에는 제목의 본래 의미를 읊은 것이 없으며 가사에는 각각 天仙 · 仙子 · 仙娥 등의 글자가 있으니 재상들이 입장할 때 부르던 음악의 형식과는 더욱이 맞지 않다.《新唐書 · 禮樂志》 역시 이 일을 기록하고 있으나《天仙子》라는 설은 없다.”

쌍조, 68자이다. 앞단락 여섯 구절은 오측운으로 34자이다. 뒷단락은 동일하다.《張子野詞》에서는 “中呂”, “仙呂”, “般涉”의 세 곡조에 함께 포함시켰다.

詞 譜	天仙子
	張先
(仄)仄(仄)平平仄仄韻	水調數聲持酒聽,
(仄)仄(仄)平平仄仄叶	午醉醒來愁未醒.
(仄)平(平)仄仄平平句	送春春去幾時回?
(平)(仄)仄叶	臨晚鏡,
(平)(平)仄叶	傷流景,
(仄)仄(仄)平平仄仄叶	往事後期空記省.
(平)仄(仄)平平仄仄叶	沙上幷禽池上瞑,
(平)仄(仄)平平仄仄叶	雲破月來花弄影.
(平)平(平)仄仄平平句	重重簾幕密遮燈,
(平)(仄)仄叶	風不定,
(平)(平)仄叶	人初靜,
(平)仄(仄)平平仄仄叶	明日落紅應滿徑.

살펴보건대, 앞뒤단락 두 번째 구절의 두 번째 글자는 반드시 仄성이어야 하는데 당사는 둘 다 사용하였다.

天仙子

劉過

別酒醺醺容易醉, 回過頭來三十里. 馬兒只管去如飛, 牽一憩, 坐一憩, 斷送殺人山與水.
△ △ △ △ △

是則是功名可喜, 不道恩情拼得未! 雪迷村店酒旗斜, 去也是, 住也是, 煩惱自家煩惱你.
· △ △ △ △ △

살펴보건대, 뒷단락 첫 번째 구절의 두 번째 "是"는 친자(襯字)이다.

天仙子

無名氏

燕語啼時三月半. 煙蘸柳條金線亂. 五陵原上有仙娥, 攜謌扇. 香爛漫. 留祝華華云一片.
△ △ △ △ △

犀玉滿頭花滿面. 負妾一雙偷淚眼. 淚珠若得似珍珠, 拈不散. 知何限. 串向紅絲應百萬.
△ △ △ △ △

73. 江城子

歐陽炯의 사에는 "如西子鏡照江城(서시를 비추던 거울처럼 강사 성채를 비추네)"이라는 구절이 있는데 여기에서 따다 곡조의 제목을 붙였다. 《欽定詞譜》에 당나라 사는 단조이며 韋莊의 사를 위주로 하여 다른 사람들 모두 위장의 사에 글자를 더하여 송나라 사람들에 이르러 쌍조로 짓기 시작하였다. 晁補之는 《江神子》라고 제목을 바꾸었으며 韓淲의 사는 《村意遠》라고 하였다.

쌍조, 70자이다. 앞단락 여덟 구절은 오평운으로 35자이다. 뒷단락도 동일하다. 압운은 입성운으로 하였다(살펴보건대 무릇 같은 한 곡조에는 원래 평성운을 이용하고 측운으로 바꾸는데 입성이 계속 이어진다). 《金奩集》에서는 "쌍조"로 주석하였다. 《張子野詞》에는 "高平調"라고 주석하였다.

詞 譜	江城子
	蘇軾
(仄)平(平)仄仄平平韻	十年生死兩茫茫!
仄平平叶	不思量,
仄平平叶	自難忘.
(平)仄(平)平句	千里孤墳,
(平)仄(平)仄仄叶	無處話淒涼.
(仄)仄(平)平平仄仄句	縱使相逢應不識,
平(仄)仄句	塵滿面,
仄平平叶	鬢如霜.
(仄)平(平)仄仄平平叶	夜來幽夢忽還鄉.
仄平平叶	小軒窗,
仄平平叶	正梳妝.
(平)仄(平)平句	相顧無言,
(平)仄仄平平叶	惟有淚千行.
(仄)仄(平)平平仄仄句	料得年年腸斷處,
平(仄)仄句	明月夜,
仄平平叶	短松岡.

살펴보건대, 앞뒤단락 첫 번째 구절은 역시 仄仄平平仄仄平으로 지었다.

江城子 密州出獵

蘇軾

老夫聊發少年狂. 左牽黃, 右擎蒼. 錦帽貂裘, 千騎卷平岡. 爲報傾城隨太守, 親射虎, 看孫郎.
◎ ◎ ◎ ◎

酒酣胸膽尙開張. 鬢微霜, 又何妨! 持節雲中, 何日遣馮唐? 會挽雕弓如滿月, 西北望, 射天狼.
◎ ◎ ◎ ◎ ◎

74. 千秋歲

당교방 대곡명 중에《千秋樂》이 있다.《樂府詩集》에 이르길, 開元연간 17년 8월 5일 玄宗 탄신일에 花萼樓 아래에서 연회를 거행했는데 여러 관리들이 청하여 이 날을 千秋節로 정했다고 하였다.《千秋樂》은 대개 여기서 만들어졌다. 살펴보건대, 송나라 사는 오래된 곡조를 사용하여 새로운 소리를 만들어낸 것이다. 또한《千秋節》,《千秋萬歲》라고도 한다.

쌍조, 71자이다.《張子野詞》는 "仙呂調"라고 주석하였다.《宋史樂志》에는 "歇指調"에 포함하였다. 夏承燾는 "이전 사람들이 말하길 '이 곡조의 소리는 울적한데 叶운이 매우 많고 또한 남송사인들은 여러 차례 이 곡조를 전사하여 장수를 축하했는데 비록 곡조 이름으로 합쳐지고 그 감정을 잃었을 뿐이다." (《塡詞四說》)

詞譜	千秋子 秦觀
ⓐ平ⓟ仄韻	水邊沙外,
ⓟ仄平平仄叶	城郭春寒退.
ⓟ仄仄句	花影亂,
平平仄叶	鶯聲碎.
ⓟ平平仄仄句	飄零疏酒盞,
ⓟ仄平平仄叶	離別寬衣帶.
平ⓐ仄句	人不見,
ⓐ平ⓐ仄平平仄叶	碧雲暮合空相對.

(仄)平平平仄叶	憶昔西池會,
(平)仄平平仄叶	鵷鷺同飛蓋.
(平)仄仄句	攜手處,
平平仄叶	今誰在?
(仄)平平仄仄句	日邊淸夢斷,
(仄)仄平平仄叶	鏡裏朱顏改.
平(仄)仄句	春去也,
(平)平(仄)仄平平仄叶	飛紅萬點愁如海.

千秋子 夏景

謝逸

楝花飄砌, 蔌蔌淸香細. 梅雨過, 蘋風起. 情隨湘水遠, 夢繞吳山翠. 琴書倦, 鷓鴣喚起南窗睡.
△ △ △ △ △
密意無人寄, 幽恨憑誰洗. 修竹畔, 疏簾裏. 歌餘塵拂扇, 舞罷風掀袂. 人散後, 一鉤新月天如水.
△ △ △ △ △

千秋子

張先

數聲鶗鴂, 又報芳菲歇. 惜春更選殘紅折, 雨輕風色暴, 梅子靑時節. 永丰柳, 无人盡日花飛雪.
△ △ 仄平仄仄平平 △ △ △
莫把幺弦撥, 怨极弦能說. 天不老, 情難絶. 心似双絲网, 中有千千結. 夜過也, 東方未白凝殘月.
△ △ △ △ △

75. 離亭燕

《離亭宴》이라고도 한다. 《張子野詞補遺》에서는 "隨處是離亭別宴(도처가 이별의 정자이고, 이별의 주연자리이네)"이라는 말이 있는데 여기서 따다 곡조의 제목을 지은 것이다. 이 곡조는 대개 《荊州亭》의 변체이다.

쌍조, 72자이다. 앞단락 여섯 구절은 사측운으로 36자이다. 뒷단락도 동일하다. 《張子野詞》에는 "般涉調"로 주석하였다.

詞 譜

(仄)仄(平)平平仄韻
平(仄)仄平平仄叶
(仄)仄(仄)平平(仄)仄句
仄仄(仄)平平仄叶
仄仄仄平平句
(仄)仄(平)平平仄叶

(平)仄(仄)平平仄韻
平(仄)仄平平仄叶
(平)仄(仄)平平(仄)仄句
仄仄(平)平平仄叶
仄仄仄平平句
(平)仄(平)平平仄叶

離亭燕

張昇

一帶江山如畫,
風物向秋瀟灑.
水浸碧天何處斷?
霽色冷光相射.
蓼嶼荻花洲,
掩映竹籬茅舍.

雲際客帆高挂,
煙外酒帘低亞.
多少六朝興廢事,
盡入漁樵閒話.
悵望倚層樓,
寒日無言西下.

離亭宴

晁補之

憶向吳興假守. 雙溪四垂高柳, 儀鳳橋邊蘭舟過, 映水雕甍華牖. 燭下小紅妝, 爭看史君歸後.

(作平)△ △ △ △

攜手鬆亭難又. 題詩水軒依舊. 多少綠荷相倚恨, 背立西風回首. 悵望採蓮人, 煙波萬重吳岫.

△ △ △ △

76. 風入松

郭茂情의《樂府詩集》에 이르길,《風入松》은 晉나라 嵇康이 지은 금곡(琴曲)이라고 하였다. 사의 제목은 여기서 온 것이다. 韓淲의 사는《遠山橫》이라고 한다.

쌍조, 76자이다. 앞단락 여섯 구절은 사평운이며 38자이다. 뒷단락도 동일하다.《宋史樂志》는 "林鍾商"에 포함시켰다. 元高栻의 사는 "仙呂調", 또 "쌍조"로 주석하였다.

詞 譜

(仄)平(仄)仄仄平平韻
(平)仄仄平平叶
(平)平(仄)仄平平仄句
(仄)平(仄)逗(仄)仄平平叶
(仄)仄平平(仄)仄句
(平)平(仄)仄平平叶

(平)平(仄)(仄)仄平平叶
(平)仄仄平平叶
(平)平(平)仄平平仄句
(仄)平(平)逗(平)仄平平叶
(平)仄平平(仄)仄句
(平)平(仄)仄平平叶

風入松

吳文英

聽風聽雨過淸明,
愁草瘞花銘.
樓前綠暗分攜路,
一絲柳, 一寸柔情.
料峭春寒中酒,
迷離曉夢啼鶯.

西園日日掃林亭,
依舊賞新晴.
黃蜂頻撲秋千索,
有當時、纖手香凝.
惆悵雙鴛不到,
幽階一夜苔生.

風入松

俞國寶

一春長費買花錢, 日日醉花邊. 玉驄慣識西湖路, 驕嘶過、沽酒壚前. 紅杏香中簫鼓,
◎ ◎ ◎
綠楊影裏鞦韆.
◎
暖風十里麗人天, 花厭髻雲偏. 畫船載取春歸去, 餘情寄、湖水湖煙. 明日重扶殘醉,
◎ ◎ ◎
來尋陌上花細.
◎

風入松

周紫芝

禁煙過後落花天, 無奈輕寒. 東風不管春歸去, 共殘紅、飛上鞦韆. 看盡天涯芳草,
◎ (平)仄平◎
春愁堆在闌干.
◎
楚江橫斷夕陽邊, 無限青煙. 舊時雲去今何在? 山無數、柳漲平川. 與問風前回雁,
◎ (平)仄平◎
甚時吹過江南?
◎

살펴보건대, 이 사의 앞뒤단락 두 번째 구절과 오문영의 사는 다르지만 나머지는 같다.

77. 祝英臺近

이 사는《東坡樂府》에서 처음 발견되었다. 張讀《宣室志》에 이르길 永臺는 上虞의 祝씨 집안의 딸로 남장하여 밖에서 글공부를 하면서 梁山伯이라는 친구를 만난다. 영대는 먼저 학업을 마치고 집으로 돌아왔고 2년 후에 양산백은 그녀를 찾으러 왔다가 그녀가 여자라는 사실을 깨닫게 된다. 양산백은 매우 고통스러워하며 서운해 하였다. 부모님께 혼인을 구하려 했지만 축영대는 이미 馬씨 가문에 시집가기로 하였다. 양산백은 이후에 寧波의 현령이 되었으나 병이 들어 죽게 되고 城西에 묻힌다. 축영대가 혼례를 치러 배가 양산백이 묻혀있는 곳을 지나려하니 바람과 물결이 크게 일어 배가 더 이상 나아가지 못하였다. 축영대가 물어 부근에 양산백의 무덤이 있다는 사실을 알게 되고 동산을 올라 무덤에 제사를 지내고 소리 내어 통곡하였다. 그랬더니 땅이 갑자기 갈라지면서 축영대는 양산백의 무덤 속에 함께 파묻힌다. 晉의 丞相 謝安이 황제에게 아뢰었더니 황제가 그 무덤에 義婦冢이라는 이름을 하사하였다. 사의 이름은 이 이야기에서 온 것이다.《欽定詞譜》에서 韓淲의 사는《燕鶯語》·《寒食詞》라고 한다.

쌍조, 77자이다. 앞단락 여덟 구절은 사측운으로 37자이다. 뒷단락 여덟 구절은 사측운으로 40자이다. 元高栻의 사에는 "越調"라고 주석하였다.

詞 譜	祝英臺近 晚春
	辛棄疾
仄平平句	寶釵分,
平仄仄韻	桃葉渡,
(平)仄(仄)平仄叶	煙柳暗南浦.
(仄)仄平平句	怕上層樓,
(仄)仄(仄)平仄叶	十日九風雨.
(仄)平(仄)仄平平句	斷腸片片飛紅,
(平)平(平)仄句	都無人管,
仄(平)仄逗(平)平平仄叶	倩誰喚、流鶯聲住.
仄平平叶	鬢邊覷.
(仄)(仄)(平)仄平平句	試把花卜心期,
平平仄平仄叶	才簪又重數.
(平)仄平平句	羅帳燈昏,
(仄)仄(仄)平仄叶	嗚咽夢中語:
(仄)平(平)仄平平句	是他春帶愁來,
(平)平(平)仄句	春歸何處?
仄(平)仄逗(仄)平平仄叶	卻不解、將愁歸去.

살펴보건대, 뒷단락 세 번째 구절은 역시 平仄仄平仄 · 仄仄平平仄 · 平平平仄仄으로 지었다.

祝英臺近 除夜立春

吳文英

剪紅情, 裁綠意△, 花信上釵股△. 殘日東風, 不放歲華去△. 有人添燭西窗, 不眠侵曉, 笑聲轉新年鶯語△.
舊樽俎△, 玉纖曾擘黃柑, 柔香繫幽素△. 歸夢湖邊, 還迷鏡中路△. 可憐千點吳霜, 寒消不盡,
又相對落梅如雨△.

祝英臺近

德祐太學生

倚危欄，斜日暮．驀驀甚情緒？稚柳嬌黃，全未禁風雨．春江萬裏雲濤，扁舟飛渡．那更聽，塞鴻無數．

△ △ △ △

嘆离阻！有恨落天涯，誰念泣孤旅？滿目風塵，冉冉如飛霧．是何人惹愁來？那人何處？怎知道，

△ 平仄仄平 △ △

愁來不去！

△

78. 一叢花

張先의 사는《一叢花令》이라고 하는데 "南呂宮"이라고 주석하였다.

쌍조, 78자이다. 앞단락 일곱 구절은 사평운으로 39자이다. 뒷단락은 동일하다.

詞 譜

(平)平(平)仄仄平平韻
(平)仄仄平平叶
平平仄仄平平仄句
仄(平)(仄)逗(平)仄平平叶
平仄仄平句
(平)平(仄)(去)仄句
(平)仄仄平平叶

(平)平(平)仄仄平平叶
(平)仄仄平平叶
平平仄仄平平仄句
仄(平)(仄)逗(平)仄平平叶
平仄仄平句
(平)(去)平(仄)仄句
(平)仄仄平平叶

一叢花令

張先

傷高怀遠几時窮?
无物似情濃.
離愁正引千絲亂,
更東陌、飛絮蒙蒙.
嘶騎漸遙,
征塵不斷,
何處認郎踪?

双鴛池沼水溶溶,
南北小橈通.
梯橫畫閣黃昏后,
又還是, 斜月帘櫳.
沉恨細思,
不如桃杏,
犹解嫁東風.

살펴보건대, 《詞律》에 이르길, 앞뒤 단락 3字逗는 "대부분 仄平仄 혹은 仄平平 · 仄仄平을 썼다."고 하였다. 또한 다섯 번째 구절의 세 번째 글자는 "반드시 거성을 쓰며 역시 상입성을 쓸 수 없고 결코 평성을 쓸 수 없다. 이것은 정해진 격률이다."라고 하였다. 이것은 다섯 번째 구절을 平仄仄平으로 쓴 것이지만 다섯 번째 구절을 (平)平(平)仄으로 지은 것도 있다.

一叢花 溪堂玩月作

陳亮

冰輪斜輾鏡天長, 江練隱寒光. 危闌醉倚人如畵, 隔烟村、何處鳴榔? 烏鵲倦栖, 魚龍惊起,
◎ ◎ ◎
星斗挂垂楊.
◎
芦花千頃水微茫, 秋色滿江鄉. 樓台恍似游仙夢, 又疑是、洛浦瀟湘. 風露浩然, 山河影轉,
△ ◎ ◎
今古照凄凉.
◎

祝英臺近

陸游

尊前凝佇漫魂迷, 猶恨負幽期. 從來不慣傷春淚, 爲伊後、滴滿羅衣. 那堪更是, 吹簫池館,
◎ ◎ ◎ (仄)平 (仄)仄
靑子綠陰時.
◎
迴廊簾影晝參差, 偏共睡相宜. 朝雲夢斷知何處, 倩雙燕、說與相思. 從今判了, 十分憔悴,
◎ ◎ ◎ (平)平(仄)仄
圖要個人知.
◎

79. 御街行

《欽定詞譜》에서 이르길 무명씨의 사에 "廳孤雁聲嘹唳(고독한 기러기 처량히 우는 소리 들리고)"이라는 구절이 있어서 《孤雁兒》라고도 한다.

쌍조, 78자이다. 앞단락 일곱 구절은 사측운으로 39자이다. 뒷단락도 동일하다. 《樂章集》에는 "夾鍾商"(즉 "雙調")라고 주석하였다. 《張子野詞》에는 "般涉調"라고 주석하였다.

詞 譜	御街行 范仲淹
(平)平(仄)仄平平仄韻	紛紛墮葉飄香砌,
(仄)(仄)仄逗平平仄叶	夜寂靜、寒聲碎.
(平)平(平)仄仄平平句	眞珠簾卷玉樓空,
(平)仄(平)平平仄叶	天淡銀河垂地.
(平)平(平)仄句	年年今夜,
(仄)平平仄句	月華如練,
(平)仄平平仄叶	長是人千里.
(平)平(仄)仄平平仄叶	愁腸已斷無由醉,
(仄)(仄)仄逗平平仄叶	酒未到、先成淚.
(平)平(平)仄仄平平句	殘燈明滅枕頭攲,
(仄)仄(平)平平仄叶	諳盡孤眠滋味.
(平)平(仄)仄句	都來此事,
(平)平(仄)仄句	眉間心上,
(平)仄平平仄叶	無計相回避.

禦街行

李清照

藤床紙帳朝眠起, 說不盡、無佳思. 沈香斷續玉爐寒, 伴我情懷如水. 笛裏三弄, 梅心驚破, 多少春
△ △ △
情意.
△
小風疏雨蕭蕭地. 又催下、千行淚. 吹簫人去玉樓空, 腸斷與誰同倚? 一枝折得, 人間天上, 沒個人
△ △ △
堪寄.
△

禦街行

無名氏

霜風漸緊寒侵被. 聽孤雁、聲嘹唳. 一聲聲送一聲悲, 雲淡碧天如水. 披衣告語 : “雁兒略住, 聽我
△ △ △
些兒事.
△
塔兒南畔城兒裏, 第三個、橋兒外, 瀕河西岸小紅樓, 門外梧桐雕砌. 請教且與, 低聲飛過, 那裏有人
△ △ △ · ·
人無寐.
△

살펴보건대, 末구에 “有人” 두 글자는 襯字이다.

禦街行

晏幾道

街南綠樹春饒絮, 雪滿遊春路. 樹頭花艷雜嬌雲, 樹底人家朱戶. 北樓閑上, 疏簾高卷, 直見街南樹.
△ 仄仄平平 △ △ △
闌幹倚盡猶慵去, 幾度黃昏雨. 晚春盤馬踏青苔, 曾傍綠陰深駐. 落花猶在, 香屏空掩, 人面知何處.
△ 仄仄平平 △ △ △

살펴보건대, 이 사의 앞뒤단락 두 번째 구절과 범중엄의 사는 같지 않다. 《欽定詞譜》에 이르길 이 사와 범중엄의 사는 正體로 여겨진다고 하였다.

80. 最高樓

이 사는《揚州琼華集》에 向子湮의 사가 실려 있는 곳에서 처음 보인다. 張鎡의 사는《醉高樓》라고 한다.

쌍조, 81자이다. 앞단락 여덟 구절은 사평운으로 36자이다. 뒷단락 여덟 구절은 양평운, 삼평운으로 45자이다.

詞 譜	最高樓 辛棄疾
(平)平仄句	長安道,
(仄)仄仄平平韻	投老倦遊歸.
(平)仄仄平平叶	七十古來稀.
(仄)平(仄)仄平平仄句	藕花雨濕前胡夜,
(仄)平(平)仄仄平平叶	桂枝風澹小山時.
仄平平句	怎消除,
平仄仄句	須殢酒,
仄平平叶	更吟詩.
(仄)(仄)仄逗(仄)平平仄仄換仄	也莫向、竹邊孤負雪.
(仄)(仄)仄逗(仄)平平仄仄叶仄	也莫向、柳邊孤負月.
平仄仄句	閒過了,
仄平平叶平	總成癡.
(仄)平(仄)仄平平仄句	種花事業無人問,

㊀仄平㊉仄仄平平叶平	對花情味只天知.
仄平平句	笑山中,
平仄仄句	雲出早,
仄平平叶平	鳥歸遲.

살펴보건대, 뒷단락의 1, 2구절은 5·3구절의 형식이 될 수 있다.

最高樓

毛滂

微雨過, 深院芰荷中. 香冉冉, 繡重重. 玉人共倚闌干角, 月華猶在小池東. 入人懷, 吹鬢影, 可憐風.
◎ 平仄仄 仄平◎ ◎ ◎
分散去、輕如雲與夢, 剩下了、許多風與月, 侵枕簟, 冷簾櫳. 副能小睡還驚覺, 略成輕醉早醒松.
△ ◎ ◎
仗行雲, 將此恨, 到眉峰.
◎

살펴보건대, 이 사의 앞단락 세 번째 구절은 한 글자가 증가한 두 개의 3자 구절이다. 뒷단락 첫째, 둘째 구절은 측성으로 환압하지 않았다. 《詞律》에 따르면 "夢"자가 "雪"자의 계통을 잘못 쓴 것이 아닐까 의심하였는데 《欽定詞譜》에서는 "雪"로 고쳐 지었다. 그러나 모방의 사의 다른 수 역시 측운으로 환압하지 않았기 때문에 마땅히 격식이 변한 것이라고 보아야 한다.

最高樓

程垓

舊時心事, 說著兩眉羞. 長記得、憑肩游. 緗裙羅襪桃花岸, 薄衫輕扇杏花樓. 幾番行, 幾番醉,
仄平平仄 ◎ 平仄仄 平平◎ ◎
幾番留.
◎
也誰料、春風吹已斷. 又誰料、朝雲飛亦散. 天易老, 恨難酬. 蜂兒不解知人苦, 燕兒不解說人愁.
△ △ ◎ ◎
舊情懷, 消不盡, 幾時休?
◎

살펴보건대, 이 사의 앞단락 첫 번째 구절은 한 글자가 더 많고 세 번째 구절은 한 글자가 더 많은 두 개의 3자구로 지었다.

81. 驀山溪

또한《陽春》·《上陽春》·《弄珠英》이라고도 한다.

쌍조, 82자이다. 앞단락 아홉 구절은 오측운으로 41자이다. 뒷단락 아홉 구절은 육측운으로 41자이다.《淸眞集》에서는 “大石調”라고 주석하였다.

詞 譜

(平)平(仄)仄句
(仄)仄平平仄韻
(平)仄仄平平句
(仄)(平)(平)逗(平)平(仄)仄叶
(平)平(仄)仄句
(平)(仄)(仄)叶
(平)(平)(仄)叶
(仄)仄平平仄叶

(平)平(仄)仄叶
(仄)仄平平仄叶
(仄)仄仄平平句
(仄)(平)(平)逗(平)平(平)仄叶
(平)平(仄)仄句
(仄)仄仄平平句

驀山溪 別意

黃庭堅

鴛鴦翡翠,
小小思珍偶.
眉黛斂秋波,
儘湖南、山明水秀.
娉娉裊裊,
恰近十三餘.
春未透,
花枝瘦,
正是愁時候.

尋芳載酒,
肯落他人後.
只恐遠歸來,
綠成陰、青梅如豆.
心期得處,

(平)(仄)(仄)叶 每自不由人.
(平)(平)(仄)叶 長亭柳,
(平)仄平平仄叶 君知否?
千里猶回首.

驀山溪 楊花

毛滂

雪堂氈徑, 撲撲憐飛絮. 柔弱不勝春, 任東風、吹來吹去. 墻陰花外, 一半落誰家, 葉依依, 煙鬱鬱, 依舊如張緒.
△ △ △
那人拈得, 吹向釵頭住. 不定却飛揚, 滿眼前、攪人情愫. 蜂儿蝶子, 教得越輕狂, 隔斜陽, 点芳草, 斷送青春暮.
△ △ △

살펴보건대, 이 사의 앞뒤단락 여섯 구절은 그저 2운만 사용했는데 음조는 조화롭고 부드러운 것이 중간에 평성암운을 활용했기 때문이다. 依 · 鬱(作平에 속함) 서로 압운하였으며 狂 · 陽도 서로 압운하였다.

驀山溪 梅

曹組

護霜雲際, 遠日明芳樹. 竹外一枝斜, 想佳人天寒日暮. 黃昏小院, 無處著淸香. 風細細, 雪垂垂, 何況江頭路.
△ △ △
月邊疏影, 夢到消魂處. 結子欲黃時, 又須作廉纖細雨. 孤芳一世, 供斷有情愁. 消瘦損, 東陽也, 試問花知否?
△ △ △

驀山溪 停雲竹徑初成

辛棄疾

小橋流水, 欲下前溪去. 喚取故人來, 伴先生、風煙杖屨. 行穿窈窕, 時歷小崎嶇, 斜帶水, 半遮山, 翠竹栽成路.
△ △ △
一尊遐想, 剩有淵明趣. 山上有停雲, 看山下、蒙蒙細雨. 野花啼鳥, 不肯入詩來, 還一似, 笑翁詩, 自沒安排處.
△ △ △

82. 新荷葉

송사 중에 이 곡조는 趙抃의 사에서 먼저 봉녔으며《折新荷人》이라고 이름 붙였으며 黃裳의 사에서《新荷葉》이라고 부르기 시작하였다.

쌍조, 82자이다. 앞뒤단락은 각 여덟 구절이며 41자이다.

詞 譜

(仄)仄平平句
(平)平(仄)仄平平韻
(仄)仄平平句
(仄)平(平)仄平平叶
(平)平(仄)仄句
(仄)(仄)(平)逗(平)仄平平叶
(平)平(平)仄句
(仄)平(平)仄平平叶

(平)仄平平句
(仄)平(仄)仄平平叶
(仄)仄平平句
(仄)平(平)仄平平叶
(平)平(仄)仄句
(平)(平)(仄)逗(平)仄平平叶

新荷葉

黃裳

落日銜山,
行雲載雨俄鳴.
一頃新荷,
坐間疑是秋聲.
煙波醉客,
見快哉、風惱娉婷.
香和淸點,
爲人吹在衣襟.

珠佩歡言,
放船且向前汀.
綠傘紅幢,
自從天漢相迎.
飛鷗獨落,
蘆邊對、幾朵繁英.

(仄)平(平)仄句　　　　侑觴人唱,
(仄)平(平)仄平平叶　　　　乍聞應似湘靈.

살펴보건대, 앞뒤단락 三字逗는 대부분 仄仄平 · 平平仄 · 仄平平으로 짓는다.

新荷葉

趙彦端

欲暑還凉, 如春有意重歸. 春若歸來, 任他鶯老花飛. 輕雷澹雨, 似晩風, 欺得單衣. 檐聲惊醉, 起來新綠成圍.
◎　◎　◎　◎
回首分擕. 光風冉冉菲菲. 曾几何時, 故山疑夢還非. 鳴琴再撫, 將淸恨, 都入金徽. 永怀橋下, 系船溪柳依依.
◎　◎　◎　◎

살펴보건대, 이 사의 뒷단락의 첫 번째 구절은 압운하였고, 송나라 사람들은 대부분 이와 같이 썼다.

新荷葉

趙長卿

冷徹蓬壺, 翠幢鼎鼎生香. 十頃玻璃, 望中無限淸涼. 遮風掩日, 高低襯, 密護紅妝. 陰陰湖裏, 羡他雙浴鴛鴦.
◎　◎　◎　◎
猛憶西湖, 當年一夢難忘. 折得曾將蓋雨, 歸思如狂. 水雲千裏, 不堪更, 回首思量. 而今把酒, 爲伊沈醉何妨.
◎　仄仄平平仄仄　平仄平◎　◎　◎

살펴보건대, 이 사의 뒷단락 세 번째 구절은 6자 한 구절, 4자 한 구절로 지었다.

83. 洞仙歌

당교방곡 이름으로 이후에 사패로 활용되었다. 蘇軾의 사는 《洞仙歌令》이라고 하였다. 潘牥의 사는 《羽仙歌》라고 하였다. 《宋史 · 樂志》에서는 《洞中仙》이라고 하였다. 任半塘은 "이 곡의 당나라 곡조는 돈황곡에서 보이는데 북송의 곡조와 완전히 다르다."고 하였다. 쌍조, 83자이다. 앞단락 7구절은 삼측운으로 34자이다. 뒷단락 아홉구절은 삼측운으로 49자이다. 《樂章集》은 "中呂調"라고 주석했으며 "仙呂調" · "般涉調"라고 주석하였다. 《宋史 · 樂志》에는 "林鍾商調"에 포함시켰으며 또한 "歇指調"에 포함시켰다.

詞 譜

(平)平(仄)仄句
(仄)(平)平平仄韻
(上一下四, 或上二下三)
(仄)仄平平仄平仄叶
(仄)(平)(平)逗
(仄)仄(平)仄(仄)平平句
(上三下六, 或上五下四)
(平)(仄)仄句
(平)仄平平(仄)仄叶
(仄)(平)平仄仄句
(平)仄平平句
(平)仄平平仄平仄叶

洞仙歌令

蘇軾

冰肌玉骨,
自淸涼無汗.

水殿風來暗香滿.
繡簾開,
一點明月窺人;

人未寢,
欹枕釵橫鬢亂.
起來攜素手,
庭戶無聲,
時見疏星渡河漢.

仄仄仄平平句	試問夜如何?
仄⃝仄平平句	夜已三更,
平⃝平⃝仄⃝逗仄⃝平平⃝仄叶	金波淡、玉繩低轉.
仄仄⃝仄⃝逗	但屈指、
平⃝平⃝仄平平句	西風幾時來?
仄仄⃝仄平平句	又不道流年,
(去) 仄平平仄叶	暗中偸換.

살펴보건대, 뒷단락 네 번째 구절은 역시 仄平平仄仄으로 지었으며 뒷단락 네 번째 · 다섯 번째 구절은 역시 3자구 · 6자구로 지었다. 앞뒤단락의 세 번째 구절의 다섯 번째 글자, 뒷단락의 일곱 번째 구절의 여섯 번째 글자는 측성을 사용하였다.

洞仙歌 泗州中秋作

晁補之

青煙冪處, 碧海飛金鏡. 永夜閑階臥桂影. 露涼時, 零亂多少寒螿, 神京遠, 惟有藍橋路近.
　　　　　　　　　△　　　　　　　△　　　　　　　　　　　　　　　　　　　　△
水晶簾不下, 雲母屛開, 冷浸佳人淡脂粉. 待都將許多明, 付與金樽, 投曉共流霞傾盡. 更攜取胡床上南樓,
　　　　　　　　　　　　　　　　　△ 仄仄平平仄　　　　　　　　　　　　　△
看玉做人間, 素秋千頃.
　　　　　　　　　△

살펴보건대, 이 사의 뒷단락 네 번째 구절은 사의 평측이 약간 다르다.

洞仙歌

李元膺

雪雲散盡, 放曉晴庭院. 楊柳于人便靑眼. 更風流多處, 一點梅心, 相映遠, 約略顰輕笑淺.
　　　　　　　　　△　　　　　　　△　　　　　　　　　　　　　　　　　　　　△
一年春好處, 不在濃芳, 小艷疏香最嬌軟. 到淸明時候, 百紫千紅花正亂, 已失春風一半. 早占取、韶光共追游,
　　　　　　　　　　　　　　　　　△ 仄仄平平仄　　　　　　　　　　　仄仄平平仄△
但莫管春寒, 醉紅自暖.
　　　　　　　　　△

살펴보건대, 이 사의 뒷단락 여섯 구절은 구의 평측이 약간 다르다.

洞仙歌

汪元量

西園春暮, 亂山迷行路. 風卷殘花墮紅雨. 念舊巢燕子, 飛傍誰家. 斜陽外, 長笛一聲今古.
△ △ △ △
繁華流水去, 舞歇歌沈, 忍見遺鈿種香土! 漸橘樹方生, 桑枝才長, 都付與、沙門爲主. 便關防、不放貴遊來.
△ △ △
又突兀梯空, 楚王宮宇.
△

살펴보건대, 이 사의 앞뒤단락의 起구는 모두 압운하였다.

84. 八六子

이 사는《尊前集》에서 杜牧이 지은 사들을 모아놓은 것에서 처음 보인다. 전체 사는 8운으로 6자구를 위주로 하고 있는데 사의 이름은 아마도 여기서 따온 것일 것이다. 후대 사람들은 秦觀의 사에 있는 "黃鵬又啼數聲(누런 붕새가 또 수차례 울어대고)" 구절에 따라《感黃鵬》이라고 바꿔불렀다.

쌍조, 88자이다. 앞단락 여섯 구절은 삼평운으로 30자이다. 뒷단락 열 구절은 오평운으로 58자이다.

詞 譜	八六子 秦觀
仄平平韻	倚危亭,
仄平平仄韻	恨如芳草,
(平)平(仄)仄平平叶	萋萋鏟盡還生.
仄仄仄(平)平(仄)仄句 (去)	念柳外青驄別后,
仄平平仄平平句	水邊紅袂分時,
仄平仄平叶 (去) (去)	愴然暗驚.
平平(平)仄平平叶	無端天與娉婷,
(仄)仄(平)平平仄句	夜月一簾幽夢,
(平)平(仄)仄平平叶	春風十里柔情.
仄仄仄逗	怎奈向、

平平仄平平仄句	歡娛漸隨流水,
仄平平仄句	素弦聲斷,
仄平平仄句	翠綃香減,
平平仄仄平平仄仄句	那堪片片飛花弄晚,
㊉平㊀仄平平叶	蒙蒙殘雨籠晴.
仄平平叶	正銷凝,
平平仄平仄平叶 (去) (去)	黃鸝又啼數聲.

살펴보건대, 앞단락 네 번째 · 다섯 번째 구절은 去聲字領로 6언을 대구로 하였다. 뒷단락의 두 번째 세 번째 구절은 대구이며 다섯 번째 여섯 번째 구절은 대구이다. 일곱 · 여덟 번째 구절은 2字領 6언을 대구로 하였다. 뒷단락 네 번째 구절 역시 仄仄仄平平 · ㊀平平仄으로 지었다. 여섯 번째 구절은 역시 仄仄平平韻으로 지었고 여섯 번째 구절과 일곱 번째 구절은 仄平平仄平平韻仄仄平平仄仄으로 지었다. 《詞律》에서는 이 사의 뒷단락 여섯 번째 구절은 압운하지 않았으나 오탈자가 있는 것으로 의심된다. 사실 뒷단락 음조는 조화롭고 부드럽다가 어느새 음이 드물어지는데 이것은 5 · 6 · 7 · 구의 暗押에 의하여 "斷", "減", "晚" 세 개의 측운 때문이다. 송나라 사람들은 이 사를 많이 전사(塡詞)했지만 이 운율의 변화를 연구하지는 않았고 이 때문에 疏散에 대해 아는 것이 적다. 《詞律》에서는 또한 앞뒤단락 마지막 구절의 네 글자는 "去平去平으로 지었으며 이윽고 이 곡조의 정격이다."라고 하였다. 그러나 송사를 고찰해보면 仄平去平으로 지은 것이 적지 않다. 杜文瀾은 "평조운 앞의 측성자는 반드시 거성(去聲)을 써야 한다."고 하였다. 謝元准의 《塡詞淺說》에서는 "대개 陰平은 上聲과 관계되는데 음평은 去聲과 관련된다."라고 하였다. 내가 터득한 바로는 끝까지 추구하기에는 적절하지 않다.

八六子

晁補之

喜秋晴. 淡云縈縷, 天高群雁南征. 正露冷初減蘭紅, 風緊潛雕柳翠, 愁人漏長夢惊.
◎ ◎ 仄仄仄平仄平平 平仄平平仄仄 平平仄平仄◎
重陽景物凄清. 漸老何時无事, 当歌好在多情. 暗自想、朱顔幷游同醉, 官名繮鎖, 世路蓬萍. 難相見,
◎ ◎ 仄仄平◎
賴有黃花滿把, 從敎淥酒深傾. 醉休醒, 醒來旧愁旋生.
◎ ◎ ◎

살펴보건대, 《欽定詞譜》에서는 이 사를 정체로 삼고 있는데, 이 사의 구절의 평측과 秦觀 사는 약간 차이가 있다.

85. 滿江紅

《塡詞名解》에서는 당나라 사람의 《冥音錄》에 실려있는 사명은 《上江紅》이라고 하였으며 이후에 《滿江紅》이라고 이름이 바뀌었다.

이 곡조는 측운과 평운의 두 가지 형식이 있다. 측운의 사는 송나라 사람들이 가장 많이 썼으며 柳永의 사를 표준으로 삼았다. 姜夔는 측운의 형식이 운율에 맞지 않기 때문에 평운으로 바꿔지었으나 그를 따라 사를 지은 이는 많지 않다.

쌍조, 93자이다. 앞단락 8구절은 사운으로 47자이다. 뒷단락 열 구절은 오운으로 46자이다. 측운 형식은 입성으로 압운하는 것이 적절하다. 앞단락 중 7자의 두 구절은 대부분 대구를 이룬다. 측운은 《樂章集》에서 "仙呂調"로 주석하였고, 평운은 《夢窗詞》에서 "仙呂宮"이라고 주석하였다.

詞譜	滿江紅　柳永
(仄)仄平平句	暮雨初收,
(平)(平)仄逗(平)平(仄)仄韻	長川靜、征帆夜落.
(平)(仄)仄逗(仄)平(平)仄句	臨島嶼、蓼煙蔬淡,
(平)平平仄叶	葦風蕭索.
(仄)仄(平)平平仄仄句	幾許漁人飛短艇,
(平)平(仄)仄平平仄叶	盡載燈火歸村落.
仄(平)(平)逗	遣行客、
(仄)仄仄平平句	到此念回程,
平平仄叶	傷漂泊.
平(平)仄句	桐江好,
平平仄叶	煙漠漠.
平(仄)仄句	波似染,
平平仄叶	山如削.
仄(平)平(平)仄叶 (上一下四)	遶嚴陵灘畔,
仄平平仄句	鷺飛魚躍.
(仄)仄(平)平平仄仄句	游宦區區成底事,
(平)平(仄)仄平平仄叶	平生況有云泉約.
(平)(仄)(平)逗	歸去來、
(仄)仄仄平平句	一曲仲宣吟,
平平仄叶	從軍樂.

살펴보건대,《詞律》에 이르길 뒷단락 두 번째 · 네 번째 구절은 마땅히 "平平仄으로 지어야하며 자의로 바꿀 수 없다."라고 하였으며 앞뒤단락 뒤에서 두 번째 구절 三字逗는 일반적으로 仄(平)平이다.

滿江紅

岳飛

怒髮衝冠, 憑闌處、瀟瀟雨歇. 抬望眼、仰天長嘯, 壯懷激烈. 三十功名塵與土, 八千里路雲和月. 莫等閑、
白了少年頭, 空悲切.

靖康恥, 猶未雪. 臣子憾, 何時滅? 駕長車踏破、賀蘭山缺. 壯志饑餐胡虜肉, 笑談渴飮匈奴血. 待從頭、
收拾舊山河, 朝天闕.

滿江紅

辛棄疾

敲碎離愁, 紗窗外、風搖翠竹. 人去後、吹簫聲斷, 倚樓人獨. 滿眼不堪三月暮, 擧頭已覺千山綠. 但試把、
一紙寄來書, 從頭讀.

相思字, 空盈幅. 相思意, 何時足? 滴羅襟點點, 淚珠盈掬. 芳草不迷行客路, 垂楊只礙離人目. 最苦是、
立盡月黃昏, 欄干曲.

살펴보건대, 이 사의 앞단락 중 7자의 두 구절은 모두 측운으로 압운하였다.

滿江紅 九日治城樓

方岳

且問黃花, 陶令後、幾番重九. 應解笑、秋崖人老, 不堪詩酒. 宇宙一舟吾倦矣, 山河兩戒天知否. 倚西風、
無奈劍花寒, 蚪龍吼.

江欲釂, 談天口. 秋何負, 持螯手. 盡石鱗蕪沒, 斷煙衰柳. 故國山圍青玉案, 何人印佩黃金斗? 倘只消、
江左管夷吾, 終須有.

살펴보건대, 이 사는 상성운을 활용하였다.

[平韻] 詞 譜

(仄)仄平平句
(平)(平)仄逗(平)平(仄)仄韻
(平)(仄)仄逗(仄)平(平)仄句
(平)平平仄叶
(仄)仄(平)平平仄仄句
(平)平(仄)仄平平仄叶
仄(平)(平)逗
　(仄)仄仄平平句
平平仄叶

平(平)仄句
平平仄叶
平(仄)仄句
平平仄叶
仄(平)平(平)仄叶
(上一下四)
仄平平仄句
(仄)仄(平)平平仄仄句
(平)平(仄)仄平平仄叶
(平)(仄)(平)逗
　(仄)仄仄平平句
平平仄叶

滿江紅 渟山湖

吳文英

云气樓台,
分一派、滄浪翠蓬.
開小景、玉盆寒浸,
巧石盤松.
風送流花時過岸,
浪搖晴練欲飛空.
算鮫宮、
　祇隔一紅塵,
无路通.

神女駕,
凌曉風.
明月佩,
響丁東.
對兩蛾犹鎖,
怨綠烟中.
秋色未教飛盡雁,
夕陽長是墜疏鐘.
又一聲、
　欸乃過前岩,
移釣篷.

살펴보건대, 姜夔의 평운《滿江紅》의 자서에 이르길 “《滿江紅》의 예전 사는 측운을 활용하였는데 음률이 적절하지 않았다. 周邦彦의 사에서 ‘無心撲’이라는 구절과 같이 노래하는 사람은 글자를 마음대로 거성에 넣어버리는데 음률에 어울린다. 나는 평운으로 구절을 지으니 말구가 ‘聞佩環’으로, 음률에 어울린다.”고 하였다. 이 말은 측운《滿江紅》의 앞뒤단락 말구의 “平平仄”(마치 柳永 의 “傷飄泊”·“從軍樂”과 같다)

86. 法曲獻仙音

《欽定詞譜》에서 "陳暘의 《樂書》에 이르길 法曲은 당나라에서 흥행하였으며 그 소리는 淸商에서 시작되었고 正律에 비해 四律이 차이나며 鐃·鈸·鐘·磬의 소리가 있다. 《獻仙音》은 그 중 하나이다." 이 곡조는 처음에 柳永의 사에서 보였다. 王國維의 《宋大曲考》에 이르길 이것은 법곡 《霓裳羽衣舞》 중의 한 단락에서 따다 만든 것이라고 하였다. 姜夔의 사는 《越女鏡心》이라고 하였다.

쌍조, 92자이다. 앞단락 8구절은 4측운이며 39자이다. 뒷단락 아홉구절은 오측운이며 53자이다. 《樂章集》에서는 "小石調"라고 주석하였다. 《白石道人歌曲》에서는 "大石調"라고 주석하였다.

詞 譜	法曲獻仙音 周邦彥
平仄平平句	蟬咽涼柯,
㊀平㊥仄句	燕飛塵幕,
仄仄平平平仄韻	漏閣簽聲時度.
㊀仄平平句	倦脫綸巾,
仄平平仄句	困便(音駢, 安也) 湘竹,
平平仄平平仄叶	桐陰半侵朱戶.
仄㊀仄逗平平仄叶	向抱影、凝情處.
平平仄平仄叶	時聞打窗雨.

仄平仄叶	耿無語.
仄平平逗仄平(平)仄句	嘆文圓、近來多病,
平(仄)仄逗平仄仄平(仄)仄叶	情緒懶、尊酒易成間阻.
(仄)仄仄平平句	縹緲玉京人,
仄(平)平逗(平)仄平仄叶	想依然、京兆眉嫵.
(仄)仄平平句	翠幕深中,
仄(平)平逗(平)仄平仄叶	對徽容、空在紈素.
仄(仄)平(仄)仄句	待花前月下,
仄仄平平平仄叶	見了不教歸去.

살펴보건대, 앞단락 일곱 번째 구절은 압운을 하지 않았으며 뒷단락 두 번째 구절은 압운을 하였다. 뒷단락 다섯 번째 · 일곱 번째 구절의 三字逗는 평측이 약간 다르다. 杜文瀾은 "이 사의 首구의 두 번째 글자와 次구의 네 번째 글자, 네 번째 구절의 두 번째 글자, 다섯 번째 구절의 네 번째 글자는 반드시 입성을 사용해야 한다."

法曲獻仙音

姜夔

虛閣籠寒, 小簾通月, 暮色偏憐高處. 樹隔離宮, 水平馳道, 湖山盡入尊俎. 奈楚客淹留久, 砧聲帶愁去.
　　　　　　　　　　　△　　　　　　　　　　(作平) △　　　　　　　　△
屢回顧. 過秋風, 未成歸計. 誰念我, 重見冷楓紅舞. 喚起淡妝人, 問逋仙, 今在何許? 象筆鸞箋, 甚而今,
　 △　　　　　　　　　　　　　△　　　　　　　　　　△
不道秀句. 怕平生幽恨, 化作沙邊煙雨.
仄仄仄 △　　　　　　　　　△

法曲獻仙音

周密

松雪飄寒, 嶺雲吹凍, 紅破數椒春淺. 襯舞臺荒, 浣妝池冷, 淒涼市朝輕換. 嘆花與人雕謝, 依依歲華晚.
　　　　　　　　　　　△　　　　　　　　　　　△　　　　　　　　△
共淒黯. 問東風, 幾番吹夢, 應慣識當年, 翠屏金輦. 一片古今愁, 但廢綠, 平煙空遠. 無語消魂, 對斜陽,
　 △　　　　　　　　　　　　　△　　　　　　　　仄仄仄 △
衰草淚滿. 又西泠殘笛, 低送數聲春怨.
　 △　　　　　　　　　△

87. 屋漏遲

白居易의 시에는 "天凉玉漏遲"라는 구절이 있는데 여기에서 따다 이름 붙였다.

쌍조, 94자이다. 앞단락 열 구절은 오측운으로 47자이다. 뒷단락 아홉 구절은 오측운으로 47자이다. 首구에는 起韻이 있다. 《夢窗詞》에는 "夷則商"(즉 "商調")라고 주석하였다.

詞譜	玉漏遲
	宋祁
仄平平仄仄句	杏香飄禁苑,
(平)仄(仄)仄句	須知自昔,
(平)平平仄韻	皇都春早.
(仄)仄平平句	燕子來時,
(仄)仄(仄)平平仄叶	綉陌漸薰芳草.
(仄)仄平平(仄)仄	蕙圃夭桃過雨,
仄(仄)仄逗(平)平平(仄)叶	弄碎影、紅篩清沼.
平平仄叶	深院悄,
(仄)平仄仄句	綠楊影里,
(平)平平仄叶	鶯聲爭巧.
仄(仄)仄仄平平句	早是賦得多情,
仄(仄)仄平平句 (去)(上一下四)	更遇酒臨風,
(仄)平平仄叶	鎮辜歡笑.
(仄)仄平平句	數曲闌干,

(仄)仄(仄)平平仄叶	故國漫勞登眺.
(平)仄平平(仄)仄句	天際微云過盡,
仄(仄)仄逗(平)平平仄叶	亂峰鎖、一竿斜照.
平平仄叶	歸路杳,
(平)(平)仄平平仄叶	東風泪零多少.

살펴보건대, 뒷단락 起구 두 번째 글자는 측성을 쓰는 것이 일반적이다.

玉漏遲

程垓

一春渾不見, 那堪又是, 花飛時節. 忍對危欄數曲, 暮雲千疊. 門外星星柳眼, 看還似、當時風月. 愁萬結.
△ △ △ △

憑誰爲我, 殷勤低說.
△

不是慣卻春心, 奈新燕傳情, 舊鶯饒舌. 冷篆餘香, 莫放等閒消歇. 縱使繁紅褪盡, 猶有、犹有茶(蘼+系)堪折.
△ △ 平仄平 平平△

魂夢切. 不奈飛來蝴蝶.
△ 仄仄平平平△

살펴보건대, 이 사의 뒷단락 일곱 번째 구절은 한 글자가 적으며 結구의 평측은 약간 다른데 《欽定詞譜》에서는 "犹自有"라고 지었다. 결구는 또한 "如今不耐、飛來蝴蝶"라고 짓는다.

玉漏遲

吳文英

絮花寒食路. 晴絲罥日, 綠陰吹霧. 客帽欺風, 愁滿畫船煙浦. 綵柱秋千散后, 悵塵鎖、燕簾鶯戶. 從閒阻.
△ △ △ △ △

夢云無準, 鬢霜如許.
△

夜永繡閣藏嬌, 記掩扇傳歌, 翦燈留語. 月約星期, 細把花須頻數. 彈指一襟幽恨, 謾空趁、啼鵑聲訴. 深院宇.
△ △ △

黃昏杏花微雨.
△

88. 六玄令

당교방대곡명에 《綠腰》이 있는데 본래 당나라 시기에 비파곡명이었다. 《碧雞漫志》에서는 "《六玄》은 《綠腰》·《樂世》·《錄要》라고도 한다. 元微의 《琵琶歌》에 이르기를 '錄腰는 大曲의 散序에서 대부분 누르고 손끝으로 비비는 소리이다.'라고 하였으며 沈亞之는 《志盧金蘭墓》에서 이르기를 '綠腰는 玉樹의 춤이다.'라고 하였다. 白樂天의 《聽歌六絶句》에서는 '樂世의 聲聲樂이다.', 주석에서는 '樂世라는 것은 일명 六玄이다.'라고 하였다. 段安節은 《琵琶錄》에 이르길 '綠腰는 원래 錄要이며 악공들이 들어오는 음악이며 위에서 명하여 그 요점을 기록하게 한 것이다.'라고 했다"라고 하였다. 살펴보건대, 단안절의 주장은 억지스럽다. 《燕樂考原》에서는 당나라 시기에 새롭게 《六玄》을 지었는데 이것은 七羽에 속한다. 초나라 사람들은 작다는 것을 玄이라고 불렀는데 羽弦은 가장 작았으므로 빠른 성조를 玄弦이라고 했으며 높은 般涉調를 쓰지 않는 것을 제외하고도 여섯 곡조가 있으니 이것을 六玄이라고 하였고 이후에 이를 곡명으로 삼은 것이다.

쌍조 94자이다. 앞단락 아홉 구절은 오측운이며 46자이다. 뒷단락 아홉 구절은 오측운 으로 48자이다. 관례로 입성운을 사용하였다. 《樂章集》에서는 "仙呂宮"으로 주석하였다. 《夢窗詞》에서는 "夷則宮"(즉 "仙呂宮")이라고 주석하였다.《宋史 · 樂志》에서는 또한 "中呂調" · "南呂調"(즉 "高平調")에 포함시켰다.

詞譜	六玄令 九日 周邦彦
(仄)平平仄句	快風收雨,
(平)仄(平)平仄韻	亭館淸殘燠.
(平)平仄平平仄句	池光靜橫秋影,
(仄)仄(平)平仄叶	岸柳如新沐.
(平)仄平平(仄)仄句	聞道宜城酒美,
(仄)仄平平仄叶	昨日新醅熟.
(平)平平仄叶	輕鑣相逐.
(平)平(仄)仄句	衝泥策馬,
(平)仄平平仄平仄叶	來折東籬半開菊.
平(平)平(仄)仄仄句	華堂花豔對列,
(仄)仄平平仄叶	一一驚郞目.
(平)仄(仄)仄平平句	歌韻巧共泉聲,
(仄)仄(平)平仄叶	間雜琮琤玉.
(平)仄平平(仄)仄句	惆悵周郞已老,
(平)仄平平仄叶	莫唱當時曲.
(平)平平仄叶	幽歡難卜.
(平)平(平)仄句	明年誰健,
(仄)仄平平仄平仄叶	更把茱萸再三矚.

살펴보건대 앞단락 세 번째 구절은 역시 平平平仄平仄으로 지었다. 앞단락 結구의 마지막 세 글자는 대부분 거평입성으로 짓는다.

六玄令 春晴

李珠

淡煙疏雨, 香徑渺啼鴂. 新晴畫簾閒卷, 燕外寒猶力. 依約天涯芳草, 染得春風碧. 人間陳跡. 斜陽今古, 幾縷遊絲趁飛蝶. 誰向尊前起舞? 又覺春如客. 翠袖折取嫣紅, 笑與簪華髮. 回首靑山一點, 檐外寒雲疊. 梨花淡白, 柳花飛絮, 夢繞闌干一株雪.

살펴보건대, 이 사의 뒷단락 일곱 번째 구절은 한 글자가 적으며 結구의 평측은 약간 다른데 《欽定詞譜》에서는 "犹自有"라고 지었다. 결구는 또한 "如今不耐、飛來蝴蝶(요즈음은 견디기 힘든데, 나비가 날아오네)"라고 지었다.

六玄令 次韻和賀方回金陵懷古, 鄱陽席上作

李綱

長江千里, 煙淡水雲闊. 歌沉玉樹, 古寺空有疏鍾發. 六代興亡如夢, 苒苒驚時月. 兵戈凌滅. 豪華銷盡, 幾見銀蟾自圓缺. 潮落潮生波渺, 江樹森如發. 誰念遷客歸來, 老大傷名節! 縱使歲寒途遠, 此志應難奪. 高樓誰設? 倚闌凝望, 獨立漁翁滿江雪.

살펴보건대, 이 사는 세 번째 · 네 번째 구절은 조금 다르다.

89. 水調歌頭

《碧雞漫志(벽계만지)》에 “《隋唐嘉話(수당가화)》에 따르면 隋煬帝(수양제)가 汴河(변하)를 개착(開鑿)할 때 일찍이 《水調歌(수조가)》를 지었다”고 하였다. 송사(宋詞)는 “中呂調(중려조)”이나 唐樂(당악)은 “南呂商(남려상)”으로 간주하며 대부분 大曲(대곡)과 유사한 것으로 본다. 《欽定詞譜(흠정사보)》에는 “《수조》라는 것은 당나라 사람들의 대곡이다. 무릇 대곡에는 歌頭(가두; 대곡 두 번째 부분 “중서”의 첫장)가 있는데 이 사는 대곡가두를 싣고 있으며 另譜新曲한 것이다. 하수의 사는 《臺城遊(대성유)》라고 하며 모방의 사는 《元會曲(원회곡)》, 張榘(장구)의 사는 《凱歌(개가)》, 夢窗(몽창)의 사는 《江南好(강남호)》, 白石(백석)의 사는 《花犯念奴(화범염노)》라고 한다.

쌍조 95자이다. 앞 단락의 아홉 구절은 사평운으로 48자이다. 뒤 단락의 열 구절은 사평운으로 47자이다. 宋人(송인)들은 위 아래 단락에서 6자로 이루어진 두 구절을 대부분 측운으로 압운하였다. 또한 평측을 互押(호압; 通韻)하였으며 구절구절마다 압운한 것은 후에 賀鑄(하주)의 사를 따른 것이다. 趙張卿(조장경)의 《臨江仙(임강선)》은 “《수조》는 아득하며 아름답다”라고 하였다. 王易(왕역)은 《詞曲史(사곡사)》에서 “揮灑縱橫, 未宜側艶(거침없이 붓을 휘둘러 썼으나, 글귀가 화려하고 경박하지 않다)”라 하였다.

詞譜	水調歌頭 蘇軾
(仄)仄(仄)平仄句	明月幾時有?
(仄)仄仄平平韻	把酒問青天.
(平)平(仄)仄平仄句	不知天上宮闕,
(仄)仄仄平平叶	今夕是何年.
(又作上四下七)	
(仄)仄(平)平(平)仄句	我欲乘風歸去,
(仄)仄(平)平(仄)仄句	又恐瓊樓玉宇,
(平)仄仄平平叶	高處不勝寒.
(仄)仄(仄)平仄句	起舞弄清影,
(平)仄仄平平叶	何似在人間!
(仄)(平)(仄)句	轉朱閣,
(平)(仄)仄叶	低綺戶,
仄(平)平叶	照無眠.
(仄)平(仄)仄句	不應有恨,
平仄(平)仄仄平平叶	何事長向別時圓?
(又作上六下五)	
(平)仄(平)平(平)仄	人有悲歡離合,
(仄)仄(平)平(平)仄	月有陰晴圓缺,
(仄)仄仄平平	此事古難全.
(仄)仄(平)平仄	但願人長久,
(平)仄仄平平	千里共嬋娟.

살펴보건대, 이 詞(사)에서 여섯 자로 이루어진 구절은 모두 측성(仄聲)으로 압운하였다.

臺城遊

賀鑄

南國本瀟灑, 六代浸豪奢. 台城遊冶, 襞箋能賦屬宮娃.
雲觀登臨淸夏, 璧月留連長夜, 吟醉送年華. 回首飛鴛瓦, 却羨井中蛙.
訪烏衣, 成白社, 不容車. 舊時王謝, 堂前雙燕過誰家?
樓外河橫斗掛, 淮上潮平霜下, 檣影落寒沙. 商女篷窗罅, 猶唱後庭花.

水調歌頭 春行

黃庭堅

瑤草一何碧, 春入武陵溪. 溪上桃花無數, 花上有黃鸝.
我欲穿花尋路, 直入白雲深處, 浩氣展虹蜺. 祇恐花深裏, 紅霧濕人衣.
坐玉石, 敧玉枕, 拂金徽. 謫仙何處, 無人伴我白螺杯.
我爲靈芝仙草, 不爲絳唇丹臉, 長嘯亦何爲? 醉舞下山去, 明月逐人歸.

水調歌頭 九月望日, 與客習射西園, 余病不能射

葉夢得

霜降碧天靜, 秋事促西風. 寒聲隱地, 初聽中夜入梧桐.
起瞰高城回望, 寥落關河千里, 一醉與君同. 疊鼓鬧淸曉, 飛騎引雕弓.
歲將晚, 客爭笑, 問衰翁. 平生豪氣安在, 沈領爲誰雄?
何似當筵虎士, 揮手絃聲響處, 雙雁落遙空. 老矣眞堪愧, 回首望雲中.

水調歌頭 聞采石戰勝

張孝祥

雪洗虜塵靜, 風約楚雲留. 何人爲寫悲壯, 吹角古城樓.

◎ ◎

湖海平生豪氣, 關塞如今風景, 剪燭看吳鉤. 剩喜燃犀處, 駭浪與天浮.

◎ ◎

憶當年, 周與謝, 富春秋, 小喬初嫁, 香囊未解, 勳業故優遊.

◎ 仄平平仄 平平仄仄 ◎

赤壁磯頭落照, 肥水橋邊衰草, 渺渺喚人愁. 我欲剩風去, 擊楫誓中流.

◎ ◎

살펴보건대, 이 사(詞)의 뒷 단락 4구는 두 글자가 많아서 平仄(평측)의 구조가 살짝 바뀌었다.

90. 滿庭芳

유종원의 시에는 “滿庭芳草積(온 정원에 향기로운 풀이 가득 쌓여있고)”이라는 구절이 있다. 吳融의 시에는 “滿庭芳草易黃昏(온 정원에 향기로운 풀은 황혼으로 바뀌었네)”이라는 구절이 있다. 사의 이름은 여기서 온 것이다. 《欽定詞譜》에서는 周邦彦의 사는 《鎖太陽》이라고 하며 葛立方의 사는 《滿庭霜》, 趙補之의 사는 《瀟湘暮雨》라고 하며 張鎡의 사는 《滿庭花》라고 한다.

쌍조, 95자이다. 앞단락 열 구절은 사평운으로 48자이다. 뒷단락 열한 구절은 오평운으로 47자이다. 뒷단락 첫 번째 구절의 두 글자는 압운하지 않은 3 · 5자가 이어지는데 뒤에 인용한 張鎡의 사와 같다. 《淸眞集》에서는 “中呂調”라고 주석하였다.

詞 譜

(平)仄平平句
(平)平(平)仄句
(仄)平(平)仄平平韻
(仄)平平仄句
(平)仄仄平平叶
(平)仄平平仄仄句
(去)
(平)(平)仄逗(平)仄平平叶
平平仄句

滿庭芳

秦觀

山抹微雲,
天連衰草,
畫角聲斷譙門.
(作平)
暫停徵棹,
聊共引離尊.
多少蓬萊舊事,

空回首、煙靄紛紛.
斜陽外,

平平(仄)仄句
(平)仄仄平平叶

平平韻
平仄仄句
(平)平仄仄句
(平)仄平平叶
仄平仄平平句
(上一下四)
(仄)仄平平叶
(仄)仄平平仄仄句
(去)
(平)(仄)仄逗(平)仄平平叶
平平仄句
平平(仄)仄句
(平)仄仄平平叶

寒鴉萬點,
流水繞孤村.

銷魂!
當此際,
香囊暗解,
羅帶輕分.
謾贏得靑樓,
薄倖名存.
此去何時見也?
襟袖上、空惹啼痕.
傷情處,
高城望斷,
燈火已黃昏.

살펴보건대, 뒷단락 첫 번째 · 두번째 구절은 한 구절로 합칠 수 있으며 (平)平平仄仄으로 짓는다. 뒷단락 다섯 번째 구절은 仄仄平平仄으로 짓는다.

滿庭芳 夏日溧水無想山作

周邦彦

風老鶯雛, 雨肥梅子, 午陰嘉樹淸圓. 地卑山近, 衣潤費爐煙. 人靜烏鳶自樂, 小橋外、
◎ ◎
新綠濺濺. 憑欄久, 黃蘆苦竹, 擬泛九江船.
◎ ◎
年年, 如社燕, 飄流瀚海, 來寄修椽. 且莫思身外, 長近尊前. 憔悴江南倦客, 不堪聽、
◎ ◎ 仄仄平平仄 ◎
急管繁弦. 歌筵畔, 先安簟枕, 容我醉時眠.
◎ ◎

滿庭芳 促織兒

張鎡

月洗高梧, 露溥幽草, 宝釵樓外秋深. 土花沿翠, 螢火墜墻陰. 靜听寒聲斷續, 微韻轉、
◎ ◎

凄咽悲沉. 爭求侶、殷勤勸織, 促破曉机心.
　　　◎　　　　　　　　　　◎

儿時, 曾記得, 呼灯灌穴, 斂步隨音. 任滿身花影, 獨自追尋. 攜向華堂戲斗, 亭台小、
　　　　　　　　　　　◎　　　　　　　　◎

籠巧妝金. 今休說、問渠床下, 凉夜伴孤吟.
　　　◎　　　　　　　　　　◎

91. 鳳凰臺上憶吹簫

이 곡조는 처음으로 《晁氏琴趣外篇》에서 보인다. 《欽定詞譜》에 이르길, 《列仙傳拾遺》에 실려있기로 蕭史는 퉁소를 부는데 뛰어났는데 난새와 봉황의 음을 불 수 있었다. 秦穆公에게는 弄玉이라는 딸이 있었는데 역시 퉁소를 잘 불었다. 진목공은 농옥을 소사에게 시집보냈고 소사는 농옥에게 곧 봉황 우는 소리를 가르쳤다. 10여 년이 지나자 봉황이 날아와 묵었다. 목공은 이를 위해 鳳臺를 짓고 소사 · 농옥 부부를 위에 머무르게 했다. 몇 년 후에 농옥은 봉황을 타고 소사는 용을 타고 떠났다. 사의 이름은 여기서 따 온 것이다. 《高麗史 · 樂志》에서 《憶吹簫》라고 하였다.

쌍조, 95자, 앞단락 열 구절은 사평운으로 47자이다. 뒷단락 열 한 구절은 오평운으로 48자이다. 뒷단락의 起구 두 글자는 압운하지 않았다. 北曲에는 仙呂調只曲에 포함시켰으며 구법과 사는 동일하다.

詞 譜

平⃝仄平平句
仄⃝平平⃝仄句
仄⃝平平⃝仄平平韻
仄仄平平仄句
(上一下四)
仄⃝仄平平叶
平⃝仄平平仄⃝仄句
(去)
平仄⃝仄逗仄⃝仄平平叶
平平仄句
平平仄仄句
仄仄平平叶

平平叶
仄平仄仄句
平仄⃝仄平平句
仄仄平平仄句
(上一下四)
平⃝仄平平叶
平⃝仄平平平⃝仄句
(去)
平仄⃝仄逗平⃝仄平平叶
平平仄句
平平仄平句
仄仄平平叶

鳳凰臺上憶吹簫

李清照

香冷金猊,
被翻紅浪,
起來慵自梳頭.
任寶奩塵滿,

日上簾鉤.
生怕離懷別苦,
多少事、欲說還休.
新來瘦,
非於病酒,
不是悲秋.

休休!
這回去也,
千萬遍陽關,
也則難留.
念武陵人遠,
煙鎖秦樓.
惟有樓前流水,
應念我、終日凝眸.
凝眸處,
從今又添,
一段新愁.

鳳凰臺上憶吹簫

權無染

水國雲鄉, 冰魂雪魄, 朝來新領春還. 便未怕、天暄蜂蝶, 笛轉羌蠻. 一樹垂雲似畫,
◎ ◎
香暗暗, 白淺紅班. 東風外, 淸新雪月, 瀟灑溪山.
◎ ◎
應是飛瓊弄玉, 天不管, 年年謫向人間. 占芳事, 鉛華一洗, 紅葉俱殘. 多少煙愁雨恨,
仄(仄)(平)仄平(仄)仄 ◎ (仄)(平)仄 平平(仄)仄◎
空脈脈、意遠情閑. 無人見, 翠袖倚竹天寒.
◎ (仄)仄 仄 仄 平 ◎

살펴보건대, 이 사는 앞단락 네 구절과 뒷단락 다섯 번째 구절의 1 · 4 구절은 3 · 4 구절로 글자가 더해졌고 뒷단락의 첫 번째 · 두 번째 고절은 뒷단락 末尾 두 구절은 6자 1구로 나뉘어졌으며 平仄 역시 변화된 것을 따랐다. 《欽定詞譜》는 이 형식을 正體로 삼았다.

92. 燭影搖紅

吳曾의《能改齋漫錄》에 이르길, 王詵 도위(都尉)는《憶故人》이라는 사를 지었는데 徽宗이 그의 사의(詞意)를 좋아했으나 내용이 소담스럽기에는 부족하며 곡조가 구성지기에는 부족하다고 여겨 大晟府(황실 음악부)에 명하여 새로운 곡조를 만들도록 하였으며 周邦彦은 사 구절을 더하였으며《憶故人》을 활용하였는데 사의 首구를 이름으로 하여《燭影搖紅》라고 하였다.

쌍조, 96자이다. 앞단락 아홉 구절은 오측운으로 48자이다. 뒷단락도 동일하다.《夢窗詞》에서는 "黃鍾商"("大石調")로 주석하였다.

詞 譜	燭影搖紅 廖世美
(仄)仄平平$_{\text{句}}$	靄靄春空,
(仄)平(平)仄平平仄$_{\text{韻}}$	畫樓森聳凌雲渚.
(仄)平(平)仄仄平平$_{\text{句}}$	紫薇登覽最關情,
(仄)仄平平仄$_{\text{叶}}$	絶妙誇能賦,
(平)平(平)平(平)仄$_{\text{叶}}$	惆悵相思遲暮,
仄(平)(仄)$_{\text{逗}}$平平仄仄$_{\text{叶}}$	記當日、朱闌共語.
(仄)平(平)仄$_{\text{句}}$	塞鴻難問,
(仄)仄平平$_{\text{句}}$	岸柳何窮,
(平)平平仄$_{\text{叶}}$	別愁紛絮.
(平)仄平平$_{\text{叶}}$	催促年光,

(仄)平(平)仄平平仄叶	舊來流水知何處?
(仄)平(平)仄仄平平句	斷腸何必更殘陽,
(仄)仄平平仄叶	極目傷平楚.
(仄)仄(平)平(仄)仄叶	晚霽波聲帶雨,
仄(平)(平)逗平平仄仄叶	悄無人、舟橫野渡.
(仄)平(平)仄句	數峯江上,
(平)仄平平句	芳草天涯,
(平)平平仄叶	參差煙樹.

살펴보건대, 앞뒤단락 두 번째 구절의 첫 번째 글자는 측성을 쓰는 것을 정식으로 하는데 대부분 거성을 사용했다.

燭影搖紅

劉辰翁

明月如冰, 亂雲飛下斜河去. 旋呼艇子載簫聲, 風景還如故. 嫋嫋餘懷何許? 聽尊前、
　　　　　　　　　　　　△　　　　　　　　　　　　　　　△　　　　　　　△
嗚嗚似訴. 近年潮信, 萬里陰晴, 和天無據.
　　　△　　　　　　　　　　　　　　△
有客秋風, 去時留下金盤露. 少年終夜奏胡笳, 誰料歸無路! 同是江南倦旅, 對嬋娟、
　　　　　　　　　　　　△　　　　　　　　　　　　　　　△　　　　　　　△
君歌我舞. 醉中休問, 明月明年, 人在何處.
　　　△　　　　　　　　　　　　　　△

93. 漢宮春

《欽定詞譜》에 이르길《高麗史 · 樂志》에는《漢宮春慢》이라고 했다고 되어 있다.

쌍조, 96자이다. 앞단락 열 구절은 사평운으로 47자이다. 뒷단락 열 구절은 사평운으로 49자이다. 앞뒤단락 首구는 압운하였다.《夢窗詞》에서는 "夾鍾商"("쌍조")로 주석하였다. 詹安泰는 "이 곡조는 대부분 청량하며 맑다."고 하였다. (《論音律》)

詞譜	漢宮春 陸游
(仄)仄平平句	羽箭雕弓,
仄(平)平(平)仄句	憶呼鷹古壘,
(仄)仄平平韻	截虎平川.
平平仄(平)(仄)仄句	吹笳暮歸野帳,
(仄)仄平平叶	雪壓青氈.
平平(仄)仄句	淋漓醉墨,
仄(平)(平)逗(平)仄平平叶	看龍蛇飛落蠻箋.
平仄仄句	人誤許、
平平(仄)仄句	詩情將略,
(仄)平(仄)仄平平叶	一時才氣超然.
平平仄(平)(仄)仄句	何事又作南來,
(仄)仄平平叶	看重陽藥市,
平平仄(平)(仄)仄句	元夕燈山.

(仄)仄平平叶	花時萬人樂處,
平平(仄)仄句	欹帽垂鞭.
(平)平平仄叶	聞歌感舊,
仄(平)(平)逗(平)仄平平叶	尙時時、流涕尊前.
平仄仄句	君記取,
平平(仄)仄句	封侯事在,
(仄)平(仄)仄平平叶	功名不信由天.

살펴보건대, 앞뒤단락 네 번째 구절은 역시 (平)平平仄平仄로 짓는다. 앞뒤단락 네 번째 · 다섯 번째 구절은 역시 平平仄仄과 仄平仄仄平平으로 짓는다. 앞뒤단락 三字逗는 仄平仄 · 仄仄平으로 지을 수 있다.

漢宮春 會稽秋風亭觀雨

辛棄疾

亭上秋風, 記去年嫋嫋, 曾到吾廬. 山河擧目雖異, 風景非殊. 功成者去, 覺團扇、
◎ ◎
便與人疏. 吹不斷, 斜陽依舊, 茫茫禹跡都無.
◎ ◎
千古茂陵詞在, 甚風流章句, 解擬相如. 只今木落江冷, 眇眇愁餘. 故人書報, 莫因循、
◎ ◎
忘卻蓴鱸. 誰念我, 新涼燈火, 一編太史公書.
◎ ◎

漢宮春 咏梅

李邴

瀟灑江梅, 向竹梢疏處, 橫兩三枝. 東君也不愛惜, 雪壓霜欺. 無情燕子, 怕春寒、
◎ ◎
輕失花期. 卻是有, 年年塞雁, 歸來曾見開時.
◎ ◎
淸淺小溪如練, 問玉堂何似, 茅舍疏籬. 傷心故人去後, 冷落新詩. 微雲淡月, 對江天、
◎ ◎
分付他誰. 空自憶, 淸香未減, 風流不在人知.
◎ ◎

94. 天香

《欽定詞譜》에서 “《法苑珠林》에 이르길 ‘天童子天香甚香(天童子의 하늘 향기는 더욱 향기롭고)’이라고 하였다. 곡조의 이름은 본디 여기서 나왔다.” 賀鑄는 이 사에 “好伴雲來(구름에서 내려 온 좋은 짝)”의 구절이 있어서 일찍이 《伴雲來》라고 이름을 바꾸었다.

쌍조, 96자이다. 앞단락 열 구절은 오측운으로 51자이다.

詞譜	天香 賀鑄
(平)仄平平句	煙絡橫林,
(平)平(仄)仄句	山沈遠照,
仄仄平平平平仄韻	邐迤黃昏鐘鼓.
(仄)仄平平句	煙映簾櫳,
(平)平(平)仄句	蛩催機杼,
仄仄平平平仄叶	共苦淸秋風露.
(仄)平(平)仄叶	不眠思歸,
(平)仄仄逗(仄)平(平)仄叶	齊應和、幾聲砧杵.
(平)仄(平)平(平)仄句	驚動天涯倦宦,
平仄仄(平)平仄叶	駸駸歲華行暮.
平平仄平仄仄叶	當年酒狂自負,
仄仄仄逗(仄)平平仄叶	謂東君、以春相付.
(平)仄(平)平(仄)仄句	流浪徵驂北道,

仄平平仄叶	客檣南浦.
(平)仄平平仄仄叶	幽恨無人晤語.
仄(平)仄逗平平(仄)平仄叶	賴明月、曾知舊遊處.
仄仄平平句	好伴雲來,
平平仄仄叶	還將夢去.

살펴보건대, 앞단락 세 번째 구절은 한 편으로 平平仄仄平仄 · 平平平仄平仄 · 平平仄平平仄으로 짓는다. 여섯 번째 구절은 仄平仄 · 平平仄으로 짓는다. 뒷단락 首구는 平平仄平平仄 · 平平仄平仄仄 · 平仄仄平仄仄 · 仄仄平平仄仄으로 짓는다.

天香 牡丹

劉壎

雨秀風明, 煙柔霧滑, 魏家初試嬌紫. 翠羽低雲, 檀心暈粉, 獨冠洛京新譜. 沈香醉墨,
仄 平 平 仄 平 △ △
曾賦與、昭陽仙侶. 塵世幾經朝暮, 花神豈知今古.
△ △
愁聽流鶯自語, 嘆唐宮、草靑如許! 空有天邊皓月, 見霓裳舞. 更後百年人換, 又誰記、
△ △ △
今番看花處. 流水夕陽, 斷魂鐘鼓.
△ △

살펴보건대, 이 사의 앞단락 세 번째 구절의 평측은 약간 다른데 앞단락 일곱 번째 구절과 뒷단락 다섯 번째 구절은 압운을 하지 않는다. 그러나 뒷단락 다섯 번째 구절을 압운하는 것은 남송의 사인들이 비교적 많다.

天香 龍涎香

王沂孫

孤嶠蟠煙, 層濤蛻月, 驪宮夜採鉛水. 訊遠槎風, 夢深薇露, 化作斷魂心字. 紅瓷候火,
△ △
還乍識、冰環玉指. 一縷縈簾翠影, 依稀海天雲氣.
△ △
幾回殢嬌半醉. 翦春燈、夜寒花碎. 更好故溪飛雪, 小窗深閉. 荀令如今頓老, 總忘卻、
(作平) △ △ △
樽前舊風味. 謾餘薰, 空篝素被.
△ △

95. 醉蓬萊

王辟之의 《渑水燕談錄》에는 송나라 仁宗 시기 교방에 《醉蓬萊》라는 새로운 곡이 들어왔으며 柳永이 명을 받들어 사를 지었다고 기록되어 있다.

쌍조, 97자이다. 앞단락 11구절은 사측운으로 47자이다. 뒷단락 20구절은 사측운으로 50자이다. 《樂章集》에는 "林鍾商"에 포함되어 있다.

詞 譜	醉蓬萊 柳永
仄(平)平(仄)仄句 (上一下四)	漸亭皐葉下,
(仄)仄平平句	隴首雲飛,
(仄)平(平)仄韻	素秋新霽.
(平)仄平平句	華闕中天,
仄(平)平平仄叶 (上一下四)	鎖葱葱佳氣.
(仄)仄平平句	嫩菊黃深,
(仄)平(平)仄句	拒霜紅淺,
仄(仄)平平仄叶 (上一下四)	近寶階香砌.
(仄)仄平平句	玉宇無塵,
(平)平(仄)仄句	金莖有露,
(仄)平平仄叶	碧天如水.

(仄)仄平平句	正值昇平,
(仄)平(平)仄句	萬幾多暇,
(仄)仄平平句	夜色澄鮮,
(仄)平(平)仄叶	漏聲迢遞.
(平)仄平平句	南極星中,
仄(仄)平平仄句 (上一下四)	有老人呈瑞.
(仄)仄平平句	此際宸遊,
(仄)平(平)仄句	鳳輦何處,
仄(仄)平平仄叶 (上一下四)	度管絃淸脆.
(仄)仄平平句	太液波翻,
(平)平(平)仄句	披香簾卷,
(仄)平平仄叶	月明風細.

醉蓬萊

黃庭堅

對朝云叆叇, 暮雨霏微, 亂峰相倚△. 巫峽高唐, 鎖楚宮朱翠△. 畵戟移春, 靓妝迎馬, 向一川都會△. 万里投荒, 一身吊影, 成何歡意△!

盡道黔南, 去天尺五, 望极神州, 万重烟水△. 樽酒公堂, 有中朝佳士△. 荔頰紅深, 麝臍香滿, 醉舞裀歌袂△. 杜宇聲聲, 催人到曉, 不如歸是△.

醉蓬萊 歸故山

王沂孫

掃西風門徑, 黃葉凋零, 白雲蕭散△. 柳換枯陰, 賦歸來何晚△! 爽氣霏霏, 翠蛾眉嫵, 聊慰登臨眼△. 故國如塵, 故人如夢, 登高還懶△.

數點寒英, 爲誰零落, 楚魄難招, 暮寒堪攬△. 步屧荒籬, 誰念幽芳遠△. 一室秋燈, 一庭秋雨,更一聲秋雁. 試引芳樽, 不知消得, 幾多依黯.
△ △

살펴보건대, 《欽定詞譜》에 이르길 王沂孫 사의 앞단락 여덟 번째 구절과 뒷단락 여섯 번째 구절은 여전히 5언으로 짓지만 모두 領字가 없으며 此亦間一爲之, 따를 수 없다.

96. 暗香

《欽定詞譜》에는 "송나라 姜夔의 自度曲이며 매화를 읊은 것이다. 張炎은 이 사로 연꽃을 읊었는데 그래서 《紅情》이라고도 한다."

쌍조, 97자이다. 앞단락 아홉 구절은 오측운으로 49자이다. 뒷단락 열 구절은 칠측운으로 48자이다. 입성운을 활용하였다. 《白石道人歌曲》에서는 "仙呂宮"이라고 주석하였다. 姜夔《暗香》 사의 序에서는 《暗香》과 《疏影》 두 곡조는 "음절이 조화롭고 부드럽다."고 하였다.

詞譜	暗香 梅 姜夔
(仄)平(仄)仄韻	舊時月色,
仄(仄)平(仄)仄句 (去)(上一下四)	算幾番照我,
(平)平平仄叶	梅邊吹笛?
仄仄(仄)平句	喚起玉人,
(仄)仄平平仄平仄叶	不管清寒與攀摘.
(平)仄平平仄仄句	何遜而今漸老,
(平)(平)(仄)逗(平)平平仄叶	都忘卻、春風詞筆.
(仄)(仄)(仄)逗(仄)仄平平句	但怪得、竹外疏花,
(平)仄仄平仄叶	香冷入瑤席.
(平)仄叶	江國,

仄仄⃝仄叶	正寂寂.
仄仄仄⃝仄⃝平句	嘆寄與路遙,
(去)(上一下四)	
仄⃝仄⃝平仄叶	夜雪初積.
仄平仄仄叶	翠尊易泣,
平⃝仄平平仄平仄叶	紅萼無言耿相憶.
平⃝仄平平仄仄句	長記曾攜手處,
平⃝仄⃝仄⃝逗平⃝平平仄叶	千樹壓、西湖寒碧.
仄仄⃝仄⃝平仄⃝仄句	又片片吹盡也,
(上三下三)	
仄平仄仄叶	幾時見得?

살펴보건대, 일곱 번째 구절의 三字逗는 平仄仄 · 仄平平으로 지을 수 있다. 여덟 번째 구절의 三字逗는 平仄仄 · 仄仄平 · 仄平平이라고 지을 수 있다. 뒷단락 여덟 번째 구절의 三字逗는 仄平平 · 仄平仄으로 지을 수 있다. 陳銳의 《袌碧齋詞話》에서는 "결구는 반드시 上平去入으로 짓는다."라고 하였다. 송사를 고증해보면 吳文英 · 陳允平이 이 사를 썼는데 사실 이러하게 엄격하게 사성을 분리했으며 장염은 거평상입으로 역시 사성으로 지었다. 또한 《詞律》에서는 月 · 玉 · 宿 · 雪의 네 개 측성자는 입성 또는 평성으로 바꿔쓸 수 있다고 하였다.

紅情 荷花

張炎

無邊香色, 記涉江自採, 錦機雲密. 翦翦紅衣, 學舞波心舊曾識. 一見依然似語, 流水遠、幾回空憶. 動倒影、取次窺妝, 玉潤露痕溼.

閒立, 翠屏側. 愛向人弄芳, 背酣斜日. 料應太液, 三十六宮土花碧. 淸興淩風更爽, 正無數、滿汀洲如昔. 泛片葉、煙浪裏, 臥橫紫笛.

97. 聲聲慢

慢은 "慢詞"이며 모두 長調이다. 《欽定詞譜》에 이르기를 "柳永 · 周邦彦이 만사를 지었는데 또한 영사(令詞)와는 다른 것으로 대개 곡조는 길고 박자는 느리므로 古曼聲이라는 뜻이다."라고 했다. 《塡詞名解》에서는 "사에서 慢이라고 하는 것은 慢曲이라는 것이다. 음을 늘여 가늘고 부드럽게 하며 매 번 있지는 않다. 《記》에 이르기를 '鄭衛의 음은 비교적 느리다'고 하였으며 慢의 의미는 본래 이것이다."라고 하였다.

晁補之의 사는 《腥腥慢》이라고 하며 蔣捷의 사는 《鳳求凰》·《寒松嘆》이라고 한다.

쌍조, 97자이다. 앞단락 열 구절은 사평운으로 49자이다. 뒷단락 아홉 구절은 사평운으로 48자이다. 또한 측운으로 된 형식도 있으며 입성운을 활용하였다. 《詞林正韻》에서는 "仙呂調"에 포함시켰다.

詞 譜

(平)平(平)仄句
(平)仄平平句
平(平)(仄)仄平平韻
(仄)仄平平句
平(平)(仄)仄平平叶
(平)平仄(仄)仄仄句
仄(平)平逗(仄)仄平平叶
(仄)(平)仄句

聲聲慢 秋聲

蔣捷

黃花深巷,
紅葉低窗,
淒涼一片秋聲.
豆雨聲來,
中間夾帶風聲.
疏疏二十五點,
麗譙門、不鎖更聲.
故人遠,

仄(平)平(仄)仄句 (上一下四)	問誰搖玉佩?
(平)仄平平叶	檐底鈴聲.
(仄)仄平平(仄)仄句	彩角聲吹月墮,
仄(平)平(仄)仄句 (上一下四)	漸連營馬動,
(仄)仄平平叶	四起笳聲.
(仄)仄平平句	閃爍鄰燈,
平(平)(仄)仄平平叶	燈前尙有砧聲.
(平)平仄(仄)仄仄句	知他訴愁到曉,
仄(平)平逗(平)仄平平叶	碎噥噥、多少蛩聲.
(仄)(仄)仄句	訴未了,
仄(仄)(仄)逗平仄仄平叶	把一半、分與雁聲.

살펴보건대,《詞律》에서 결구 네 글자는 平仄仄平으로 짓는데 바로 일정한 격식이라고 하였다.

聲聲慢 達琴友季靜軒還杭

張炎

荷衣消翠, 蕙帶餘香, 燈前共語生平. 苦竹黃蘆, 都是夢裏遊情. 西湖幾番夜雨, 怕如今、
△ △ △
冷卻鷗盟. 倩寄遠, 見故人說道, 杜老飄零.
△ △
難挽清風飛佩, 有相思都在, 斷柳長汀. 此別何如, 一笑寫入瑤琴. 天空水雲變色,
△ △ △ △ △
任愔愔、山鬼愁聽. 興未已, 更何妨、彈到廣陵.
△ △

[仄韻] 詞 譜	**聲聲慢**
	李淸照
平平(仄)仄韻	尋尋覓覓,
(仄)仄平平句	冷冷淸淸,
(仄)平(仄)平平仄叶	悽悽慘慘慼慼.
	(作平)(作平)
(仄)仄(平)平(平)仄句	乍暖還寒時候,
(仄)平平仄叶	最難將息.
(平)平仄平(仄)仄句	三杯兩盞淡酒,
	(作平)
仄平平逗(仄)平平仄叶	怎敵他、晚來風急!
	(作平)
(仄)(仄)仄句	雁過也,
仄(平)平句	正傷心,
(仄)仄(仄)平(平)仄叶	却是舊時相識.
(仄)仄(平)平(平)仄叶	滿地黃花堆積.
(平)(仄)仄句	憔悴損,
平(平)仄平平仄叶	如今有誰堪摘,
(仄)仄平平句	守着窗兒,
(仄)仄(仄)平平仄叶	獨自怎生得黑!
	(作平)
(平)平仄平(仄)仄句	梧桐更兼細雨,
仄平平逗(仄)平平仄叶	到黃昏、點點滴滴.
	(作平)
(仄)(仄)仄句	這次第,
仄(仄)(仄)逗(平)(仄)(仄)仄叶	怎一個愁字了得!

살펴보건대, 앞단락 起구는 압운을 하지 않았다. 앞단락 네 번째 · 다섯 번째 구절은 대부분 4자 · 6자를 한 구절로 짓는다. 앞단락 아홉 번째 · 열 번째 구절, 뒷단락 두 번째 · 세 번째 구절은 대부분 4자 · 5자를 한 구절로 지으며 모두 仄平平仄仄이 가능하다.

聲聲慢 元夕

高觀國

壺天不夜, 寶炷生香, 光風蕩搖金碧. 月灩冰痕, 花外峭寒無力. 歌傳翠簾盡卷, 誤驚回、瑤臺仙蹟. 禁漏促, 拚千金一刻, 未酬佳夕.

卷地香塵不斷, 最得意、輸他五陵狂客. 楚柳吳梅, 無限眼邊春色. 鮫綃暗中寄與, 待重尋、行雲消息. 乍醉醒, 怕南樓、吹斷曉笛.

살펴보건대, 《欽定詞譜》에서는 仄韻을 이 사의 정식 형식으로 보았다고 하였다.

98. 長亭怨慢

姜夔의 子度曲이다. 張炎의 사에는 "慢"자가 없다. 쌍조, 97자이다. 앞단락 아홉 구절은 오측운이며 48자이다. 뒷단락 아홉 구절은 오측운으로 49자이다. 《白石道人歌曲》에서는 "中呂宮"(즉, "夾鍾宮")으로 주석하였다.

詞 譜	長亭怨慢 姜夔
仄(平)仄逗(平)平(平)仄韻	漸吹盡、枝頭香絮.
(仄)仄平平句	是處人家,
仄平平仄叶	綠深門戶.
仄仄平平句	遠浦縈迴,
(仄)平仄仄逗平平仄叶	暮帆零亂、向何許?
仄平平仄句	閱人多矣,
平仄仄逗平平仄叶	誰得似、長亭樹?
(仄)仄仄平平句	樹若有情時,
(仄)(仄)仄逗(平)平平仄叶	不會得、青青如此!
平仄叶	日暮,
仄平平(仄)仄句	望高城不見,
(仄)仄(仄)平平仄叶	只見亂山無數.
(仄)平仄仄句	韋郎去也,
仄(仄)仄逗(仄)平平仄叶	怎忘得、玉環分付!

(仄)(仄)(仄)逗(仄)仄平平句	第一是、早早歸來,
仄(平)仄逗(平)平平仄叶	怕紅萼、無人爲主.
仄(仄)仄平平句	算空有並刀,
(平)仄(平)平平仄叶	難剪離愁千縷.

살펴보건대, 뒷단락 여섯 번째 구절 三字逗는 平平仄·仄平平으로 지을 수 있다.《詞律》에서 이르길, 漸·樹·望·第·算 모두는 마땅히 거성을 사용해야 한다고 하였다.

長亭怨慢

周密

記千竹、萬荷深處. 綠淨池臺, 翠涼亭宇. 醉墨題香, 閒簫橫玉盡吟趣. 勝流星聚.
△ △ △
知幾誦、燕臺句. 零落碧雲空, 嘆轉眼、歲華如許!
△ △
凝佇. 望涓涓一水, 夢到隔花窗戶. 十年舊事, 盡消得、庾郎愁賦. 燕樓鶴表半飄零,
△ △ △ 仄平仄仄仄平平
算惟有、盟鷗堪語. 謾倚遍河橋, 一片涼雲吹雨.
△ △

살펴보건대, 이 사의 뒷단락 여섯 번째 구절은 3·4 구절의 형식으로 짓지 않고 압운도 하지 않았다.

長亭怨

張炎

望花外、小橋流水, 門巷愔愔, 玉簫聲絕. 鶴去台空, 佩環何處弄明月? 十年前事,
△ △
愁千折、心情頓別. 露粉風香誰爲主, 都成消歇.
平平仄 平平仄△ 仄仄平平平平仄 平平平△
淒咽! 曉窗分袂處, 同把帶鴛親結. 江空歲晚, 便忘了、尊前曾說. 恨西風不庇寒蟬,
△ △ △
便掃盡、一林殘葉. 謝楊柳多情, 還有綠陰時節.
△ △

살펴보건대, 이 사의 起구는 압운하지 않았다. 앞단락 다섯 번째 구절은 3·4구의 형식으로 짓지 않았고 일곱·여덟·아홉 번째 구절은 7(3·4)·7·4구의 형식으로 바꾸어지었다.

99. 八聲甘州

《教坊記》대곡 이름에 《甘州》가 있으며 雜曲의 이름 중에서도 《甘州子》가 있는데 이것은 西凉의 음악이다. 《碧雞漫志》에서 "《甘州》는 세간에 보이지 않는다. 지금 '仙呂調'에 曲破가 있으며, 八聲慢이 있으며 令이 있는데 '中呂調'는 《象八聲甘州》가 있고 그 궁조는 보이지 않는다. 대개 대곡은 본디 引 · 序 · 慢 · 近 · 令으로 宮調를 만드는 것으로 대개 度曲이 정상이다." 《八聲甘州》는 대곡인 《甘州》의 한 단락에서 따온 것으로 곡조를 증감하여 만든 것이다. 《欽定詞譜》에서는 "이 사조의 앞단락은 팔운으로 따라서 八聲이라고 이름하였는데 바로 慢詞이다. 周密의 사는 《甘州》라고 하고 張炎의 사는 柳永의 사에 있는 '對瀟瀟暮雨洒江天(바라보니 강 하늘에 저녁비가 부슬부슬)'이라는 구절 때문에 《瀟瀟雨》라고 하며 白朴의 사는 《宴瑤池》라고 한다."라고 하였다.

쌍조, 97자이다. 앞단락 아홉 구절은 사평운으로 46자이다. 뒷단락 아홉 구절은 사평운으로 51자이다. 《樂章集》은 "仙呂調"라고 주석하였다. 龍楡生은 "이 사조는 마땅히 처량하고 웅장한 감정을 표현한다"라고 하였다.

詞 譜

仄(平)仄(平)平(平)仄句
(去)(上一下七)
(仄)平仄平平韻
仄(平)平(平)仄句
(去)(上一下四)
平平(平)仄句
(平)仄平平叶
(仄)仄(平)仄(仄)仄句
(仄)仄仄平平叶
(仄)仄(平)仄仄句
(平)仄平平叶

(仄)仄(平)平(平)仄句
仄(仄)平(仄)仄句
(去)(上一下四)
(平)仄平平叶
仄(平)平(平)仄句
(去)(上一下四)
(平)仄仄平平叶
仄平平逗(平)平(平)仄句
仄(仄)平逗(平)仄仄平平叶
平平仄逗(仄)平(平)仄句
(仄)仄平平叶

八聲甘州

柳永

對瀟瀟暮雨灑江天,
一番洗淸秋.
漸霜風凄緊,
關河冷落,
殘照當樓.
是處紅衰翠減,
苒苒物華休.
唯有長江水,
無語東流.

不忍登高臨遠,
望故鄕渺邈,
歸思難收.
嘆年來蹤跡,
何事苦淹留!
想佳人、妝樓顒望,
誤幾回、天際識歸舟.
爭知我、倚欄杆處,
正恁凝愁!

살펴보건대, 모든 領格字는 대부분 거성을 쓰는데 예를 들어 對·漸·望·嘆과 같다. 뒷단락 여덟 번째 구절은 (仄)平(平)仄 중간에 두 글자는 불규칙적으로 이어진다.

八聲甘州 靈巖陪庾幕諸公遊

吳文英

渺空煙四遠, 是何年、青天墜長星◎? 幻蒼厓雲樹, 名娃金屋, 殘霸宮城◎.
箭徑酸風射眼, 膩水染花腥◎. 時靸雙鴛響, 廊葉秋聲◎.
宮裏△吳王沉醉, 倩五湖倦客, 獨釣醒醒△. 問蒼波無語, 華髮奈山青◎.
水涵空、闌干高處, 送亂鴉斜日落漁汀◎. 連呼酒、上琴臺去, 秋與雲平◎.

살펴보건대, 앞단락 첫 번째 · 두 번째 구절은 앞이 5 · 8인 구절로 바꾸었다.

八聲甘州 寄參寥子

蘇軾

有情風、萬里卷潮來, 無情送潮歸◎. 問錢塘江上, 西興浦口, 幾度斜暉◎?
不用思量今古, 俯仰昔人非◎. 誰似東坡老, 白首忘機◎?
記取西湖西畔, 正暮山好處, 空翠煙霏◎. 算詩人相得, 如我與君稀◎. 約他年、東還海道,
願謝公、雅志莫相違◎. 西州路, 不應回首, 爲我沾衣◎.

살펴보건대, 앞단락 起구는 3 · 5자로 지었다.

八聲甘州 夜讀李廣傳

辛棄疾

故將軍飲罷夜歸來, 長亭解雕鞍◎. 恨灞陵醉尉, 匆匆未識, 桃李無言◎. 射虎山橫一騎,
裂石響驚弦◎. 落魄封侯事, 歲晚田園◎.
誰向桑麻杜曲? 要短衣匹馬, 移住南山◎. 看風流慷慨, 談笑過殘年◎. 漢開邊、功名萬里,
甚當時、健者也曾閒◎? 紗窗外、斜風細雨, 一陣輕寒◎.

살펴보건대, 이 사의 뒷단락 여섯 번째 구절은 3 · 4 구절의 형식으로 짓지 않고 압운도 하지 않았다.

八聲甘州 餞沈堯道幷趙學舟

張炎

記玉關踏雪事淸遊, 寒氣脆貂裘. 傍枯林古道, 長河飮馬, 此意悠悠. 短夢依然江表,
◎ ◎
老淚灑西州. 一字無題外, 落葉都愁.
◎ ◎
載取白雲歸去, 問誰留楚佩, 弄影中洲? 折蘆花贈遠, 零落一身秋. 向尋常、野橋流水,
◎ ◎
待招來, 不是舊沙鷗. 空懷感、有斜陽處, 卻怕登樓.
◎ ◎

100. 揚州慢

이것은 姜夔의 自度曲이다. 강기가 揚州를 지나다 적군의 약탈 후 성읍이 스산한 것에 감정이 일어 이 곡을 지었다.

쌍조, 98자이다. 앞단락 열 구절은 사평운으로 50자이다. 뒷단락 아홉 구절은 사평운으로 48자이다. "中呂宮"이다.

詞 譜

平⃝仄平平句
仄⃝平平⃝仄句
仄⃝平仄⃝仄平⃝平⃝韻
仄平平仄⃝仄句
(去)(上一下四)
仄⃝仄⃝仄平平叶
(上一下四)
仄平⃝仄逗平平仄⃝仄句
(去)
仄⃝平平⃝仄句
平⃝仄平平叶
仄平平逗平⃝仄⃝平平⃝句
(去)
平仄平平叶

揚州慢

姜夔

淮左名都,
竹西佳處,
解鞍少駐初程.
過春風十里.

盡薺麥青青.
自胡馬、窺江去後,

廢池喬木,
猶厭言兵.
漸黃昏、淸角吹寒.

都在空城.

杜郎俊賞,

仄⃝平仄⃝仄句
仄平平逗平⃝仄平平叶
(去)
仄仄⃝仄平平句
(去)(上一下四)
平⃝平仄⃝仄句
平⃝仄平平叶
仄仄仄⃝平平仄句
平平仄逗仄⃝仄平平叶
仄平⃝平平仄句
(去)(上一下四)
平⃝平平⃝仄平平句

算而今、重到須驚.
縱豆蔻詞工,
青樓夢好,
難賦深情.
二十四橋仍在,
波心蕩、冷月無聲.
念橋邊紅藥,
年年知爲誰生!

살펴보건대, 夏承燾는 “송나라 원나라 사람들이 이 사를 쓴 것은 앞뒤가 대부분 7·4자이며 3·6으로 지었으며 鄭覺齋의 ‘甚中大月色, 被風吹夢南州’ (《白石道人歌曲校律》)

揚州慢 瓊花

趙以夫

十里春風, 二分明月, 蕊仙飛下瓊樓◎. 看冰花翦翦, 擁碎玉成毬◎. 想長日、雲階佇立,
太眞肌骨, 飛燕風流◎. 斂羣芳、淸麗精神, 都付揚州◎.
雨窗數朶, 夢驚回、天際香浮◎. 似閬苑花神, 憐人冷落, 騎鶴來遊◎. 爲問竹西風景,
長空淡、煙水悠悠◎. 又黃昏, 羌管孤城, 吹起新愁◎.

살펴보건대, 《詞律》에 이르길 “領句는 반드시 거성이어야 하며

101. 雙雙燕

이것은 史達祖의 자도곡이며 처음으로《梅溪集》에서 보였다. 사는 雙燕을 읊었으며 이것으로 이름을 붙였다.

쌍조이며 98자이다. 앞단락 아홉 구절은 오측운으로 48자이다. 뒷단락 열 구절은 칠측운으로 50자이다.

詞 譜

仄平仄仄句
(上一下三)
(仄)平平(仄)仄句
(去)(上一下四)
仄平平仄韻
(平)平(仄)仄叶
(仄)仄仄平平仄叶
平仄平平仄仄叶
仄(仄)仄逗平平平仄叶

平平仄仄平平句
(仄)仄平平平仄叶

平仄叶
平平仄仄叶

雙雙燕

史達祖

過春社了,
度簾幕中間,

去年塵冷.
差池欲住,
試入舊巢相併.
還相雕梁藻井.
又軟語、商量不定.
(作平)
飄然快拂花梢,
翠尾分開紅影.

芳徑,
芹泥雨潤.
愛貼地爭飛,

仄⃝仄仄平平句
(去)(上一下四)
仄平平仄叶
平⃝平平⃝仄句
仄⃝仄仄平平仄叶
平仄平平仄仄叶
仄仄⃝仄逗平平平仄叶
平仄⃝仄仄平平句
仄⃝仄仄平平仄叶

競誇輕俊.
紅樓歸晚,
看足柳昏花暝.
應自棲香正穩,
便忘了、天涯芳信.
愁損翠黛雙蛾,
日日畫闌獨凴.
(作平)

살펴보건대, 《詞律》에서는 뒷단락 末구는 마땅히 仄平平仄를 써야 한다고 하였다.

雙雙燕

吳文英

小桃謝後, 雙雙燕, 飛來幾家庭戶. 輕煙曉暝, 湘水暮雲遙度, 簾外餘寒未卷, 共斜入、
△ △ △
紅樓深處. 相將佔得雕樑, 似約韶光留住.
△ △
堪舉, 翩翩翠羽. 楊柳岸, 泥香半和梅雨. 落花風軟, 戲促亂紅飛舞. 多少呢喃意緒,
△ △ △ △ △
盡日向、流鶯分訴. 還過短牆, 誰會萬千言語.
△ 平仄仄平 △

살펴보건대, 이 사의 앞단락 두 번째 · 세 번째 구절과 뒷단락 세 번째 · 네 번째 구절은 구식이 약간 변했다. 뒷단락 아홉 번째 구절은 두 글자가 적다.

102. 鎖窗寒

《欽定詞譜》에서는 "《鎖寒窗》이라고 하며 곡조는《片玉集》에서보이고 대개 寒食의 사이다. 왜냐하면 사에는 '靜鎖一庭愁雨(고요한 대궐 온 뜰엔 가을 우수 서리고)'라는 구절이 있으며 '故人剪燭西窗語(고인은 서창의 촛불 심지 잘랐다고 말하고)'라는 구절이 있는데 여기서 따다 이름 붙인 것이다."라고 하였다.

쌍조, 99자이다. 앞단락 열 구절은 사측운이며 49자이다. 뒷단락 열 구절은 육측운이며 50자이다.《片玉集》에는 "越調"라고 주석하였다.《夢窗詞》에는 "越調는 中呂宮의 조바꿈이고 正宮의 조바꿈이기도하다."라고 주석하였다. 살펴보건대, 여기서 "犯"이라는 것은 바로 현대 가곡 중의 "전조(轉調)"이다. 夏承燾는 "中呂宮"는 "中呂調"라고 여기며 즉 "夾鍾羽"의 오기이다. 이것은 相 · 羽 · 宮는 서로 전조하며 모두 "合"자에 속한다.(《夢窗詞集后箋》)

鎖窗寒 寒食

周邦彦

詞譜	
仄仄平平句	暗柳啼鴉,
平平仄仄句	單衣佇立,
仄平平仄韻	小帘朱戶.
平平仄仄句	桐花半畝,
仄⃝仄仄⃝平平仄叶	靜鎖一庭愁雨.
仄仄⃝平逗仄⃝平⃝仄平句 (去)	洒空階、夜闌未休,
仄⃝平仄⃝平平仄叶	故人剪燭西窗語.
仄仄⃝平仄⃝仄句 (去)(上一下四)	似楚江暝宿,
平⃝平平⃝仄句	風灯零亂,
仄平平仄叶	少年羈旅.
平仄叶	遲暮,
平平仄叶	嬉游處.
仄仄⃝仄平⃝平句 (去)(上一下四)	正店舍无烟,
仄平仄⃝仄叶	禁城百五.
平平仄⃝仄句	旗亭喚酒,
仄⃝仄平⃝平平仄叶	付与高陽儔侶.
仄平⃝平逗平⃝仄⃝仄平句 (去)	想東園、桃李自春,
仄⃝平仄仄平仄⃝仄叶	小唇秀靨今在否?
仄平⃝仄逗仄⃝仄平平句	到歸時、定有殘英,
仄仄⃝平平⃝仄叶	待客携尊俎.

살펴보건대, 앞단락 여섯 번째 구절은 仄平平逗仄平平仄句으로 지었다. 뒷단락 세 번째 구절 역시 仄平平仄으로 지었다. 《裵碧齋詞話》에서는 "小脣秀靨"은 반드시 上平去入으로 지어야 하며 아무래도 너무 제한한 것이다.

鎖窗寒

吳文英

趁酒梨花, 催詩柳絮, 一窗春怨. 疏疏過雨, 洗盡滿階芳片. 數東風、二十四番,
△ △
幾番誤了西園宴. 認小簾朱戶, 不如飛去, 舊巢雙燕.
△ △
曾見, 雙蛾淺, 自別後多應, 黛痕不展. 撲蝶花陰, 怕看題詩團扇. 試憑他、流水寄情,
△ △ △ △
溯紅不到春更遠. 但無聊、病酒厭厭, 夜月荼蘼院.
△ △

鎖窗寒

吳文英

亂雨敲春, 深煙帶晚, 水忩慵凭. 空簾慢卷, 日更無花影. 怕依然, 舊時燕歸,
△ △
定應未識江南冷. 最憐他樹底, 嫣紅不語, 背人吹盡.
△ △
淸潤, 通幽徑. 待移鐙翦韭, 試香溫鼎. 分明醉裏, 過了幾番風信. 想竹間、高閣半開,
△ △ △ △
小車未來猶自等. 傍新晴、隔柳呼船, 待敎潮信穩.
△ △

103. 玉蝴蝶

이 사의 소령은 溫庭筠에서 시작되었고 "中呂宮"에 포함되며 張調는 柳永에서 시작되었다. 쌍조, 99자이다. 앞단락 열 구절은 오평운으로 49자이다. 뒷단락 열 한 구절은 육평운으로 50자이다. 《樂章集》에서는 "仙呂調"로 주석하였다.

詞譜	玉蝴蝶 柳永
仄仄(仄)平(平)仄句	望處雨收雲斷,
(平)平(仄)仄句	憑闌悄悄,
(仄)仄平平韻	目送秋光.
(仄)仄(平)平句	晚景蕭疏,
(平)仄(仄)仄平平叶	堪動宋玉悲涼.
(仄)平(平)逗(平)平(仄)仄句	水風輕、蘋花漸老,
(仄)(仄)(仄)逗(平)仄平平叶	月露冷、梧葉飄黃.
仄平平叶	遣情傷,
(仄)平(平)仄句	故人何在?
(平)仄平平叶	煙水茫茫.
平平叶	難忘!
(平)平(仄)仄句	文期酒會,
(仄)平(平)仄句	幾孤風月,
(仄)仄平平叶	屢變星霜.

仄仄平平句	海闊山遙,
(仄)平(平)仄仄平平叶	未知何處是瀟湘.
(仄)平(仄)逗(平)平(仄)仄句	念雙燕、難憑遠信,
(仄)(仄)(平)逗(平)仄平平叶	指暮天、空識歸航.
仄平平叶	黯相望,
(仄)平(平)仄句	斷鴻聲裏,
(仄)仄平平叶	立盡斜陽.

玉蝴蝶

吳文英

淡淡春陽天气, 夜來一霎, 微雨初晴◎. 向暖犹寒, 時候又是清明◎. 亂沾衣、桃花雨鬧,
微弄袖、楊柳風輕◎. 曉鶯聲◎, 喚回幽夢, 犹困春醒◎.
牽縈◎! 傷春怀抱, 東郊烟暖, 南浦波平◎. 況有良朋, 載酒同放彩舟行◎. 勸人歸、啼禽有意,
催棹去、烟水无情◎. 黯銷凝. 暮云回首, 何處高城◎.

玉蝴蝶

史達祖

晚雨未摧宮樹, 可憐閒葉, 猶抱涼蟬◎. 短景歸秋, 吟思又接愁邊◎. 漏初長、夢魂難禁,
人漸老、風月俱寒◎. 想幽歡◎, 土花庭甃, 蟲網闌干◎.
無端◎! 啼蛄攪夜, 恨隨團扇, 苦近秋蓮◎. 一笛當樓, 謝娘懸淚立風前◎. 故園晚、強留詩酒,
新雁遠、不致寒暄◎. 隔蒼煙◎, 楚香羅袖, 誰伴嬋娟◎!

104. 念奴嬌

元稹의《連昌宮詞》自注에서는 念奴는 天寶 연간 유명한 가희(歌伎)의 이름으로 노래를 잘 불렀다고 한다. 玄宗은 유협(游俠)들의 성대한 분위기가 사라지는 것을 원하지 않아서 염노를 궁중에 두지 않고 매년 온천과 낙양에 갈 때 관리들 모르게 그녀가 뒤따르게 했다.《樂府雜錄》에서는 염노는 매 번 목판을 두드리며 자리 앞에서 노래를 불렀는데 노래 소리가 아침 노을 위로 솟구쳤다고 하였다. 사의 이름은 여기서 비롯된 것이다.《欽定詞譜》에서는 후인들이 蘇軾의 사에 근거하여《大江東去》,《酹江月》,《赤壁謠》라고 바꿔 불렀으며 曾覿의 사는《壺中天》이라고 했으며 姜夔의 사는《湘月》이라고 하였다. 자주에서는《念奴嬌》는 隔指聲이다. 韓淲의 사는《壽南枝》,《古梅曲》이라고 했으며 張翥의 사는《白字令》이라고 한다고 하였다.

쌍조, 100자이다. 앞단락 아홉 구절은 사측운으로 49자이다. 뒷단락 열 구절은 사측운으로 51자이다.《碧雞漫志》에서는 "지금 大石調 念奴嬌는 세간에서 천보 연간에 지어진 곡조라고 여겨진다."라고 하였다. 黃庭堅의《念奴嬌》는 "坐來聲噴霜竹(앉아 있으니 서리맞은 대나무에서 소리를 내뿜네)"이라고 하였다. 이 사는 호탕한 정서를 드러내고 있으며 마땅히 入聲을 사용한다.

詞 譜

㊀平㊉仄句
仄平㊉逗

念奴嬌 過洞庭

張孝祥

洞庭青草,
近中秋、

仄⃝平⃝仄⃝仄⃝平仄韻 (或作上五下四)	更無一點風色.
仄⃝仄平⃝平平仄仄句	玉鑒瓊田三萬頃,
仄⃝仄仄⃝平平仄叶	著我扁舟一葉. (作平)
仄⃝仄平平句	素月分輝,
平⃝平仄⃝仄句	銀河共影,
仄⃝仄平平仄叶	表裏俱澄澈.
平⃝仄平⃝仄句	悠然心會,
仄平平仄平仄叶	妙處難與君說. (作平)
平⃝仄仄⃝仄平平句	應念嶺海經年,
平⃝平仄⃝仄句	孤光自照,
平⃝仄平平仄叶	肝膽皆冰雪.
仄⃝仄平⃝平平仄仄句	短髮蕭騷襟袖冷,
仄⃝仄平⃝平平仄叶	穩泛滄溟空闊.
仄⃝仄平平句	盡挹西江,
仄⃝平仄⃝仄句	細斟北斗,
仄⃝仄平平仄叶	萬象爲賓客.
仄⃝平平⃝仄句	扣舷獨嘯,
仄平平仄平仄叶	不知今夕何夕!

살펴보건대, 앞단락 두 번째 구절은 또한 仄平仄⃝、平⃝仄平⃝平平仄, 또는 仄平平仄⃝仄、平⃝平平仄으로 짓는다. 뒷단락 첫 번째 구절은 또한 平⃝平仄⃝仄平平으로 지으며 뒷단락 두 번째 구절은 또한 仄⃝仄平平으로 짓는다.

念奴嬌 赤壁懷古

蘇軾

大江東去, 浪淘盡、千古風流人物. 故壘西邊, 人道是、三國周郎赤壁. 亂石穿空,
◎ ◎
驚濤拍岸, 捲起千堆雪. 江山如畫, 一時多少豪傑.
◎ ◎ ◎

遙想公瑾當年, 小喬初嫁了, 雄姿英發. 羽扇綸巾, 談笑間, 檣櫓灰飛煙滅. 故國神遊,
◎ ◎ ◎
多情應笑我, 早生華髮. 人生如夢, 一尊還酹江月.
◎ ◎

살펴보건대, 이 사의 의미는 고상하고 음운에는 리듬이 있지만 음율이 맞지 않다. 陸游의 《老學庵筆記》에서는 "세간에서는 소동파가 노래를 할 수 없어서 악부사를 음율이 맞지 않게 지은 것이라고 하였다. 晁以道는 紹聖 초에 소동파와 汴河 가에서 헤어지는데, 동파가 술이 거나하게 취하여 古陽關을 불렀다고 하였다. 그러니 소동파는 노래를 못 불렀던 것이 아니라 호방하여 성률을 재단하는 것을 좋아하지 않았던 것이다."

念奴嬌

李淸照

蕭條庭院蕭條庭院, 又斜風細雨, 重門須閉. 寵柳嬌花寒食近, 種種惱人天氣.
△ △
險韻詩成, 扶頭酒醒, 別是閒滋味. 征鴻過盡, 萬千心事難寄.
△ △
樓上幾日春寒, 帘垂四面, 玉闌干慵倚. 被冷香消新夢覺, 不許愁人不起.
仄平平平△ △
淸露晨流, 新桐初引, 多少游春意! 日高烟斂, 更看今日晴未?
△ △

살펴보건대, 뒷단락 세 번째 구절은 3 · 2이며 平仄이 조금 다르다.

念奴嬌 登多景樓

陳亮

危樓還望, 嘆此意、今古幾人曾會? 鬼設神施, 渾認作、天限南疆北界. 一水橫陳,
△ △
連崗三面, 做出爭雄勢. 六朝何事, 只成門戶私計.
△ △
因笑王謝諸人, 登高懷遠, 也學英雄涕. 憑卻長江, 管不到, 河洛腥膻無際. 正好長驅,
△ △
不須反顧, 尋取中流誓. 小兒破賊, 勢成寧問強對!
△ △

살펴보건대, 이 사의 앞단락 세 번째 · 네 번째 구절과 뒷단락 네 번째 · 다섯 번째 구절은 모두 소식 사의 구법을 활용하였다.

念奴嬌 荷花

姜夔

鬧紅一舸, 記來時嘗与鴛鴦爲侶. 三十六陂人未到, 水佩風裳无數. 翠叶吹凉, 玉容銷酒, 更洒菰蒲雨. 嫣然搖動, 冷香飛上句.

日暮, 青盖亭亭, 情人不見, 爭忍凌波去. 只恐舞衣寒易落, 愁入西風南浦. 高柳垂陰, 老魚吹浪, 留我花間住. 田田多少, 几回沙際歸路.

살펴보건대, 이 사의 뒷단락 起구의 두 글자는 短韻으로 압운하였다.

湘月 (卽念奴嬌之隔之聲也)

張炎

行行且止, 把乾坤、收入篷窗深里. 星散白鷗三四点, 數筆橫塘秋意. 岸觜冲波, 籬根受叶, 野徑通村市. 疏風迎面, 濕衣原是空翠.

堪嘆敲雪門荒, 爭棋墅冷, 苦竹鳴山鬼. 縱使如今犹有晋, 无夏清游如此. 落日黃沙, 遠天云淡, 弄影芦花外. 几時歸去, 翦取一半烟水!

살펴보건대, 이 사의 앞단락 起구는 압운하였다. 夏承燾는 "이 곡조는 姜夔가 '自制曲'에 편입시켰고 序에서도 역시 '自度此曲'이라고 했으며 대체로 《念奴嬌》의 오래된 곡조를 활용하였고, 한 구멍을 사이에 두고 그것을 불며 어찌 다시 공척보를 고칠 필요가 있겠는가?"라고 했다.(《月輪山詞論從》) 夏敬觀은 "姜夔의 《湘月》사의 서는 '쌍조'라고 직접 언급하지는 않았지만 '쌍조 중에서 부른다'라고 하였으니 오래된 곡조를 활용해서 새로운 소리를 만든 것과는 다르다." (《詞調溯源》)

105. 高陽臺

宋玉의 《高堂賦序》에서는 초나라 懷王이 일찍이 高唐에 유람을 갔는데 지쳐 낮잠을 잤더니 꿈에서 巫山의 신녀를 만났는데 떠날 때가 되자 그를 향해 말했다. “저는 무산의 태양, 며 高丘의 돌산에서 낮에는 아침 구름이 되고 저녁에는 비가 되어서는 종일 陽臺 아래에 있을 것입니다.” 사의 이름은 여기서 본을 딴 것이다. 《欽定詞譜》에서는 劉鎭의 사를 《慶春澤慢》이라고 하며 王沂孫의 사는 《慶春宮》이라고 한다. 살펴보건대, 《慶春宮》은 102자로 《高陽臺》와는 다르다.

쌍조, 100자이다. 앞단락 아홉 구절은 사평운으로 49자이다. 뒷단락 아홉 구절은 사평운으로 51자이다. 앞뒤단락의 結구절에는 三字逗는 한 운을 더 압운하였는데 이것은 뒤에 인용한 張炎의 사와 같다. 元高栻의 사에는 “商調”라고 주석하였다.

詞譜	高陽臺 王沂孫
(平)仄平平句	殘雪庭陰,
平平(平)仄句	輕寒簾影,
(平)平(仄)仄平平韻	霏霏玉管春葭.
(仄)仄平平句	小帖金泥,
(仄)(平)(平)仄平平叶	不知春在誰家!
(平)(平)(仄)仄平平仄句	相思一夜窗前夢,
仄(仄)平逗(仄)仄平平叶	奈個人、水隔天遮.
仄平平逗(仄)仄平平句	但悽然、滿樹幽香,

(仄)仄平平叶	滿地橫斜.
(平)平(仄)仄平平仄句	江南自是離愁苦,
仄(平)平(仄)仄句	況遊驄古道,
(去)(上一下四)	
(平)仄平平叶	歸雁平沙.
(仄)仄平平句	怎得銀箋,
(平)平(仄)仄平平叶	殷勤與說年華.
(平)平(仄)仄平平仄句	如今處處生芳草,
仄(仄)平逗(仄)仄平平叶	縱憑高、不見天涯.
仄平平逗(仄)仄平平句	更消他、幾度東風,
(仄)仄平平叶	幾度飛花!

高陽臺 西湖春感

張炎

接葉巢鶯, 平波卷絮, 斷橋斜日歸船. 能幾番遊, 看花又是明年. 東風且伴薔薇住,
◎ ◎
到薔薇、春已堪憐. 更悽然. 萬綠西泠, 一抹荒煙.
◎
當年燕子知何處, 但苔深韋曲, 草暗斜川. 見說新愁, 如今也到鷗邊. 無心再續笙歌夢,
◎ ◎
掩重門、淺醉閒眠. 莫開簾, 怕見飛花, 怕聽啼鵑.
◎ ◎ ◎

살펴보건대, 이 사의 앞단락 여덟 번째 구절은 三字逗로 모두 斷句 압운하였다. 龍楡生은 "평성운이 조화로운 사에서 음률이 조화롭지 않은 구절은 대부분 평성자를 쓰는데 음절이 쉽게 처량함을 감추도록 만드는 것이 마치 《玉蝴蝶》, 《高陽臺》와 같다."고 하였다.

106. 渡江雲

《塡詞名解》에서는 당나라 杜牧의 《江樓》라는 사에서 "誰惊一行雁, 冲破渡江雲(누가 한 무리 기러기 놀라게 했나, 가로질러 강 구름을 뚫고 지나가네)"이라고 하였는데 사의 이름은 여기서 딴 것이라고 하였다.

《欽定詞譜》에서는 周密의 사는 《三犯渡江雲》이라고 한다고 하였다. 살펴보건대, "犯"이라는 것은 두 종류가 있다고 하였다. 하나는 몇 가지의 다른 궁조들의 곡조를 하나의 곡조로 합쳐서 현대 가곡 속의 "조바꿈"과 같은 것이다. 다른 하나는 몇 가지 곡조의 구법 쌍조, 100자이다. 앞단락 열 구절은 사평운으로 51자이다. 뒷단락 열 구절은 사평운, 일측운(반드시 같은 부수의 거성자를 써야한다)으로 49자이다. 《淸眞集》에서는 "小石調"라고 주석하였다.

詞譜	渡江雲 張炎
(平)平平仄仄句	山空天入海,
(仄)平(仄)仄句	倚樓望極,
(平)仄仄平平韻	風急暮潮初.
仄(平)平(仄)仄句	一簾鳩外雨,
(仄)仄平平句	幾處閒田,
(仄)仄仄平平叶	隔水動春鋤.
平平(仄)仄句	新菸禁柳,
(仄)(平)(平)逗(仄)仄平平叶	想如今、綠到西湖.
(平)仄平逗(平)平(平)仄句	猶記得、當年深隱,
(平)仄仄平平叶	門掩兩三株.
平平叶	愁餘!
(平)平(仄)仄句	荒洲古溆,
仄仄平平句	斷梗疏萍,
仄(平)平(平)仄換叶仄 (上一下四)	更漂流何處?
(平)仄(仄)逗平平(仄)仄句	空自覺、圍羞帶減,
(仄)仄平平叶	影怯燈孤.
(平)平(仄)仄平平仄句	常疑卽見桃花面,
(仄)(仄)(平)逗(平)仄平平叶	甚近來、翻笑無書.
平仄仄句	書縱遠,
(平)平(仄)仄平平叶	如何夢也都無?

三犯渡江雲

周密

冰溪空歲晚, 蒼茫雁影, 淺水落寒沙. 那回乘夜興, 雲雪孤舟, 曾訪故人家. 千林未綠,
◎ ◎
芳信暖、玉照霜華, 共憑高, 聯詩喚酒, 暝色奪昏鴉.
◎ ◎
堪嗟! 澌鳴玉佩, 山護雲衣, 又扁舟東下. 想故園、天寒倚竹, 袖薄籠紗. 詩筒已是經年別,
◎ △ ◎
早暖律、春動香葭. 愁寄遠, 溪邊自折梅花.
◎ ◎

살펴보건대, 이 사는 周邦彦 사의 운을 따랐다. 《襄碧齋詞話》는 앞단락 두 번째 구절이 마땅히 上平去入을 써야 한다고 여겼다. 周密의 사와 비교하면 합치되지 않는다.

渡江雲

周邦彦

晴嵐低楚甸, 暖回雁翼, 陣勢起平沙. 驟驚春在眼, 借問何時, 委曲到山家? 塗香暈色,
◎ ◎
盛粉飾、爭作妍華. 千萬絲、陌頭楊柳, 漸漸可藏鴉.
◎ ◎
堪嗟! 清江東注, 畫舸西流, 指長安日下. 愁宴闌、風翻旗尾, 潮濺烏紗. 今宵正對初弦月,
◎ △ ◎
傍水驛、深艤蒹葭. 沈恨處, 時時自剔燈花.
◎ ◎

107. 東風第一枝

呂渭老가 宣和 연간 처음으로 이 사를 만들어 매화를 읊었는데 이 사는 이미 실전되었다고 전해진다. 후인들은 원나라 張翥의 "老樹渾苔"를 여위로의 사인 줄 알았다.

쌍조, 100자이다. 앞단락 아홉구절은 사측운으로 50자이다. 뒷단락 여덟구절은 오측운으로 50자이다. 《夢窗詞》에서는 "黃鐘商"("大石調")이라고 주석하였다.

詞 譜	東風第一枝 立春 史達祖
（仄）仄平平句	草脚愁蘇,
（平）平（仄）仄句	花心夢醒,
（平）平（仄）仄平仄韻	鞭香拂散牛土.
（仄）平（平）仄平平句	舊歌空憶珠簾,
仄平仄平（仄）仄叶	彩筆倦題繡戶. (作平)
（平）平（仄）仄句	黏雞貼燕,
（仄）（仄）仄逗（平）平平仄叶	想立斷、東風來處.
仄仄（仄）逗（仄）仄平平句	暗惹起、一掬相思,
（仄）仄仄平平仄叶	亂若翠盤紅縷.
（平）（仄）（仄）逗（仄）（平）仄仄叶	今夜覓、夢池秀句,
（平）仄（仄）逗仄平（平）仄叶	明日動、探花芳緒.
（仄）平（平）仄平平句	寄聲沽酒人家,

仄平仄平(仄)仄叶	預約俊遊伴侶. (作平)
(平)平(平)仄句	憐它梅柳,
(仄)(仄)仄逗(平)平平仄叶	乍忍俊、天街酥雨.
仄仄(仄)逗(仄)仄平平句	待過了、一月燈期,
(仄)仄仄平平仄叶	日日醉扶歸去.

살펴보건대, 앞단락 다섯 번째 구절과 뒷단락의 네 번째 구절은 역시 平平仄平平仄으로 지었다.

東風第一枝

趙崇霄

妒雪梅蘇, 迷煙柳醒, 遊絲輕颺新霽△. 捲簾看燕初歸, 步履爲花早起△. 春來猶淺,
便做出、十分春意△. 喜鳳釵、才卸珠幡, 早換巧梳描翠△.
著數點、催花雨膩△. 更一番、遞香風細△. 小鶯歡暖調聲, 嫩蝶試晴舞翅△. 淸歡易失,
怕輕負、年芳流水△. 好趁閒、共整吟韉, 日訪桃尋李△.

108. 解語花

王仁裕의《開元天寶遺事》에 기록되기를, 당 玄宗과 楊貴妃 등의 사람들이 長安 太液池 부근에서 수많은 백련들을 감상하고 있었는데 여러 사람들이 찬탄하며 입을 다물지 못했는데 현종은 양귀비를 가리키며 말했다. "나를 이해하는 꽃과 견줄만하구나." 사의 이름은 여기서 비롯되었다.

쌍조, 100자이다. 앞단락 아홉 구절은 육측운으로 49자이다. 뒷단락 아홉 구절은 칠측운으로 51자이다.《淸眞詞》에는 "高平調"라고 주석하였으니《夢窗詞》에는 "林鍾羽"라고 주석하였다. 周密의《解語花》사의 서에는 이 곡을 "음운이 완려하다"고 하였다.

詞 譜	解語花 元宵 周邦彦
平平仄仄句	風銷焰蠟,
仄仄平平句	露浥烘爐,
平仄平平仄韻	花市光相射.
仄平平仄叶	桂華流瓦,
(平)仄(仄)逗(仄)仄(仄)平平仄叶	纖雲散、耿耿素娥欲下.
(平)平(仄)仄叶	衣裳淡雅,
(仄)(仄)仄逗(平)平(仄)仄叶	看楚女、纖腰一把.
(平)仄(平)逗(平)仄平平句	簫鼓喧、人影參差,
(仄)仄平平仄叶	滿路飄香麝.

平⃝仄仄⃝平平仄仄叶	因念都城放夜,
仄平⃝仄平⃝仄句 (上一下四)	望千門如晝,
平⃝仄平仄叶	嬉笑遊冶.
仄⃝平平仄叶	鈿車羅帕,
平⃝平仄⃝逗仄⃝仄仄⃝平平仄叶	相逢處、自有暗塵隨馬.
平平仄仄叶	年光是也,
平⃝仄⃝仄逗平⃝平平⃝仄叶	唯只見、舊情衰謝.
平⃝仄平⃝逗平⃝仄平平句	淸漏移、飛蓋歸來,
仄⃝仄平平仄叶	從舞休歌罷.

살펴보건대, 이 사의 앞단락 세 번째 구절은 平平仄平仄으로 지을 수 있다.

解語花 梅花

吳文英

門橫皺碧, 路入蒼煙, 春近江南岸. 暮寒如剪, 臨溪影、一一半斜淸淺. 飛霙弄晚,
△ △ △
蕩千里、暗香平遠. 端正看、瓊樹三枝, 總似蘭昌見.
△ △
酥瑩雲容夜暖. 伴蘭翹淸瘦, 簫鳳柔婉. 冷雲荒翠, 幽棲久、無語暗申春怨. 東風半面.
△ △ △ △
料準擬、何郞詞卷. 歡未闌、煙雨靑黃, 宜晝陰庭館.
△ △

살펴보건대, 이 사의 뒷단락 네 번째 구절은 압운하지 않았다.

解語花

周密

晴絲罥蝶, 暖蜜酣蜂, 重檐卷春寂寂. 雨萼煙梢, 壓闌干、花雨染衣紅溼. 金鞍誤約,
平平仄平仄△ 仄仄平平 △
空極目、天涯草色. 閬苑玉簫人去後, 惟有鶯知得.
△ △
餘寒猶掩翠戶, 樑燕乍歸, 芳信未端的. 淺薄東風, 莫因循、輕把杏鈿狼藉. 塵侵錦瑟,
平平平仄仄仄 平仄仄平 平仄仄平△ 仄仄平平 △ △
殘日綠窗春夢窄. 睡起折花無意緖, 斜倚鞦韆立.
平仄仄平平仄△ 仄仄仄平平仄仄 △

살펴보건대, 이 사의 앞단락 세 번째 구절은 한 글자가 더해졌다. 앞단락 여덟 번째 구절, 뒷단락 일곱 번째 구절과 여덟 번째 구절은 3·4구절 형식으로 짓지 않았다. 뒷단라가 두 번째와 세 번째 구절은 4자를 한 구절로, 5자를 한 구절로 지었다. 앞단락 네 번째와 여섯 번째 구절과 뒷단락 첫 번째와 네 번째 구절은 압운하지 않았다.

109. 桂枝香

《填詞名解》에 에서는 당나라 裵思謙이 장원 급제 후에 시를 지었는데 "夜來新惹桂枝香(밤에 오니 새로운 계수나무 향기를 이끌고)" 라는 구절이 있다. 또한 袁皓가 급제한 후에 시를 지었는데 "桂枝香惹蕊珠香(계수나무 향기는 꽃술의 아름다운 향기를 끌어당기고)"이라는 구절이 있다. 이 사의 이름은 대략 여기서 나온 것이다. 살펴보건대, 張輯의 사는 《疏帘淡月》이라고 한다.

쌍조, 101자이다. 앞단락 열 구절은 오측운으로 49자이다. 뒷단락 열 구절은 오측운으로 52자이다. 마땅히 입성운으로 써야한다. 남곡에는 "仙呂宮正曲"에 포함되어있다.

詞 譜

平平仄仄韻
仄(仄)仄(仄)平句
(去)(上一下四)
(平)(仄)平仄叶
(平)仄平平(仄)仄句
仄平平仄叶
(平)平(仄)仄平平仄句
仄平平逗(仄)(平)平仄叶
仄平平仄句
(平)平(仄)仄句
仄平平仄叶

桂枝香 金陵懷古

王安石

登臨送目,
正故國晚秋,

天氣初肅.
千里澄江似練,
翠峯如簇.
歸帆去棹殘陽裏,
背西風、酒旗斜矗.
彩舟雲淡,
星河鷺起,
畫圖難足.

仄⃝仄⃝仄逗平平仄仄叶	念往昔、繁華競逐.
仄平⃝仄⃝平平⃝句 (去)(上一下四)	嘆門外樓頭,
平⃝仄⃝平仄叶	悲恨相續.
平⃝仄平平仄⃝仄句	千古憑高對此,
仄平平仄叶	謾嗟榮辱.
仄⃝平仄⃝仄平平仄句	六朝舊事隨流水,
仄平平逗平⃝仄⃝平仄叶	但寒煙、衰草凝綠.
仄平平仄句	至今商女,
平⃝平平⃝仄句	時時猶唱,
仄平平仄叶	後庭遺曲.

살펴보건대, 앞뒤단락 네 번째와 다섯 번째 구절은 4자를 한 구절로 6자를 한 구절로 하였다.

疏簾淡月

張輯

梧桐雨細, 漸滴作秋聲, 被風驚碎△. 潤逼衣篝, 線嫋蕙爐瀋水△. 悠悠歲月天涯醉△,
一分秋、一分憔悴△. 紫簫吟斷, 素箋恨切, 夜寒鴻起△.
又何苦、淒涼客裏△. 負草堂春綠, 竹溪空翠△. 落葉西風, 吹老幾番塵世△! 從前諳盡江湖味△,
聽商歌、歸興千里△. 露侵宿酒, 疏簾淡月, 照人無寐△.

살펴보건대, 이 사의 뒷단락 여섯 번째 구절은 一韻을 더 압운하였다.

桂枝香 過溧水感羊角哀左伯桃遺事

鞠華翁

丁丁起處△, 在縱牧九京, 經燒殘樹△. 時見烏鳶飢噪, 鵂鶹妖呼△. 數間老屋團荒堵.
算何人、瓣香來炷△. 淡煙斜照, 閒花野棠, 杳杳年度△.
世事幾、番雲覆雨△, 獨此道嫌人, 拋棄塵土△. 眼裏長青, 誰也解如山否△? 三三五五騎牛伴,望前村、吹笛歸去. 柳青梨白, 春濃月淡, 蹋歌椎鼓.
△ △

살펴보건대, 이 사의 뒷단락 起구는 4 · 3구의 형식으로 지었으며 일반적인 형식과는 다르다.

桂枝香 觀木樨有感寄呂郎中

陳亮

天高氣肅. 正月色分明, 秋容新沐. 桂子初收, 三十六宮都足. 不辭散落人間去,
△ △ △

怕羣花、自嫌凡俗. 向他秋晚, 喚回春意, 幾曾幽獨!
△ △

是天上、餘香剩馥. 怪一樹香風, 十里相續. 坐對花旁, 但見色浮金粟. 芙蓉只解添秋思,
△ △ △

況東籬、淒涼黃菊. 入時太淺, 背時太遠, 愛尋高躅.
△ △

110. 木蘭花慢

《詞律》은 《西江月慢》의 後注에서 "《西江月》 본래 곡조와는 관련이 없다."라고 하였다. 또한 《江城子慢》의 후주에서는 "《江城子》 본래 곡조와는 완전히 다르다."라고 하였다. 《木蘭花慢》역시 令詞《木蘭花》의 이름과 다르게 새로운 소리를 만들어낸 것으로 실제 令詞와는 무관하다.

쌍조, 101자이다. 앞단락 열 한 구절은 오평운으로 50자이다. 뒷단락 열 두 구절은 칠평운으로 51자이다. 《樂章集》에서는 "南呂調", "高平調"라고 주석하였다. 이 곡조는 부드러우며 조화롭다.

詞 譜	**木蘭花慢** 清明 柳永
仄平平仄仄句 (上三下二,或上二下三)	拆桐花爛漫,
(仄)(平)仄句	乍疏雨,
仄平平韻	洗淸明.
仄(仄)仄平平句 (去)(上一下四)	正豔杏澆林,
(平)平(仄)仄句	緗桃繡野,
(平)仄平平叶	芳景如屛.
平平叶	傾城,
仄平仄仄句 (上一下三)	盡尋勝去,

仄平⃝平仄⃝仄仄平平叶	驟雕鞍紺幰出郊坰.
(去)(上一下七.或上三下五、上五下三)	
平⃝仄平⃝平仄⃝仄句	風暖繁弦脆管,
仄⃝平仄⃝仄平平叶	萬家競奏新聲.
平平叶	盈盈,
仄仄平⃝平叶	鬥草踏青,
平仄仄句	人豔冶,
仄平平叶	遞逢迎.
仄仄⃝平⃝仄⃝仄⃝句	向路傍往往,
(去)(上一下四)	
平⃝平仄⃝仄⃝句	遺簪墮珥,
平⃝仄平平叶	珠翠縱橫.
平平叶	歡情,
仄平仄仄句	對佳麗地,
(上一下三)	
仄平⃝平仄⃝仄仄平平叶	信金罍罄竭玉山傾.
(去)(上一下七.或上三下五、上五下三)	
仄⃝仄平⃝平仄⃝仄句	拚卻明朝永日,
仄⃝平仄⃝仄平平叶	畫堂一枕春酲.

살펴보건대, 《欽定詞譜》에서는 이 사는 短韻으로 압운하였으며(傾城, 盈盈, 歡情 세 개의 2자구를 압운 한 것을 가리킨다), 柳永의 《淸明》사를 정식 형식으로 삼았다.

木蘭花慢 席上送張仲固帥興元

辛棄疾

漢中開漢業, 問此地、是耶非? 想劍指三秦, 君王得意, 一戰東歸. 追亡事、今不見,
◎ ◎
但山川滿目淚沾衣. 落日胡塵未斷, 西風塞馬空肥.
◎ ◎
一編書是帝王師, 小試去徵西. 更草草離筵, 匆匆去路, 愁滿旌旗. 君思我回首處,
平 平 平⃝仄 仄⃝ 平◎ 仄 仄 仄 平◎ 仄 仄⃝仄 平 平 ◎
正江涵秋影雁初飛. 安得車輪四角, 不堪帶減腰圍.
◎ ◎

살펴보건대, 이 사의 형식은 비교적 자주 보인다. 柳永 사의 앞단락 일곱 번째 · 여덟 번째 두 구절과 뒷단락 여덟 번째 · 아홉 번째 구절은 6자구이며 뒷단락 첫 번째~네 번째 구절이 합쳐져서 7자구 · 5자구로 된 것 이외에 그 나머지는 柳永의 사와 동일하다. "更草草離筵" 구절의 平仄은 대다수 사인들이 그대로 따라 썼다.

木蘭花慢 南屏晚鐘

李珏

故人知健否? 又過了, 一番秋. 記十載心期, 蒼苔茅屋, 杜若芳洲. 天遙夢飛不到,
◎ ◎
但滔滔歲月水東流. 南浦春波舊別, 西山暮雨新愁.
◎ ◎
吳鉤, 光透黑貂裘, 客思晚悠悠. 更何處相逢, 殘更聽雁, 落日呼鷗? 滄江白雲無數,
◎ (平)仄 (仄)平 ◎ 仄 仄 仄 平 ◎ 仄 (仄)仄 平 平 ◎
約他年攜物上扁舟. 鴉陣不知人意, 黃昏飛向城頭.
◎ ◎

살펴보건대, 이 사의 앞단락과 辛棄疾의 사는 동일하다. 뒷단락은 柳永의 사와 2 · 3 · 4 구절이 두 개의 5자구절로 합쳐졌고 모두 (仄)仄仄平平으로 지었다.

木蘭花慢 南屏晚鐘

周密

疏鐘敲暝色, 正遠樹、綠愔愔, 看渡水僧歸, 投林鳥聚, 煙冷秋屏. 孤雲, 漸沈雁影,
◎ ◎ ◎
尙殘簫、倦鼓別遊人. 宮柳棲鴉未穩, 露梢已掛疏星.
◎ ◎
重城, 禁鼓催更. 羅袖怯, 暮寒輕. 想綺疏空掩, 鸞綃翳錦, 魚鑰收銀. 蘭燈, 伴人夜語,
◎ ◎ ◎ ◎ ◎
怕香消、漏永著溫存. 猶憶回廊待月, 畫蘭倚遍桐陰.
◎ ◎

111. 石州慢

《樂府詩集》에서는 "《樂苑》에 이르길 《石州》는 商調曲이다. 또한 舞曲 중에서 《石州》라는 것이 있다."고 하였다. 《欽定詞譜》에서는 賀鑄의 사는 《柳色黃》이라고 했으며 謝懋의 사는 《石州引》이라고 불렀다고 하였다. 살펴보건대, "引"이라는 것은 사를 부르는 일종의 명칭이다. 《初學記》에서는 "예전에 琴曲에 九引이 있었다"라고 했으며 "引"이라는 것은 원래 琴曲의 이름이었을 것이다. 王易의 《詞曲史》에는 "대개 大曲이라는 것은 여러 편의 곡조를 이어서 하나의 큰 하나의 편으로 만든 것이며 시작할 때 '引'이라는 것이 있다."고 하였다. 보이는 "引"은 대곡의 引子이다. 杜文瀾의 《詞律》에서는 "무릇 제목에 引자가 붙은 것은 引申의 의미인데 글자 수는 반드시 이전의 것보다 많다."는 말은 알맞지 않다.

쌍조로 102자이다. 앞단락 열 구절은 사측운으로 51자이다. 뒷단락 열 한 구절은 오측운으로 51자이다. 마땅히 입성운을 써야한다. 《宋史 · 樂志》에는 "越調"에 포함시켰다.

詞 譜	柳色黃
	賀鑄
(仄)仄平平句	薄雨催寒,
平仄仄平句	斜照弄晴,
(平)仄平仄韻	春意空闊.
(平)平(仄)仄平平句	長亭柳色才黃,
(仄)仄(平)平平仄叶	遠客一枝先折?
(平)平(仄)仄句	煙橫水際,
(仄)(仄)(仄)仄平平句	映帶幾點歸鴻,
(平)平(平)仄平平仄叶	東風消盡龍沙雪.
(平)仄仄平平句	犹記出關來,
仄平平平仄叶 (上一下四,或上三下二)	恰而今時節.
平仄叶	將發.
(仄)平(平)仄句	畫樓芳酒,
(平)仄平平句	紅淚清歌,
(仄)平(平)仄叶	頓成輕別.
(平)仄平平句	已是經年,
(仄)仄(平)平平仄叶	杳杳音塵都絕.
(仄)平(平)仄句	欲知方寸,
(仄)(仄)(仄)仄平平句	共有幾許清愁,
(平)平(仄)仄平平仄句	芭蕉不展丁香結.
(平)仄仄平平句	枉望斷天涯,
仄平平平仄叶 (上一下四.或上三下二)	兩厭厭風月.

살펴보건대, 뒷단락 세 번째 구절은 平平仄仄·仄平平仄으로 지었다.

石州慢 己酉秋, 吳興舟中作

張元干

雨急雲飛, 驚散暮鴉, 微弄涼月. 誰家疏柳低迷, 幾點流螢明滅. 夜帆風駛,
△

滿湖煙水蒼茫，菰蒲零亂秋聲咽. 夢斷酒醒時，倚危檣淸絶.
△ △
心折! 長庚光怒，羣盜縱橫，逆胡猖獗. 欲挽天河，一洗中原膏血. 兩宮何處?
△ △ △
塞垣祇隔長江，唾壺空擊悲歌缺. 萬里想龍沙，泣孤臣吳越.
△ △

石州引 別恨

謝懋

日脚斜明，秋色半陰，人意悽楚. 飛雲特地凝愁，做弄晩來微雨. 誰家別院，
△ △
舞困幾葉霜紅，西風送客聞砧杵. 鞭馬出都門，正潮平洲渚.
△ △
無語，匆匆短棹，滿載離愁，片帆高擧. 京洛紅塵，回念幾年覊旅. 淺顰輕笑，
△ △ △
舊時風月逢迎，別來誰畫雙眉嫵. 回首一銷凝，望歸鴻容與.
△ △

112. 水龍吟

《塡詞名解》에서는 "越調曲이다. 李白의 시 '笛奏水龍吟(퉁소로 〈水龍吟〉을 연주하고)'에서 따서 이름 붙인 것이다."라고 하였다. 《欽定詞譜》에서는 曾覿의 사는 《豊年瑞》이라고 하였고 呂渭老의 사는 《鼓笛慢》이라고 하며 史達祖의 사는 《龍吟曲》이라고 하며 方味道의 사는 《莊春歲》라고 했으며 楊樵雲은 秦觀의 사에 따라 《小樓連苑》이라고 바꿔 불렀다.

쌍조 102자이다. 앞단락 열 구절은 사평운으로 52자이다. 뒷단락 열 한 구절은 오측운으로 50자이다. 《清眞集》은 "越調"라고 주석하였다. 蘇軾은 《菩薩蠻》에서 "《龍吟》은 뼈에 사무치도록 맑다."고 하였다. 王易의 《詞曲史》에서는 "가로세로로 흩뿌리며 문장의 글귀가 마땅히 화려하고 경박하지 않다."라고 하였다.

詞 譜	水龍吟
	辛棄疾
(仄)平(平)仄平平句	楚天千里清秋,
(仄)平(平)仄平平仄韻	水隨天去秋無際.
(平)平(仄)仄句	遙岑遠目,
(仄)平(仄)仄句	獻愁供恨,
(仄)平(仄)仄叶	玉簪螺髻.
(仄)仄平平句	落日樓頭,
(仄)平(平)仄句	斷鴻聲裏,
(平)平平仄叶	江南遊子.

仄(平)平(仄)仄句 (上一下四)	把吳鉤看了,
(平)平(仄)仄句	欄杆拍遍,
(平)(平)仄逗平平仄叶	無人會、登臨意!
(平)仄(平)平(平)仄叶	休說鱸魚堪膾,
仄平平逗(仄)平(平)仄叶	盡西風、季鷹歸未?
(平)平(仄)仄句	求田問舍,
(仄)平(平)仄句	怕應羞見,
(平)平(平)仄叶	劉郎才氣.
(仄)仄平平句	可惜流年,
(平)平(平)仄句	憂愁風雨,
(仄)平平仄叶	樹猶如此!
仄(平)平(仄)仄句 (上一下四)	倩何人喚取,
(平)平(仄)仄叶	紅巾翠袖,
仄平平仄叶 (上一下三或上二下二)	搵英雄淚!

살펴보건대, 앞단락 첫 번째·두 번째 구절은 또한 (平)平平仄平平仄句, (平)仄(平)平平仄韻으로 짓는다. 아홉 번째 구절 첫 번째 글자는 去聲을 써야한다. 結尾 세 구절은 仄平平, 仄仄平平仄仄, 仄平平仄으로 쓸 수 있다. 또한 結尾 네 글자의 중간 두 글자는 마땅히 연속되어야 한다.

水龍吟 次韻章質夫楊花詞

蘇軾

似花還似非花, 也無人惜從教墜. 拋家傍路, 思量卻是, 無情有思. 縈損柔腸, 困酣嬌眼, 欲開還閉. 夢隨風萬里, 尋郎去處, 又還被鶯呼起.

不恨此花飛盡, 恨西園、落紅難綴. 曉來雨過, 遺蹤何在? 一池萍碎. 春色三分, 二分塵土, 一分流水. 細看來, 不是楊花, 點點是離人淚.

살펴보건대, 말미의 세 구절은 譜斷句에 따르면 평측이 합치된다. 그러나 어법과 문장의 함의에 따르면 이러한 단구가 되어야 한다. 이러한 음률의 속박을 받지 않는 방식은 이미 詞가 음악에서 독립적인 문학 체재의 구성 요소가 되게 함으로써 묻어졌다.

水龍吟 春恨

陳亮

鬧花深處層樓, 畫簾半卷東風軟. 春歸翠陌, 平莎茸嫩, 垂楊金淺. 遲日催花, 淡雲閣雨,
　　　　　　　　　　　△　　　　　　　　　　△　　　　　　(作平)
輕寒輕暖. 恨芳菲世界, 遊人未賞, 都付與、鶯和燕.
　　△　　　　　　　　　　　　　△
寂寞憑高念遠, 向南樓、一聲歸雁. 金釵鬥草, 青絲勒馬, 風流雲散. 羅綬分香, 翠綃對淚,
　　　△　　　　　△　　　　　　　　　　△
幾多幽怨! 正銷魂, 又是疏煙淡月, 子規聲斷.
　　△　仄平平　仄仄平平仄仄　仄平平△

水龍吟 過南劍雙溪樓

辛棄疾

擧頭西北浮雲, 倚天萬里須長劍. 人言此地, 夜深長見, 鬥牛光焰. 我覺山高, 潭空水冷,
　　　　　　　　　　　△　　　　　　　　　　△　　　　　　(作平)
月明星淡. 待燃犀下看, 憑欄卻怕, 風雷怒, 魚龍慘.
　　△　　　　　　　　　　　　　△
峽束蒼江對起, 過危樓, 欲飛還斂. 元龍老矣! 不妨高臥, 冰壺涼簟. 千古興亡, 百年悲笑,
　△　　　　　　　　　△　　　　　　　　　　　△
一時登覽. 問何人又卸, 片帆沙岸, 系斜陽纜?
　　△　　　　　　　　　　　△

살펴보건대, 이 사의 뒷단락 起구는 압운하지 않았다.

水龍吟 落葉

王沂孫

曉霜初著青林, 望中故國淒涼早. 蕭蕭漸積, 紛紛猶墜, 門荒徑悄. 渭水風生, 洞庭波起,
　　　　　　　　　　　△　　　　　　　　　　△
幾番秋杪. 想重涯半沒, 千峯盡出, 山中路、無人到.
　　△　　　　　　　　　　　　　△
前度題紅杳杳. 溯宮溝、暗流空繞. 啼螿未歇, 飛鴻欲過, 此時懷抱. 亂影翻窗, 碎聲敲砌,
　△　　△　　　　　　△　　　　　　　　　　△
愁人多少. 望吾廬甚處, 只應今夜, 滿庭誰掃!
　　△　　　　　　　　　　　△

水龍吟 白蓮

周密

素鸞飛下靑冥，舞衣半惹涼雲碎. 藍田種玉，綠房迎曉，一奩秋意. 擎露盤深，憶君涼夜，暗傾鉛水. 想鴛鴦、正結梨雲好夢，西風冷、還驚起.

應是飛瓊仙會，倚涼飆、碧簪斜墜. 輕妝鬥白，明璫照影，紅衣羞避. 霽月三更，粉雲千點，靜香十里. 聽湘弦奏徹，冰綃偷翦，聚相思淚.

살펴보건대, 夏承燾는 '楊守齋의《作詞五要》에서는 이 곡조가 평입성운을 사용하기에 알맞다고 했으며 송나라 사람들이 입성을 쓴 것은 두 수에 지나지 않으며 열에 여덟 아홉은 상거운을 썼으니 논하는 바의 앞뒤가 모순된 것은 이와 같다.'고 하였다. (《詞韻約例》)

113. 瑞鶴仙

洪邁의 《夷堅志》에서는 또한 《一捻紅》이라고 한다고 하였다.

쌍조로 102자이다. 앞단락 열 구절은 칠측운으로 52자이다. 뒷단락 두 구절은 육측운으로 50자이다. 《淸眞集》에서는 “高平調”라고 주석하였다. 元高植 사에서는 “正宮”이라고 주석하였다.

詞 譜	瑞鶴仙 史達祖
(仄)平(平)(仄)仄韻	杏煙嬌溼鬢,
仄(仄)(平)(平)(仄)句 (上一下四)	過杜若汀洲,
(仄)平(平)仄叶	楚衣香潤.
(平)平仄平仄叶	回頭翠樓近.
仄(平)平(平)仄句 (上一下四)	指鴛鴦沙上,
(仄)平(平)仄叶	暗藏春恨.
(平)平(仄)仄叶	歸鞭隱隱,
仄(平)(平)逗(平)平(仄)仄叶	便不念、芳盟未穩.
仄(平)平逗(平)仄(平)平叶	自簫聲、吹落雲東,
(仄)仄(平)平(平)仄叶	再數故園花信.
平仄叶	誰問?
(仄)平(平)仄句	聽歌窗罅,

(仄)仄平平句	倚月鉤闌,
(仄)平(平)仄叶	舊家輕俊.
(平)平(仄)仄叶	芳心一寸,
(平)(平)仄句	相思後,
(仄)(平)仄叶	總灰盡.
仄(平)平(平)仄句 (上一下四)	奈春風多事,
(平)平(仄)仄叶	吹花搖柳,
(仄)仄(平)平(仄)仄叶	也把幽情喚醒.
仄(平)平逗(平)仄(平)平句	對南溪、桃萼翻紅,
仄平平仄叶	又成瘦損.

살펴보건대, 남송 사람들은《瑞鶴仙》을 많이 썼는데 대부분 이 사를 표준으로 삼았다. 뒷단락 2·3·4 구절은 역시 (仄)平(平)仄·(仄)平(平)仄·仄仄平仄으로 썼다.《詞律》에서는 結구에는 마땅히 仄平去上을 써야한다고 하였다.

瑞鶴仙

周邦彦

悄郊原帶郭, 行路永、客去車塵漠漠. 斜陽映山落. 斂餘紅猶戀, 孤城欄角. 凌波步弱,
(上一下四) △　平仄仄　仄仄平平仄△　(上一下四)　△　△
過短亭、何用素約? 有流鶯勸我, 重解繡鞍, 緩引春酌.
△　仄平平仄仄　平仄仄平　仄仄平△
不記歸時早暮, 上馬誰扶, 醒眠朱閣. 驚飆動幕. 扶殘醉, 繞紅藥. 嘆西園已是,
仄仄平平仄仄　△　△　△
花深無地, 東風何事又惡! 任流光過卻. 猶喜洞天自樂.
平平平仄仄△　仄平平仄仄　平仄仄平仄△

살펴보건대, 이 사는 북송에서부터 시작되었고《欽定詞譜》에서는 周邦彦의 사를 정식 형식으로 삼았으나, 따라 쓴 이들은 많지 않았다.

瑞鶴仙 送張丞罷官歸柯山

侯置

楚山無際碧, 湛一溪晴綠, 四郊寒色. 霜華弄初日, 看玉明遙草, 金鋪平磧. 天涯倦翼,
△　△　△　△　△

更何堪、臨岐送客. 念飛蓬、斷梗無蹤, 把酒後期難覓.
△ △
愁寂! 梅花憔悴, 茅舍蕭疏, 倍添悽惻. 維舟岸側, 留君飲, 醉休惜. 想柯山春晚, 還家應對,
△ △ △ △
菊花鬆堅舊宅. 嘆宦遊、索寞情懷, 甚時去得.
△ △

瑞鶴仙

袁去華

郊原初過雨, 見敗葉零亂, 風定猶舞. 斜陽掛深樹, 映濃愁淺黛, 遙山眉嫵. 來時舊路,
△ △ △ △ △
尙巖花、嬌黃半吐. 到而今、惟有溪邊流水, 見人如故.
△ (平)仄 平 平 (平) 仄 △
無語. 郵亭深靜, 下馬還尋, 舊曾題處. 無聊倦旅, 傷離恨, 最愁苦. 縱收香藏鏡,
△ △ △ △
他年重到, 人面桃花在否? 念沈沈、小閣幽窗, 有時夢去.
△ △

살펴보건대, 이 사의 앞단락 마지막 두 구절은 형식이 조금 다르지만 평측은 음률에 합치된다.

瑞鶴仙

辛棄疾

雁霜寒透幕. 正護月雲輕, 嫩冰猶薄. 溪奩照梳掠. 想含香弄粉, 豔妝難學. 玉肌瘦弱,
△ △ △ △
更重重、龍綃襯著. 倚東風, 一笑嫣然, 轉盼萬花羞落.
△ △
寂寞! 家山何在? 雪後園林, 水邊樓閣. 瑤池舊約, 鱗鴻更仗誰託? 粉蝶兒、
△ △ △ 平 平 仄 仄 平 △ 仄 仄 平
只解尋桃覓柳, 開遍南枝未覺. 但傷心, 冷落黃昏, 數聲畫角.
(仄)仄 平 平 (仄) 仄 △ △

살펴보건대, 이 사의 뒷단락 6·7·8·9 구절의 형식은 조금 다르지만 평측은 음률에 합치된다.

114. 齊天樂

王國維는 《宋大曲考》에서 《齊天樂》은 대곡 《齊天樂》에서 나왔으며 이것은 대곡 중의 곡조 한 수라고 하였다. 《欽定詞譜》에서는 周密의 《天基節樂次》에서는 《聖壽齊天樂慢》이라고 칭했다고 하였다. 姜夔의 사는 "黃鍾宮"이라고 주석하였다. 후대인들은 주방언의 사에 근거하여 《臺城路》라고 이름을 바꿨으며 沈端節의 사는 《五福降中天》이며 張輯의 사는 《如此江山》이라고 한다.

쌍조, 102자이다. 앞단락 열 구절은 육측운으로 51자이다. 뒷단락 열 한 구절은 육측운으로 51자이다. 앞단락 首구는 압운을 하지 않았으며 뒤에 인용한 王沂孫의 사와 같다. 《淸眞集》에서는 "正宮"이라고 주석하였다. 詹安泰는 "이 곡조는 대부분 마땅히 고상함이 뛰어나고 청명하다."고 하였다.

詞 譜	齊天樂 蟋蟀 姜夔
仄⃝平平⃝仄平平仄韻	庾郎先自吟愁賦,
平平仄平平仄句	悽悽更聞私語.
仄⃝仄平仄句	露溼銅鋪,
平⃝平仄⃝仄句	苔侵石井,
平⃝仄平⃝平平⃝仄叶	都是曾聽伊處.
平⃝平仄仄叶	哀音似訴.
仄平⃝仄平平句 (去)(上一下四)	正思婦無眠,
仄⃝平平仄叶	起尋機杼.

(仄)仄平平句	曲曲屛山,
(仄)平(平)平仄仄平叶	夜涼獨自甚情緖?
平平(仄)(平)仄仄叶	西窗又吹暗雨.
仄平平仄仄句	爲誰頻斷續,
(平)(仄)平仄叶	相和砧杵?
(仄)仄平平句	候館迎秋,
(平)平(仄)仄句	離宮吊月,
(仄)仄平平(平)仄叶	別有傷心無數.
(平)平仄仄叶	豳詩漫與.
仄(平)仄平平句 (去)(上一下四)	笑籬落呼燈,
仄平平仄叶	世間兒女.
(仄)仄平平句	寫入琴絲,
仄平平仄仄叶	一聲聲更苦.

살펴보건대, 뒷단락 起구는 역시 (平)平(平)仄(平)仄으로 짓는다.

齊天樂 蟬

王沂孫

一襟餘恨宮魂斷, 年年翠陰庭樹. 乍咽涼柯, 還移暗葉, 重把離愁深訴. 西窗過雨.
△ △ △
怪瑤珮流空, 玉箏調柱. 鏡暗妝殘, 爲誰嬌鬢尙如許?
△ △
銅仙鉛淚似洗. 嘆攜盤去遠, 難貯零露. 病翼驚秋, 枯形閱世, 消得斜陽幾度? 餘音更苦.
△ △ △
甚獨抱淸高, 頓成凄楚. 謾想薰風, 柳絲千萬縷.
△ △

살펴보건대, 《詞律》에서는 "過雨", "更苦", "萬縷"가 去上聲을 쓴 것이 묘하다고 여겼다.

齊天樂

吳文英

煙波桃葉西陵路, 十年斷魂潮尾. 古柳重攀, 輕鷗聚別, 陳跡危亭獨倚. 涼颸乍起.
△ △ △

渺煙磧飛帆, 暮山橫翠. 但有江花, 共臨秋鏡照憔悴.
△ △

華堂燭暗送客, 眼波回盼處, 芳豔流水. 素骨凝冰, 柔蔥蘸雪, 猶憶分瓜深意. 淸尊未洗.
△ △ △

夢不溼行雲, 漫沾殘淚. 可惜秋宵, 亂蛩疏雨裏.
△ △

살펴보건대, 《詞律》에서는 앞단락 여섯 번째 구절과 뒷단락 起구 · 일곱 번째 구절 · 結구의 마지막 두 글자는 모두 去上을 써야한다고 여겼다. 姜夔의 사는 吳文英의 사와 모두가 부합하는 것은 아닌데 王沂孫의 사는 부합하니 마땅히 정격이라고 볼 수는 없다.

115. 雨霖鈴

唐 교방대곡의 이름이며 이후에 사패로 사용되었고 처음으로 柳永의 《樂章集》에서 보였다. 《太眞外傳》에서는 당나라 明皇이 안록산의 난이 발발한 후에 蜀으로 천도했는데 斜谷 입구에 이르자 큰 비가 며칠 계속 이어졌으며 길에서 들으니 방울 소리가 들렸고 산을 사이에 두고 서로 응답하였다. 양귀비를 생각하며 슬퍼하다가 결국에는 그 소리를 《雨霖鈴曲》이라고 하였으며 원한을 그 곡조에 기탁하였다. 살펴보건대 또한 《雨霖鈴慢》이라고도 한다.

쌍조, 103자이다. 앞단락 아홉 구절은 오측운으로 51자이다. 뒷단락 여덟 구절은 오측운으로 52자이다. 예로 입성운을 사용하였다. 《碧雞漫志》에서는 "지금 '雙調' 《雨霖鈴慢》은 매우 슬픈데 그 본래 곡조의 소리는 잃어버렸다."고 하였다.

詞譜	雨霖鈴 蟋蟀 柳永
平平㊥仄韻	寒蟬淒切,
仄平平仄句 (上一下三)	對長亭晚,
仄㊤平仄叶	驟雨初歇.
㊥平仄㊤㊥仄句	都門帳飲無緒,
平平仄仄逗平平平仄叶 (上一下三)	方留戀處、蘭舟催發.
仄仄平平㊤仄句	執手相看淚眼,

仄平(仄)平仄叶 (去)(上一下四)	竟無語凝噎.
仄仄(仄)逗平仄平平句	念去去、千里煙波,
(仄)仄平平平仄平仄叶	暮靄沉沉楚天闊.
(平)平仄仄平平仄叶	多情自古傷離別,
仄平平逗(仄)仄平平仄叶	更那堪、冷落淸秋節!
(平)平仄(仄)(平)仄句	今宵酒醒何處?
(平)仄仄逗仄平平仄叶	楊柳岸、曉風殘月.
仄仄平平句	此去經年,
平仄平平仄(仄)平仄叶	應是良辰好景虛設.
仄仄仄逗(平)仄平平句	便縱有、千種風情,
(仄)仄平平仄叶	更與何人說!

살펴보건대, 앞단락 다섯 번째 구절은 平仄仄逗平平平仄으로 짓는다.

雨霖鈴 送客還浙東

黃裳

天南遊客. 甚而今、卻送君南國. 薰風萬里無限, 吟蟬暗續, 離情如織. 秣馬脂車,
　　　　△　　　　　　△　　　　　　　　　　　　　△

去卽去、多少人惜. 爲惠愛、煙慘雲山, 送兩城愁作行色.
　　　　　　△　　　　　　　　　　　　　△

飛帆過浙西封城, 到秋深、且艤荷花澤. 就船買得鱸鱖, 新谷破、雪堆香粒. 此輿誰同?
　　　　　　△　　　　　　　△　　　　　　　　　　　　　△

須記東秦, 有客相憶. 願聽了、一闋歌聲, 醉倒拚今日.
　　　　　　△　　　　　　　　　　　△

살펴보건대, 이 사의 평측은 사보와 합치되며 구절의 형식은 조금 다르다.

116. 喜遷鶯

《詩 · 小雅 · 伐木》에서는 "伐木丁丁, 鳥鳴嚶嚶, 出自幽谷, 遷于喬木.(나무를 쩡쩡 찍는데, 새들이 앵앵 울더니, 깊은 골짝에서 나와, 큰 나무로 옮겨 가네)" 라고 하였다. 《禽經》에는 "鶯鳴嚶嚶"이라는 말이 있는데 후대 사람들은 이것을 《伐木》편의 새가 바로 꾀꼬리라고 여겼다. 사의 이름은 본디 여기서 온 것이다. 任半塘은 "五代의 《喜遷鶯》은 오로지 進仕에 급제한 축하 말에 활용되었다."고 하였다. 《欽定詞譜》에서는 이 곡조는 小令이 있는데 장조 두 형식이 있다. 장조는 송나라 사람들에게서 시작되었고 《江漢詞》는 일명 《烘春桃李》라고 한다고 하였다.

쌍조, 103자이다. 앞단락 열 한 구절은 오측운으로 51자이다. 뒷단락 열 한 구절은 오측운으로 52자이다. 《梅溪集》에는 "黃鍾宮"으로 주석하였다. 《白石道人歌曲》에서는 "太簇宮"이라고 주석하였다.

詞 譜

(平)平平仄韻
仄(平)仄仄平句
(仄)平平仄叶
(平)仄平平句
(平)平(平)仄句
(平)仄仄平平仄叶

喜遷鶯 秋夜聞雁

康與之

秋寒初勁,
看雲路雁來,
碧天如鏡.
湘浦煙深,
衡陽沙遠,
風外幾行斜陣.

(平)(仄)(仄)平仄仄句	回首塞門何處?
(仄)仄(平)平平仄叶	故國關河重省.
(仄)(仄)仄句	漢使老,
仄(仄)平(仄)仄句	認上林欲下,
(平)平平仄叶	徘徊淸影.
平平平仄仄叶	江南煙水暝.
平仄仄平句	聲過小樓,
(仄)仄平平仄叶	燭暗金猊冷.
(仄)仄平平句	送目鳴琴,
(平)平(平)仄句	裁詩挑錦,
(仄)仄仄平平仄叶	此恨此情無盡.
(仄)(仄)(仄)平仄仄句	夢想洞庭飛下,
(仄)仄(平)平平仄叶	散入雲濤千頃.
(仄)(仄)仄句	過盡也,
仄(仄)平(仄)仄句	奈杜陵人遠,
(平)平平仄叶	玉關無信.

살펴보건대, 앞단락 두 번째 구절은 역시 仄(仄)平(平)仄으로 짓는다. 앞뒤단락 일곱 번째 구절의 앞 세 글자는 仄仄仄 · 仄仄平 · 仄平仄으로 지을 수 있다. 《詞律》에서는 仄平仄平平仄 方爲得調라고 하였다.

喜遷鶯 曉行

劉行簡

曉光催角, 听宿鳥未惊, 鄰鷄先覺. 迤邐烟村, 馬嘶人起, 殘月尙穿林薄. 泪痕帶霜微凝,
△ △ △
酒力冲寒犹弱. 嘆倦客, 悄不禁重染, 風塵京洛.
△ △

追念人別后, 心事万重, 難覓孤鴻托. 翠幌嬌深, 曲屛香暖, 爭念歲華飄泊. 怨月恨花煩惱,
△ △
不是不曾經著. 者情味、望一成消減, 新來還惡.
△ △

살펴보건대, 이 사의 평측은 사보와 합치되며 구절의 형식은 조금 다르다.

喜遷鶯 香風亭上

黃機

平湖百畝. 種滿湖蓮葉, 繞堤楊柳. 冉冉波光, 輝輝煙影, 空翠溼沾襟袖. 靜愜鄰雞啼午,
△ △ △
暖逼沙鷗眠晝. 西園路, 更紅塵不斷, 蝶酣蜂瘦.
△ △
知否? 堪晝處, 野薺蕪菁, __地鋪茵繡. 桃李陰邊, 桑麻叢裏, 斜矗酒帘誇酒.
平 △ 平仄仄 仄仄平平 △ △
竹寺小依山趾, 茅店平窺津口. 春又晚, 正香風有客, 倚闌搔首.
△ △

살펴보건대, 이 사의 뒷단락 첫 번째 구절과 두 번째 구절은 康與之의 사와 다르다.

117. 眉嫵

《漢書 · 張敞傳》에는 "(敞)은 또한 부인을 위해서 눈썹을 그렸는데 長安에 張京兆의 눈썹이 아리땁다고 전해졌다." 사의 제목은 본디 여기서 딴 것이다. 《白石道人歌曲》은 일명 《百宜嬌》라고 불렀다고 주석하였다.

쌍조, 103자이다. 앞단락 열 구절은 오측운으로 52자이다. 뒷단락 열 한 구절은 칠측운으로 51자이다. 夏承燾는 "陳元龍의 《白石詞選》에서는 '正平調'로 주석했는데 어디서 근거한 것인지 알 수 없다."고 하였다.

詞 譜

仄平平平仄句
(去)(上一下四)
仄仄平平句
平仄仄平仄韻
(仄)仄平平仄句
平平仄句
平平平仄平仄叶
仄平平仄叶
仄仄平逗平仄平仄叶
仄平仄逗仄仄平平仄句
仄平仄平仄叶
(上一下四)

眉嫵

姜夔

看垂楊連苑,
杜若侵沙,
愁損未歸眼.
信馬青樓去,
重簾下,
娉婷人妙飛燕.
翠尊共款,
聽豔歌、郎意先感.
便攜手、月地雲階裏,
愛良夜微暖.

平仄叶	無限,
平平平仄仄叶	風流疏散.
仄仄平(平)仄句 (上一下四)	有暗藏弓履,
平仄平仄叶	偸寄香翰.
(平)仄平平仄句	明日聞津鼓,
平平仄句	湘江上,
平平仄平仄叶	催人還解春纜.
仄平仄仄叶	亂紅萬點,
仄仄平逗平仄平仄叶	悵斷魂、煙水遙遠.
仄平仄平仄叶 (上一下四)	又爭似相攜,
仄平仄逗仄仄平平仄句	乘一舸、鎭長見.

살펴보건대, 앞단락 일곱 구절과 뒷단락 여덟 구절은 《詞律》에서 "去平去上으로 짓는 것이 정격이다."라고 여겼다.

眉嫵 新月

王沂孫

漸新痕懸柳, 淡彩穿花, 依約破初暝. 便有團圓意, 深深拜, 相逢誰在香徑? 畫眉未穩,
△ △
料素娥、猶帶離恨. 最堪愛、一曲銀鉤小, 寶簾掛秋冷.
△ △
千古盈虧休問. 嘆慢磨玉斧, 難補金鏡. 太液池猶在, 淒涼處、何人重賦清景? 故山夜永,
平 仄 平 平 平 △ △ △
試待他、窺戶端正. 看雲外山河, 還老盡桂花影.
△ 平仄 平 平 平 △

살펴보건대, 이 사는 장차 뒷단락 첫 번째와 두 번째 구절이 한 구절로 합쳐지며 結구는 장차 여섯 글자의 끊어지지 않은 腰구로 바뀌 짓게 되었다.

118. 永遇樂

《欽定詞譜》에서 이 곡조는 仄韻으로 지은 형식이 북소에서부터 시작되었는데 《樂章集》에서는 "林鍾商"이라고 주석하였다고 하였다. 晁補之의 사는 《消息》이라고 하며 自注에서는 "越調"라고 하였다.

쌍조로 104자이다. 앞단락 열 한 구절은 사측운으로 52자이다. 뒷단락은 동일하다. 《樂章集》에서는 "歇指調"라고 주석하였다.

詞 譜	永遇樂 姜夔
(平)仄平平句	明月如霜,
(仄)平(平)仄句	好風如水,
(平)(仄)平仄韻	清景无限.
(平)平(仄)仄句	曲港跳魚,
(仄)仄平平句	圓荷瀉露,
(平)平(仄)仄句	寂寞无人見.
(仄)仄平(平)仄叶	紞如三鼓,
(仄)平(平)仄句	鏗然一叶,
(平)平(仄)仄句	黯黯夢云惊斷.
(仄)仄(仄)平(平)仄叶	夜茫茫、重尋无處,
(仄)平(平)逗平平(平)仄句	覺來小園行遍.
(仄)(平)仄(平)平仄叶	

	天涯倦客,
(平)仄(仄)仄句	山中歸路,
(平)平平仄句	望斷故園心眼.
(仄)仄(仄)平(平)仄叶	燕子樓空,
(仄)仄平平句	佳人何在?
(平)平(平)仄句	空鎖樓中燕.
(平)仄平(平)仄叶	古中如夢,
(仄)平(平)仄句	何曾夢覺,
(平)平(仄)仄句	但有旧歡新怨.
(仄)仄(仄)平(平)仄叶	异時對、黃樓夜景,
(仄)平(平)逗平平(平)仄句	爲余浩嘆.
(仄)平仄仄叶	

살펴보건대, 앞단락 열 구절에서 뒤 네 글자는 또한 仄仄平平으로 짓는다.《詞律》에서는 "尾구는 仄平仄仄이 정격이다."라고 하였다. 龍榆生은 "무릇 仄聲韻의 사 협

永遇樂

李淸照

落日鎔金, 暮雲合璧, 人在何處? 染柳煙濃. 吹梅笛怨, 春意知幾許? 元宵佳節, 融和天氣,
△ △
次第豈無風雨? 來相召、香車寶馬, 謝他酒朋詩侶.
△

中州盛日, 閨門多暇, 記得偏重三五. 鋪翠冠兒, 撚金雪柳, 簇帶爭濟楚. 如今憔悴,
△ △
風鬟霜鬢, 怕見夜間出去. 不如向、簾兒底下, 聽人笑語.
△ △

살펴보건대,《詞律》에 이르길 結구는 去上으로 지은 것이 좋다고 하였다. 이 말과 남송 사인들은 비교적 합치된다.

永遇樂 京口北固亭懷古

辛棄疾

千古江山, 英雄無覓, 孫仲謀處. 舞榭歌臺, 風流總被, 雨打風吹去. 斜陽草樹, 尋常巷陌,
△ △

人道寄奴曾住. 想當年, 金戈鐵馬, 氣吞萬里如虎.
元嘉草草, 封狼居胥, 贏得倉皇北顧. 四十三年, 望中猶記, 烽火揚州路. 可堪回首,
佛狸祠下, 一片神鴉社鼓. 憑誰問、廉頗老矣, 尙能飯否?

119. 綺羅香

이 사는 史達祖이 만든 것으로《梅溪集》에서 처음 보인다.
쌍조로 104자이다. 앞단락 아홉 구절은 사측운으로 52자이다. 뒷단락은 동일하다.

詞 譜

仄仄平平句
平平仄仄句
(平)仄平平平仄韻
(仄)仄平平句
(平)仄仄平平仄叶
(平)(仄)仄逗(仄)仄平平句
仄(平)(仄)逗仄平平仄叶
(仄)平(平)逗(平)仄平平句
(仄)平平仄仄平仄叶

平平平仄(仄)仄句
平仄平平(仄)仄句
(平)平平仄句
(仄)仄平平句
(平)仄仄平平仄叶
(仄)(仄)仄逗平平(平)仄句

綺羅香 春雨

史達祖

做冷欺花,
將煙困柳,
千里偸催春暮.
盡日冥迷,
愁裏欲飛還住.
驚粉重、蝶宿西園,
喜泥潤、燕歸南浦.
最妨它、佳約風流,
鈿車不到杜陵路.
(作平)

沈沈江上望極,
還被春潮晩急,
難尋官渡.
隱約遙峯,
和淚謝娘眉嫵.
臨斷岸、新綠生時,

(仄)平(平)逗(平)仄平平叶	是落紅、帶愁流處.
(仄)平(仄)逗(平)仄平平句	記當日、門掩梨花,
仄平平仄仄叶 (作上)	翦燈深夜語.

綺羅香 紅葉

張炎

萬里飛霜, 千林落木, 寒豔不招春妒. 楓冷吳江, 獨客又吟愁句. 正船艤、流水孤村,
△ △
似花繞、斜陽芳樹. 甚荒溝、一片凄涼, 載情不去載愁去.
△ △
長安誰問倦旅. 羞見衰顔借酒, 飄零如許. 謾倚新妝, 不入洛陽花譜. 爲迴風、起舞尊前,
△ △ △
盡化作、斷霞千縷. 記陰陰、綠遍江南, 夜窗聽暗雨.
△ △

살펴보건대, 이 사의 뒷단락 起구는 압운하였다.

120. 南浦

《欽定詞譜》에서는 당교방곡에 《南浦子》라는 것이 있는데 宋詞는 오래된 곡조의 이름을 빌려서 새로운 곡을 만들었다고 하였다. 《楚辭 · 九歌》에는 "送美人兮南浦(사랑하는 님을 남포에서 보내네)"라는 구절이 있다. 江淹은 《別賦》는 "送君南浦, 傷如之何!(남포에서 그대 보내니, 슬픔을 어이 하나!)"가 있는데 사의 이름은 본디 여기서 온 것이다.

쌍조, 105자이다. 앞단락 여덟 구절은 사측운으로 52자이다. 뒷단락 아홉 구절은 사측운으로 53자이다. 또한 평운의 형식이 있으며 송나라 사람들은 이를 따라 지은 것이 적다. 《淸眞集》에서는 "中呂調"라고 주석하였다.

詞 譜	南浦 春水 張炎
(平)仄仄平平句	波暖綠粼粼,
仄(平)平逗	燕飛來、
仄仄平平平仄韻	好是蘇堤才曉.
(平)仄仄平平句	魚沒浪痕圓,
平(平)仄逗	流紅去、
(平)仄(平)平平仄叶	翻笑東風難掃.
(平)平仄仄句	荒橋斷浦,
仄平平仄平平仄叶	柳陰撐出扁舟小.
(平)仄平平平仄仄句	回首池塘靑欲遍,
(仄)仄仄平平仄叶	絶似夢中芳草.

平平(平)仄平平句	和雲流出空山,
仄平平仄仄句	甚年年淨洗,
(去)(上一下四)	
平平仄仄叶	花香不了?
(平)仄仄平平句	新淥乍生時,
平(平)仄逗	孤村路、
(平)仄(仄)平平仄叶	猶憶那回曾到.
(平)平仄仄句	餘情渺渺.
仄平平仄平平仄叶	茂林觴詠如今悄.
(平)仄平平平仄仄句	前度劉郎歸去後,
(平)仄仄平平仄叶	溪上碧桃多少.

살펴보건대, 宋 · 元의 사람들은 대부분 이 사를 표준으로 삼았다.

南浦

程垓

金鴨懶薰香, 向晚來、春酲一枕無緒. 濃綠漲瑤窗, 東風外、吹盡亂紅飛絮. 無言佇立,
(平) 平 (仄)仄 平 △ △
斷腸惟有流鶯語. 碧雲欲暮, 空惆悵, 韶華一時虛度.
△ 仄 平 仄 △ 平 (平) 仄 平 平 (仄) 平 平 △
追思舊日心情, 記題葉西樓, 吹花南浦. 老去覺歡疏, 傷春恨, 都付斷雲殘雨. 黃昏院落,
△ 仄 平 仄 平 平 平 平 平 △ △
問誰猶在憑闌處? 可堪杜宇, 空只解、聲聲催他春去.
△ 仄 平 仄 △ 平 (仄) 仄 平 平 (平) 平 平 △

살펴보건대,《詞律》에서는 이 사를 정식 형식으로 삼았다. 앞단락 두 번째 구절 뒤에서 여섯 글자와 앞단락 마지막 두 구절은 평측과 구절의 형식이 모두 張炎의 사와 다르다. 앞뒤단락 마지막 4자구는 압운하지 않아도 된다.

南浦 春水

王沂孫

柳下碧粼粼, 認麴塵乍生, 色嫩如染. 淸溜滿銀塘, 東風細、參差谷紋初遍. 別君南浦,
仄 仄 平 仄 平 仄 仄 平 △ △
翠眉曾照波痕淺. 再來漲綠迷舊處, 添卻殘紅幾片.
△ 仄 平 (仄) 仄 平 (仄) 仄 平 仄 (平) 平 (仄) △

葡萄過雨新痕, 正 拍 拍輕鷗, 翩翩小燕. 簾影蘸樓陰, 芳流去、應有淚珠千點. 滄浪一舸,
仄(作平)仄平平 △ △
斷魂重唱蘋花怨. 採香幽徑鴛鴦睡, 誰道湔裙人遠.
△ 仄平(平)仄平(平)仄 平仄仄平平△

살펴보건대, 이 사의 구절의 형식과 평측은 張炎의 사와 기본적으로 같지만 앞뒤단락 두 번째 구절의 평측은 또한 程垓의 사와 같다.

[平韻] 詞 譜

平平仄仄句
仄平平逗
  平仄仄平平韻
(平)仄平平平仄句
平仄仄平平叶
  仄仄仄平平仄句
仄平平逗
  仄仄仄平平叶
仄仄平平仄句
(上一下四)
仄平平仄句
平仄仄平平叶

仄仄仄平平仄句
仄平平逗
  平仄仄平平叶
(仄)仄平平平仄句
平仄仄平平叶
仄仄仄平平仄句
仄平平逗
  仄仄仄平平叶
仄仄平平仄
(上一下四)
仄平平仄平平叶

南浦 旅懷

魯逸仲

風悲畫角,
听單于、
  三弄落譙門.
投宿駸駸征騎,
飛雪滿孤村.
酒市漸闌灯火,
正敲窗、
  亂叶舞紛紛.
送數聲惊雁,

乍离烟水,
嘹唳度寒云.

好在半朧淡月,
到如今、
  无處不消魂.
故國梅花歸夢,
愁損綠羅裙.
爲問暗香閑艷,
也相思、
  万点付啼痕.
算翠屏應是,

兩眉余恨倚黃昏.

121. 西河

《教坊記》곡 중에서 《西河獅子》, 《西河劍器》라는 것이 있다. 《碧雞漫志》에는 《西河長命女》라고 기록되어있다. 任半塘은 이 곡조는 西凉樂으로 활용되었다고 하였다. 그 곡조는 西凉에서 비롯되어 西河로 유입되었는데 따라서 결국 西河調라고 칭해졌다. 당나라에는 西河郡이 있었는데 지금의 山西지역이다. 살펴보건대, 宋詞는 오래된 곡조를 사용해서 새로운 다른 곡조를 만든 것이므로 아마도 서하조의 성분을 가지고 있을 수 있다.

三疊으로 105자이다. 1단락 여섯 구절은 사측운으로 33자이다. 2단락의 일곱 구절은 사측운으로 36자이다. 3단락의 여섯 구절은 사측운으로 36자이다. 《碧雞漫志》에는 "大石調 西河慢은 소리가 正平으로 조바꿈한다." 《夢窗詞》에서는 "仲呂商"("小石調")라고 주석하였다.

詞譜	西河 金陵懷古 周邦彦
平(仄)仄韻	佳麗地,
(平)平(仄)仄平仄叶	南朝盛事誰記?
(平)平(仄)仄仄平平句	山圍故國繞淸江,
(仄)平(仄)仄叶	髻鬟對起.
(仄)平(仄)仄仄平平句	怒濤寂寞打孤城,
(平)平(平)仄平仄叶	風檣遙度天際.
(仄)(平)(仄)句	斷崖樹,
(平)(仄)仄叶	猶倒倚,
(仄)平(仄)仄平仄叶	莫愁艇子曾系.
(仄)平(仄)仄仄平平句	空餘舊跡鬱蒼蒼,
(仄)平(仄)仄叶	霧沈半壘.
(仄)平(仄)仄仄平平句	夜深月過女牆來,
(平)平(平)仄平仄句	賞心東望淮水.
仄平仄仄仄仄仄叶	酒旗戲鼓甚處市?
(仄)平(平)仄(仄)平仄句	想依稀王謝鄰里.
(仄)仄(仄)平平仄叶	燕子不知何世,
仄平平仄仄平平句	向尋常巷陌人家,
(平)仄(平)仄平平句	相對如說興亡,
平平仄叶	斜陽裏.

살펴보건대, 두 번째 단락의 首구는 仄平平·平仄仄·仄仄仄으로 지을 수 있다. 세 번째 단락 뒤의 세 구절은 역시 3자를 한 구절, 6자를 한 구절, 7자를 한 구절로 짓는다.

西河

陳允平

形勝地, 西陵往事重記. 溶溶王氣滿東南, 英雄閒起. 鳳遊何處古臺空, 長江縹緲舞際.
△ △ △ △
石頭城上試倚. 吳襟楚帶如系. 烏衣巷陌幾斜陽, 燕閒舊壘.
△ △ △

後庭玉樹委歌塵, 淒涼遺恨流水. 買花問酒錦繡市. 醉新亭、芳草千里. 夢醒覺非今世,
△ △ △ △
對三山半落青天, 數點白鷺飛來, 西風裏.
△

살펴보건대, 이 사는 주방언의 사와 합치되기는 하지만 두 번째 단락 첫 번째 구절과 두 번째 구절은 한 구절로 합쳐졌다.

西河

王埜

天下事, 問天怎忍如此? 陵圖誰把獻君王, 結愁未已. 少豪氣概總成塵, 空餘白骨黃葦.
△ △ △ △
千古恨, 吾老矣! 東遊曾吊淮水. 繡春臺上一回登, 一回揾淚. 醉歸撫劍倚西風,
△ △ △
江濤猶壯人意. 只今袖手野色裏, 望長淮猶二千里. 縱有英心誰寄? 近新來、又報胡塵起.
△ △ △ △ 仄平平 仄仄平平△
絶域張騫歸來未?
△

살펴보건대, 이 사의 3단락의 자구(字句)의 수와 주방언의 사는 다른 점이 있다.

122. 解連環

《欽定詞譜》에서는 이 곡조는 처음 柳永에서부터 시작되었는데 이 사에 "信早梅偏占陽和(진실로 일찍 핀 매화는 양지바른 땅을 차지했고)"라는 구절과 "時有香來, 望明艷遙知非雪(때때로 향기가 있고, 멀리서 밝고 아름다운 것을 보니 눈이 아님을 알았네)"이라는 구절이 있기 때문에 《望梅》라고 이름붙였다고 하였다. 후대 사람들은 周邦彦의 사에 "縱妙手能解連環(설사 오묘한 손재주로 고리를 풀 수 있어도)"이라는 구절 때문에 《解連環》이라고 불렀다. 張輯의 사는 《杏梁燕》이라고 하였다.

쌍조로 106자이다. 앞단락 열 한 구절은 오측운으로 53자이다. 뒷단락 열 구절은 오측운으로 53자이다. 《淸眞集》에서는 "商調"라고 주석하였다.

詞譜	解連環 孤雁 張炎
仄平平仄韻	楚江空晩,
(仄)平平仄仄句 (上一下四)	悵離羣萬里,
仄平平仄叶	恍然驚散.
仄仄(仄)逗(仄)仄平平句	自顧影、欲下寒塘,
仄(平)仄(仄)平句 (上一下四)	正沙淨草枯,
仄(平)仄(仄)平叶	水平天遠.
(仄)仄平平句	寫不成書,
(仄)(仄)仄逗(平)平平仄叶	只寄得、相思一點.

仄平平仄仄句	料因循誤了,
(上一下四)	
(平)平仄仄句	殘氈擁雪,
仄(平)平仄叶	故人心眼.
平平仄平仄仄叶	誰憐旅愁荏苒?
(仄)平平仄仄句	謾長門夜悄,
(上一下四)	
(仄)(平)平仄叶	錦箏彈怨.
仄仄(仄)逗(平)仄平平句	想伴侶、猶宿蘆花,
仄(平)仄(平)平句	也曾念春前,
(上一下四)	
仄(平)平仄叶	去程應轉.
(仄)仄平平句	暮雨相呼,
(仄)(仄)仄逗(仄)平平仄叶	怕驀地、玉關重見.
(仄)平(平)逗平仄平平句	未羞他、雙燕歸來,
仄平仄仄叶	畫簾半卷.

살펴보건대, 앞단락 열 한 구절은 역시 仄仄仄平으로 짓는다. 뒷단락 아홉 번째 구절은 역시 仄平平逗仄平仄仄으로 짓는다.

解連環 春水

高觀國

浪搖新綠, 漫芳洲翠渚, 雨痕初足. 蕩霽色、流入橫塘, 看風外漪漪, 皺紋如谷. 藻荇縈迴,
△ △ △ △
似留戀、鴛飛鷗浴. 愛嬌雲蘸色, 媚日挼藍, 遠迷心目.
△ 仄仄仄平 △
仙源漾舟岸曲. 照芳容幾樹, 香浮紅玉. 記那回、西洛橋邊, 裙翠傳情, 玉纖輕掬.
△ △ 仄仄平平 △
三十六陂, 錦鱗渺、芳音難續. 隔垂楊, 故人望斷, 浸愁萬斛.
△ 仄平仄仄 △

살펴보건대, 뒷단락 다섯 번째 구절은 4자구로 지으며 張炎의 사와는 다르다. 末尾의 두 구절은 《詞律》에서는 故·望·浸·萬의 네 자가 "모두 去聲을 쓰는 것이 정격이다."라고 하였는데 장염의 사와 비교해보면 역시 다 그렇지는 않다. 다만 結구에서 去平去上으로 쓰는 것이 많다.

123. 望海潮

이 사는 柳永이 만든 것이다.

쌍조, 107자이다. 앞단락 열 한 구절은 오평운으로 53자이다. 뒷단락 열 한 구절은 육평운으로 54자이다. 뒷단락 起구의 앞 두 글자는 一韻을 더 압운하였다. 《樂章集》에서는 "仙呂調"라고 주석하였다. 王易의 《詞曲史》에서는 "이 곡조는 온화하고 부드러우며 전아하다"고 하였다.

詞 譜

仄平平仄韻
㊀平平仄仄句
(上一下四)
仄平平仄叶
仄仄㊀逗㊀仄平平句
仄㊉仄㊀平句
(上一下四)
仄㊉仄㊀平叶
㊀仄平平句
㊀㊀仄逗㊉平平仄叶
仄平平仄仄句
(上一下四)
㊉平仄仄叶

望海潮

柳永

東南形勝, 三吳都會, 錢塘自古繁華. 煙柳畫橋, 風簾翠幕, 參差十萬人家. 雲樹繞堤沙. 怒濤卷霜雪, 天塹無涯. 市列珠璣, 戶盈羅綺競豪奢.
重湖疊巘淸嘉. 有三秋桂子, 十里荷花. 羌管弄晴, 菱歌泛夜, 嬉嬉釣叟蓮娃. 千騎擁高牙. 乘醉聽簫鼓, 吟賞煙霞. 異日圖將好景, 歸去鳳池誇.

仄(平)平仄叶

平平仄平仄仄叶

(仄)平平仄仄句

(上一下四)

(仄)(平)平仄叶

仄仄(仄)逗(平)仄平平句

仄(平)仄(平)平句

(上一下四)

仄(平)平仄叶

(仄)仄平平句

(仄)(仄)仄逗(仄)平平仄叶

(仄)平(平)逗平仄平平句

仄平仄仄叶

살펴보건대,《詞律》에 이르길, 晝字와 弄字는 "去聲을 쓰는 것이 정격이다."라고 하였다.

望海潮 洛陽懷古

秦觀

梅英疏淡, 冰澌溶泄, 東風暗換年華. 金谷俊遊, 銅駝巷陌, 新晴細履平沙. 長記誤隨車.
◎ ◎ ◎

正絮翻蝶舞, 芳思交加. 柳下桃蹊, 亂分春色到人家.
◎ ◎

西園夜飮鳴笳. 有華燈礙月, 飛蓋妨花. 蘭苑未空, 行人漸老, 重來是事堪嗟. 煙暝酒旗斜.
◎ ◎ ◎

但倚樓極目, 時見棲鴉. 無奈歸心, 暗隨流水到天涯.
◎ (平)仄 平 平 (仄)平 (平)仄 仄 平 ◎

살펴보건대, 끝 두 구절은 구절의 형식이 다르지만 平仄은 음률에 합치된다.

124. 一萼紅

이 사의 측운 형식은 북송 無名氏가 지은 계통으로 따라 지은 사람들이 적다. 이 사에 "未教一萼, 紅開鮮蕊(아직 뻗지 못한 한 꽃받침, 붉게 핀 선명한 꽃술)"의 구절이 있어 따다 이름으로 하였다. 평운 형식은 姜夔가 지었다.

쌍조로 108자이다. 앞단락 열 한 구절은 오평운으로 54자이다. 뒷단락 열 구절은 사평운으로 54자이다. 夏承燾는 "陳元龍의 《白石詞選》에서는 '夾鍾宮'(즉 '中呂宮')이라고 주석하였는데 어디서 근거한 것인지 모른다."고 하였다.

詞 譜	一萼紅 姜夔
仄平平韻	古城陰,
仄平⃝平仄⃝仄句 (上一下四)	有官梅几許,
平⃝仄仄平平叶	紅萼未宜簪.
平⃝仄平平句	池面冰膠,
平⃝平仄⃝仄句	墻陰雪老,
平⃝仄⃝平仄平平叶	云意還又沉沉.
仄平⃝仄⃝逗平平仄⃝仄句	翠藤共、閑穿竹徑,
仄⃝仄⃝仄⃝逗 平仄仄平平叶	漸笑語、 惊起臥沙禽.
仄⃝仄平平句	野老林泉,
仄⃝平平⃝仄句	故王台榭,

(平)仄平平叶	呼喚登臨.
(平)仄(仄)平(平)仄句	南去北來何事?
仄(平)平(仄)仄句 (上一下四)	蕩湘云楚水,
(仄)仄平平叶	目极傷心.
(平)仄(仄)仄句	朱戶粘鷄,
(平)平(仄)仄句	金盤簇燕,
(平)(仄)平仄平平叶	空嘆時序侵尋.
仄(平)(仄)逗平平(仄)仄句	記曾共、西樓雅集,
(仄)(平)(平)逗	想垂柳、
平仄仄平平叶	還裊万絲金.
(仄)仄(平)平(仄)平句	待得歸鞍到時,
(仄)仄平平叶	只怕春深.

살펴보건대, "待得歸鞍到時"의 구절에서 송 · 원나라 사람들은 "時"자를 대개 仄운으로 활용하였다.

一萼紅 登蓬萊閣有感

周密

步深幽, 正雲黃天淡, 雪意未全休. 鑑曲寒沙, 茂林菸草, 免仰千古悠悠. 歲華晚、
◎ ◎ ◎
漂零漸遠, 誰念我、同載五湖舟. 磴古鬆斜, 崖陰苔老, 一片清愁.
◎ ◎
回首天涯歸夢, 幾魂飛西浦, 淚灑東州. 故國山川, 故園心眼, 還似王粲登樓. 最憐他、
◎ ◎
秦鬟妝鏡, 好江山、何事此時遊? 爲喚狂吟老監, 共賦銷憂.
◎ ◎

一萼紅 初春懷舊

王沂孫

小庭深, 有蒼苔老樹, 風物似山林. 侵戶清寒, 捎池急雨, 時聽飛過啼禽. 掃荒徑、
◎ ◎ ◎
殘梅似雪, 甚過了、人日更多陰. 醫酒人家, 試燈天氣, 相次登臨.
◎ ◎

猶記舊遊亭館, 正垂楊引縷, 嫩草抽簪. 羅帶同心, 泥金半臂, 花畔低唱輕斟. 又爭信、
◎ ◎
風流一別, 念前事、空惹恨沈沈. 野服山笻醉賞, 不似如今.
◎ ◎

125. 風流子

당교방곡의 이름이었다가 후대에 사패로 활용되었다. 長調 형식은 秦觀의 사에서 처음 보인다.

쌍조로 110자이다. 앞단락 열 두 구절은 사평운으로 59자이다. 뒷단락 열 구절은 사평운으로 51자이다. 《淸眞集》에서는 "大石調"라고 주석하였다. 詹安泰는 "이 곡조는 마땅히 절치리면"이라고 하였다. (《中國文學上之倚聲問題》)

詞 譜	風流子 秋怨 周邦彦
平平平仄仄句	楓林凋晚葉,
平(平)仄逗(仄)仄仄平平韻	關河迥、楚客慘將歸.
仄(仄)平(仄)仄句 (上一下四)	望一川暝靄,
(仄)平(平)仄句	雁聲哀怨;
(仄)平(平)仄句	半規涼月,
(平)仄平平叶	人影參差.
(仄)(平)仄逗(仄)平平仄仄句	酒醒後、淚花銷鳳蠟,
(平)仄仄平平叶	風幕卷金泥.
(平)仄仄平句	砧杵韻高,
(仄)平(平)仄句	喚回殘夢;
(仄)平(平)仄叶	綺羅香減,
(平)仄平平叶	牽起餘悲.
(平)平平(平)仄句	亭皋分襟地,

平(平)仄逗(平)仄仄仄平平叶
(平)仄(仄)平平仄句
(平)仄平平叶
仄(仄)仄(平)平句
(上一下四)
(平)仄平仄句
(仄)仄(平)仄句
(仄)仄平平叶
(平)仄(仄)平平仄句
(平)仄平平叶

難拚處、偏是掩面牽衣.
何況怨懷長結,
重見無期.
想寄恨書中,

銀鉤空滿;
斷腸聲裏,
玉筋還垂.
多少暗愁密意,
(作平)
唯有天知.

살펴보건대, 이 사는 起구 平平仄仄仄 · 仄仄仄平仄로 지을 수 있다. 앞단락 세 번째와 네 번째 구절과 다섯 번째 · 여섯 번째 구절은 대구를 이루며 아홉 번째 · 열 번째 구절과 열 한 번째 · 열 두 번째 구절은 대구를 이룬다. 뒷단락 다섯 번째 구절 · 여섯 번째 구절과 일곱 번째 구절 · 여덟 번째 구절은 대구를 이룬다.

風流子

張耒

木葉亭皐下, 重陽近、又是擣衣秋. 奈愁入庾腸, 老侵潘鬢; 謾簪黃菊, 花也應羞.
◎ ◎
楚天晚、白蘋煙盡處, 紅蓼水邊頭. 芳草有情, 夕陽無語; 雁橫南浦, 人倚西樓.
◎ ◎
玉容知安否? 香箋共錦字, 兩處悠悠. 空恨碧雲離合, 青鳥沈浮. 向風前懊惱, 芳心一點;
平平仄仄仄 仄仄平 ◎ ◎
寸眉兩葉, 禁甚閒愁! 情到不堪言處, 分付東流.
◎ ◎

살펴보건대, 이 사의 뒷단락 두 번째 구절은 5 · 4구 형식으로 지었다. 각각의 대우를 이루는 구절의 형식은 주방언의 사와 약간 다르다.

風流子

周邦彦

新綠小池塘. 風簾動、碎影舞斜陽. 羡金屋去來, 舊時巢燕; 土花繚繞, 前度莓牆.
平仄仄平◎ ◎ 仄平仄仄平 ◎
繡閣裏、鳳幃深幾許, 曾聽得理絲簧. 欲說又休, 慮乖芳信; 未歌先咽, 愁近淸觴.
◎ ◎
遙知新妝了, 開朱戶、應自待月西廂. 最苦夢魂, 今宵不到伊行. 問甚時說與, 佳音密耗;
◎ 仄仄仄平 平平仄仄平◎ 仄仄平仄仄
寄將秦鏡, 偸換韓香. 天便敎人, 霎時廝見何妨!
◎ 仄平仄仄 仄平平仄平◎

살펴보건대, 이 사의 起구는 압운하였는데(뒷단락 첫 번째 구절도 起구의 평측에 따라 압운한 것이 있다). 앞단락 세 번째 구절과 뒷단락 다섯 번째 구절의 평측은 다른 것이 있다. 뒷단락 세 번째 · 네 번째 구절은 6자 구절 · 4자 구절으로 지었으며 아홉 번째 · 열 번째 구절은 4자 구절 · 6자 구절로 지었으나 평측은 기본적으로 詞譜에 합치된다.

126. 疏影

《欽定詞譜》에 이르길, 이것은 姜夔의 自制曲이다. 張炎의 사는 연꽃을 읊었는데《綠意》라고 이름을 바꾸었다. 彭元遜의 사는《解佩環》이라고 한다.

쌍조로 110자이다. 앞단락 열 구절은 오측운으로 54자이다. 뒷단락 열 구절은 사측운으로 56자이다. 입성운을 활용하였다.《白石道人歌曲》에서는 "仙呂宮"이라고 주석하였다.

詞 譜	疏影 梅 姜夔
(平)平仄仄韻	苔枝綴玉,
仄仄(平)仄(仄)句 (上一下四)	有翠禽小小,
(平)(仄)平仄叶	枝上同宿.
(仄)仄平平句	客裏相逢,
(平)仄平平句	籬角黃昏,
(平)(平)(仄)(仄)平仄叶	無言自倚修竹.
平平(仄)仄平平仄句	照君不慣胡沙遠,
(仄)(仄)(仄)逗(平)平平仄叶	但暗憶、江南江北.
仄(仄)平逗(仄)仄平平句	想佩環、月夜歸來,
(仄)仄仄平平仄叶	化作此花幽獨.
平仄平平仄仄句	猶記深宮舊事,

仄平(仄)仄仄句	那人正睡裏,
(平)(仄)平仄叶	飛近蛾綠.
(仄)仄平平句	莫似春風,
(仄)仄平平句	不管盈盈,
(仄)仄(平)平平仄叶	早與安排金屋.
平平(仄)仄平平仄句	還敎一片隨波去,
(仄)(仄)(仄)逗(仄)平平仄叶	又卻怨、玉龍哀曲.
仄(仄)平逗(平)仄平平句	等恁時、重覓幽香,
(仄)仄仄平平仄叶	已入小窗橫幅.

살펴보건대, 姜夔는 "나는 自制曲을 제법 좋아하는데 처음에는 제멋대로 장단구를 지었다가 이후에는 음률에 맞추었으니 前闋, 後闋은 다른 것이 많다."라고 하였다. (《張亭怨慢》序) 이 사의 '無言自倚'는 平平仄仄(후대 사람들은 또한 平平仄仄 · 仄仄仄仄 · 平仄仄平 · 仄平仄仄으로 지었다.)이며 "早與安排"는 仄仄平平으로 지은 것이 바로 이것이다. 또한 앞뒤단락 여덟 번째 구절 3字逗는 한 편 仄平仄 · 平仄仄 · 仄平平으로 짓기도 한다.

疏影 梅影

張炎

黃昏片月, 似碎陰滿地, 還更淸絶. 枝北枝南, 疑有疑無, 幾度背燈難折. 依稀倩女離魂處,
△ △ △
緩步出、前村時節. 看夜深、竹外橫斜, 應妒過雲明滅.
△ △
窺鏡蛾眉淡抹. 爲容不在貌, 獨抱孤潔. 莫是花光, 描取春痕, 不怕麗譙吹徹.
△ △
還驚海上然犀去, 照水底、珊瑚如活. 做弄得、酒醒天寒, 空對一庭香雪.
△ △

疏影 荷叶

無名氏

碧圓自潔. 向淺洲遠浦, 亭亭淸絶. 犹有遺簪, 不展秋心, 能卷几多炎熱?
△ △ △
鴛鴦密語同傾蓋, 且莫与、浣紗人說. 恐怨歌、忽斷花風, 碎却翠云千疊.
△ △

回首当年漢舞, 怕飛去漫皺, 留仙裙折. 戀戀青衫, 犹染枯香, 還嘆鬢絲飄雪.

盤心清露如鉛水, 又一夜、西風吹折. 喜浄看、匹練飛光, 倒瀉半湖明月.

127. 選冠子

《欽定詞譜》에 이르길 일명《選官子》라고 한다고 하였다. 曹勳의 사는《轉調選官子》라고 하며 魯逸仲의 사는《惜與春慢》이라고 하며 候寘의 사는《蘇武慢》이라고 한다. 《片玉集》에서는 周邦彦의《選官子》가《過秦樓》로 기록되었다고 하였고 후대 사람들이 이 때문에 주방언의 사를《仄韻過秦樓》라고 불렀다고 하였다.

쌍조로 111자이다. 앞단락 열 두 구절은 사측운으로 55자이다. 뒷단락 열 한 구절은 사측운으로 56자이다. 《淸眞集》에서는 "大石調"라고 주석하였다.

詞 譜

㊥平仄仄韻
仄仄㊥仄㊀句
(上一下四)
㊥㊀平仄叶
㊀仄平平句
㊥仄平平句
㊥㊥㊀㊀平仄叶
平平㊀仄平平仄句
㊀㊀㊀逗㊥平平仄叶
仄㊀平逗㊀仄平平句
㊀仄仄平平仄叶

過秦樓 夜景

周邦彦

水浴淸蟾,
葉喧涼吹,
巷陌馬聲初斷.
閒依露井,
笑撲流螢,
惹破畫羅輕扇.
人靜夜久憑闌,
愁不歸眠,
立殘更箭.
嘆年華一瞬,
人今千里,

夢沉書遠.

(平)仄平平仄仄句
仄平(仄)仄仄句
(平)(仄)平仄叶
(仄)仄平平句
(仄)仄平平句
(仄)仄(平)平平仄叶
平平(仄)仄平平仄句
(仄)(仄)(仄)逗(仄)平平仄叶
仄(仄)平逗(平)仄平平句
(仄)仄仄平平仄叶

空見說、鬢怯瓊梳,
容銷金鏡,
漸懶趁時勻染.
梅風地溽,
虹雨苔滋,
一架舞紅都變.
誰信無聊爲伊,
才減江淹,
情傷荀倩.
但明河影下,
還看稀星數點.

살펴보건대, 이 사의 앞뒤단락 일곱 번째·여덟 번째 구절은 역시 (平)仄平平句仄平(仄)仄平平으로 짓는다.

惜余春慢 避暑和韻

周密

紺玉波寬, 碧雲亭小, 苒苒水楓香細. 魚牽翠帶, 燕掠紅衣, 雨急萬荷喧睡. 臨檻自采瑤房,
△ △ △
鉛粉沾襟, 雪絲縈指. 喜嘶蟬樹遠, 盟鷗鄉近, 鏡奩光裏.
△ △
簾戶悄、竹色侵棋, 槐陰移漏, 晝永簟花鋪水. 淸眠乍足, 晩浴初慵, 瘦約楚裙尺二.
△ △
曲砌虛庭夜深, 月透龜紗, 涼生蟬翅. 看銀潢瀉露, 金井啼鴉漸起.
△ △

살펴보건대, 周邦彦의 사와 비교했을 때 이 사의 앞단락 여섯 구절은 仄(平)仄平平仄으로 지으며 마지막 두 구절의 형식은 조금 바뀌었다.

選冠子 咏柳

張景修

嫩水採藍, 遙堤映翠, 半雨半煙橋畔. 鳴禽弄舌, 蔓草縈心, 偏稱謝家池館. 紅粉牆頭, 柳搖金縷, 纖柔舞腰低軟. 被和風、搭在闌干, 終日繡簾誰卷.

春易老, 細葉舒眉, 輕花吐絮, 漸覺綠陰垂暖. 章臺繫馬, 灞水維舟, 追念鳳城人遠. 惆悵陽關故國, 杯酒飄零, 惹人腸斷. 恨靑靑客舍, 江頭風笛, 亂雲空晚.

살펴보건대, 周邦彦의 사와 비교했을 때 이 사의 앞뒤단락 일곱 번째 구절의 평측은 서로 교환되는데 앞단락 마지막 세 구절은 두 구절로 바뀌었고 뒷단락 마지막 6자구는 두 개의 4자구로 바뀌었다.

128. 沁園春

東漢 和帝 시기에 심수 공주(沁水公主)의 정원[園林]이 매우 아름다웠다. 사의 이름은 여기서 딴 것이다. 《欽定詞譜》에 이르길, 李劉의 사는 《壽星明》, 秦觀의 減字詞는 《洞庭春色》이라고 했으며 張輯의 사는 《東仙》이라고 하였다.

쌍조, 140자이다. 앞단락 열 세 구절은 사평운으로 56자이다. 뒷단락 열 두 구절은 오평운으로 58자이다. 앞단락 4·5·6·7구와 뒷단락 3·4·5·6구는 대우로 지은 것이 많다. 뒷단락 起구의 두 글자는 암운(暗韻)을 활용했는데 뒤에 나오는 陸游의 사와 같다. 金詞에서는 "般涉調"라고 주석하였다. 劉斧의 《靑瑣高議》에 이르길 이 곡조는 "소리가 매우 맑고 아름답다."라고 하였다.

詞 譜	沁園春 辛棄疾
(仄)仄平平句	疊嶂西馳,
(仄)(仄)(平)(平)句	萬馬迴旋,
(仄)(平)(仄)平韻	衆山欲東.
仄(平)仄(仄)仄句 (去)(上一下四)	正驚湍直下,
(仄)平(仄)仄句	跳珠倒濺;
(仄)平(平)仄句	小橋橫截,
(仄)仄平平叶	缺月初弓.
(仄)仄平平叶	老合投閒,

(平)平(平)仄句	天敎多事,
(仄)仄平平(平)仄平叶	檢校長身十萬鬆.
平(平)仄叶	吾廬小,
仄(平)平(仄)仄句 (去)(上一下四)	在龍蛇影外,
(平)仄平平叶	風雨聲中.
(平)平(仄)仄平平叶	爭先見面重重,
(仄)仄仄平平(平)仄平叶	看爽氣朝來三數峯.
仄(仄)平(仄)仄句 (去)(上一下四)	似謝家子弟,
(平)平(仄)仄句	衣冠磊落;
(平)平(平)仄句	相如庭戶,
(平)仄平平叶	車騎雍容.
(仄)仄平平叶	我覺其間,
(平)平(仄)仄句	雄深雅健,
(平)仄平平(平)仄平叶	如對文章太史公.
平(平)仄叶	新堤路,
仄(平)平(仄)仄句 (去)(上一下四)	問偃湖何日,
(平)仄平平叶	煙水濛濛?

살펴보건대, 앞단락 起구는 압운을 할 수 있다. 《詞律》에서는 首起의 세 구절은 평측에 대부분 구애받지 않으며 두 번째 구절은 仄平平仄・仄平平平・仄平仄仄・仄平仄平・平平仄仄・平平平仄・平平仄平・平仄平仄・仄仄仄平으로 쓰기도하고, 세 번째 구절은 仄仄平平・平平仄平・平仄仄平으로 쓰기도 한다. 뒷단락 열 구절은 한편으로 仄平仄으로 짓는다.

沁園春

陸游

孤鶴歸飛, 再過遼天, 換盡舊人◎. 念累累枯冢, 茫茫夢境; 王侯螻蟻, 畢竟成塵◎. 載酒園林, 尋花巷陌, 當日何曾輕負春◎. 流年改, 嘆圍腰帶剩, 點鬢霜新◎.

交親散落如雲, 又豈料如今餘此身. 幸眼明身健, 茶甘飯軟; 非惟我老, 更有人貧.
躲盡危機, 消殘壯志, 短艇湖中閒採蓴. 吾何恨, 有漁翁共醉, 溪友爲鄰.

沁園春 夢孚若

劉克莊

何處相逢, 登寶釵樓, 訪銅雀臺. 喚廚人斫就, 東溟鯨膾, 圉人呈罷, 西極龍媒. 天下英雄,
使君與操, 餘子誰堪共酒杯! 車千兩, 載燕南趙北, 劍客奇才.
飲酣畫鼓如雷. 誰信被晨雞輕喚回? 嘆年光過盡, 功名未立; 書生老去, 機會方來.
使李將軍, 遇高皇帝, 萬戶侯何足道哉! 披衣起, 但淒涼感舊, 慷慨生哀!

沁園春 丁酉歲感事

陳人傑

誰使神州, 百年陸沉, 青氈未還? 悵晨星殘月, 北州豪傑; 西風斜日, 東帝江山.
劉表坐談, 深源輕進, 機會失之彈指間. 傷心事, 是年年冰合, 在在風寒.
說和說戰都難, 算未必江沱堪宴安. 嘆封侯心在, 鱣鯨失水; 平戎策就, 虎豹當關.
渠自無謀, 事猶可做, 更剔殘燈抽劍看. 麒麟閣, 豈中興人物, 不畫儒冠?

沁園春 送春

劉辰翁

春汝歸歟? 風雨蔽江, 煙塵暗天. 況雁門厄塞, 龍沙渺莽; 東連吳會西至秦川. 芳草迷津,
飛花擁道, 小爲蓬壺借百年. 江南好, 問夫君何事, 不少留連.
江南正是堪憐! 但滿眼楊花化白氈. 看兔葵燕麥, 華清宮裏; 蜂黃蝶粉, 凝碧池邊.
我已無家, 君歸何裏? 中路徘徊七寶鞭. 風回處, 寄一聲珍重, 兩地潸然.

129. 八歸

姜夔의 自度曲이다. 冒廣生이 교주한《白石道人歌曲》은 "제목에서《八歸》라고하는 것은《六丑》과 동일하다고 추측하는데 六犯은 八犯이기 때문이다." 이것은 구법의 앞뒤 중복[相犯]인데 모광생이 말한 것에 의하면 이 사는 같은 하나의 궁조(宮調)의 여덟 종류의 사조(詞調)의 구법으로 이루어진 것이지만 여덟 사조와 구법의 전조(轉調)에 대해서는 이미 고증할 수가 없다.

쌍조, 115자이다. 앞단락 열 구절은 사측운으로 57자이다. 뒷단락 열 한 구절은 사측운으로 58자이다.《白石道人歌曲》은 "夾鍾商"이라고 주석하였다.

詞 譜	八歸 湘中送胡德華 姜夔
平平仄仄句	芳蓮墜粉,
平平平仄句	疏桐吹綠,
平仄仄仄㊀仄韻	庭院暗雨乍歇.
平平仄仄平平仄句	無端抱影銷魂處,
平仄仄平平仄句	還見篠牆螢暗,
仄㊉平仄叶	蘚階蛩切.
仄仄㊉平平仄仄句	送客重尋西去路,
仄仄仄逗平平平仄叶	問水面琵琶誰撥?
仄仄仄逗㊀仄平平句	最可惜、一片江山,
仄仄仄平仄叶	總付與啼鴂.

平仄平平仄仄句	長恨相從未款,
平平平仄句	而今何事,
仄仄平平平仄叶	又對西風離別.
仄平平仄句	渚寒煙淡,
仄平平仄句	棹移人遠,
仄仄平平平仄叶	飄渺行舟如葉.
仄平平仄仄句 (上一下四)	想文君望久,
仄仄平平仄平仄叶	倚竹愁生步羅襪.
平平仄逗仄平平仄句	歸來後、翠尊雙飮,
仄仄平平句	下了珠簾,
平平平仄仄叶	玲瓏閒看月.

살펴보건대, 현존하는 宋詞 중에서 史達祖 만이 이 곡조에 따라 한 수를 展謝했는데, 다만 4자의 평측과는 다르다. 모두 입성운을 사용했다.

八歸

陸游

秋江帶雨, 寒沙縈水, 人瞰畫閣愁獨. 煙蓑散響驚詩思, 還被亂鷗飛去, 秀句難續.
△ △
冷眼盡歸圖畫上, 認隔岸、微茫雲屋. 想半屬、漁市樵村, 欲暮競然竹.
△ △
須信風流未老, 憑持酒、慰此淒涼心目. 一鞭南陌, 幾篙官渡, 賴有歌眉舒綠. 只匆匆眺遠,
△
早覺閒愁掛喬木. 應難奈, 故人天際, 望徹淮山, 相思無雁足.
△ △

살펴보건대, 이 사의 앞단락 다섯 번째 구절과 뒷단락 첫 번째 · 두 번째 구절 및 압운한 평운의 각 구절의 평측은 姜夔의 사와 다른 점이 있는 것 외에도 나머지 아홉 구절의 평측은 모두 강기의 사와 동일하다(평성도 가능하고 측성도 가능한 곳 역시 음률에 합치된다). 이것은 장차 입성운이 평성운으로 바뀌는 범례이다. 사의 압운 규율에 따르면 입성 · 평성 두 운은 본래 상통되므로 서로 바꿔쓸 수 있다. 또한 《詞律》에서는 "혹자는 (앞단락 아홉 번째 구절)의 '宮'자는 우연히 일치된 것으로 이 구절에서는 叶이 필요하지 않다."라고 하였다.

[平韻] 詞 譜

(仄)平仄仄句
平平平仄句
平仄仄仄平平韻
平平仄仄平平仄句
平平仄仄平平句
仄仄平平叶
仄仄平平平仄仄句
仄平仄逗平仄平平叶
仄仄仄逗(平)仄平平句
仄平仄平平叶

平平叶
平平平仄句
平平平仄句
仄平平仄平平叶
仄平平仄句
仄平平仄句
平仄平仄平平叶
仄平平仄仄句
(上一下四)
仄平仄仄仄平平叶
(仄)平仄逗仄平平仄句
仄仄平平平仄平叶

八歸 重陽前二日懷梅溪

高觀國

楚峯翠冷,
吳波煙遠,
吹袂萬里西風.
關河迥隔新愁外,
遙憐倦客音塵,
未見徵鴻.
雨帽風巾歸夢杳,
想吟思、吹入飛蓬.
料恨滿、幽苑離宮.
正愁黯文通.

秋濃.
新霜初試,
重陽催近,
醉紅偷染江楓.
瘦笻相伴,
舊遊回首,
吹帽知與誰同.
想萸囊酒盞,
暫時冷落菊花叢.
兩凝佇、壯懷立盡,
微雲斜照中.

130. 摸魚兒

任半塘은 당나라 敎坊曲《摸魚子》는 마땅히 민간에서 물고기를 낚을 때 부르던 노래라고 여겼다고 하였다. 북송시기의《摸魚兒》는 마땅히 여기서 온 것이라고 하였다.《欽定詞譜》에서는 후대 사람들이 晁補之의 사에 근거하여《買陂塘》·《陂塘柳》·《邁陂塘》이라고 바꿔불렀다고 하였다. 辛棄疾가 지은 怪石에서는《山鬼謠》라고 하였다. 李冶가 지은 并蒂蓮은 《雙渠怨》이라고 하였다.

쌍조, 116자이다. 앞단락 열 구절은 육측운으로 57자이다. 뒷단락 열 한 구절은 칠측운으로 59자이다. 夏承燾는 "陣元龍의《白石詞選》은 '正宮'으로 주석하였으나 어디서 근거한 것인지 알 수 없다."라고 하였다. 龍楡生은 "이 곡조는 마땅히 몹시 울적하며 깊은 슬픔의 정서를 표현하고 있다."고 하였다. (《談詞的藝術特徵》)

詞 譜

仄平平逗仄平平仄句
(平)平平仄仄韻
(平)平(平)仄平平仄句
(平)仄仄平平仄叶
平仄仄叶
(仄)(仄)仄逗
　(仄)平(仄)仄平平仄叶
(平)平(仄)仄叶

摸魚兒 東皐寓居

晁補之

買陂塘、旋栽楊柳,
依稀淮岸江浦.
東皐嘉雨新痕漲,
沙觜鷺來鷗聚.
堪愛處,
最好是,
　一川夜月光流渚.
無人獨舞.

仄仄⃝仄平平句	任翠幄張天,
(去)(上一下四)	
平⃝平仄⃝仄句	柔茵藉地,
仄⃝仄仄平仄叶	酒盡未能去.
平平仄句	青綾被,
平⃝仄平平仄仄叶	莫憶金閨故步.
平⃝平平仄平仄叶	儒冠曾把身誤.
平⃝平平⃝仄平平仄句	弓刀千騎成何事?
平⃝仄仄平平仄叶	荒了邵平瓜圃.
平平仄叶	君試覷,
仄⃝平⃝仄逗	滿青鏡、
平⃝平仄⃝仄平平仄叶	星星鬢影今如許!
平⃝平仄⃝仄句	功名浪語.
仄仄⃝仄平平句	便似得班超,
(去)(上一下四)	
平⃝平仄⃝仄句	封侯萬里,
平⃝仄仄平仄叶	歸計恐遲暮.

摸魚儿

辛弃疾

更能消、几番風雨? 匆匆春又歸去. 惜春長恨花開早, 何况落紅无數. 春且住!
△ △ △
見說道、天涯芳草无歸路. 怨春不語. 算只有殷勤, 畵檐蛛网, 盡日惹飛絮.
△ △ △
長門事, 准擬佳期又誤. 蛾眉曾有人妒. 千金縱買相如賦, 脉脉此情誰訴? 君莫舞!
△ △ △
君不見、玉环飛燕皆塵土? 閑愁最苦. 休去倚危欄, 斜陽正在、烟柳斷腸處.
△ △ 平仄仄平平 △

살펴보건대, 이 사의 起구는 압운하였다. 뒷단락 아홉 번째 구절은 1·4가 2·3구절로 바뀌었고 첫 번째 글자는 평성으로 바뀌었다. 다른 것들은 모두 晁補之의 사와 같다. 조보지의 사에서 "獨舞"는 《欽定詞譜》에서 "自舞"라고 하였고 어떤 이는 "無人自舞"·"功名浪語"라고 여겼는데 平平去上으로 훌륭하다. 辛棄疾의 사와 비교하면 모두가 그렇다고 할 수는 없다.

摸魚兒 酒邊留同年徐雲屋三首

劉辰翁

怎知他、春歸何處, 相逢且盡尊酒. 少年嫋嫋天涯恨, 長結西湖煙柳. 休回首, 但細雨斷橋,
　　　　　　　　平平仄仄平△　　　　　　　　　平仄平平平△　平平△　仄仄仄仄平
憔悴人歸後. 東風似舊. 問前度桃花, 劉郎能記, 花復認郎否?
平仄平平△　　　　△　　　　　　　　　　　　△
君且住! 草草留君翦韭. 前宵正恁時候. 深杯欲共歌聲滑, 翻溼春衫半袖. 空眉皺,
　　　　　　　　△　平平仄仄平△　　　　　　　　平仄平平仄△　平平△
看白髮尊前, 已似人人有. 臨分把手. 嘆一笑論文, 淸狂顧曲, 此會幾時又?
仄仄仄平仄　仄仄平平△　　　　△　　　　　　　　　　　　　　△

살펴보건대, 이 사의 앞단락 여섯 번째 구절과 뒷단락 일곱 번째 구절은 一字領 4언 1구 · 5언 1구로 바뀌었다. 또한 장차 平⃝平平仄平仄을 平⃝平仄⃝仄平仄으로 지었고 平⃝仄仄平平仄을 平⃝仄平⃝仄으로, 平仄仄을 平平⃝仄으로 지었으며 격률이 변할수록 더욱 관대해진다.

131. 賀新郎

《塡詞名解》에서 蘇軾의 사에 "乳燕飛華屋, 悄無人, 桐陰轉午, 晚凉新浴(어린 제비 고운 처마로 날아들고, 사람 하나 없이 근심스럽다. 홰나무 그림자 정오의 해 따라 돌고, 저녁 무렵의 청량한 날씨 새로 목욕을 한 듯 하네.)"이라는 구절이 있는데 이 때문에 《賀新郞》이라고 하였다. 이후에 "凉"을 "郞"으로 잘못쓴 것이다. 《欽定詞譜》에서는 후대 사람들이 蘇軾의 사에 따라 《乳燕飛》·《風敲竹》이라고 고쳐불렀다. 葉夢得의 사에 따라 《金縷歌》·《金縷曲》으로 바꿔불렀고, 張輯의 사는 《貂裘換酒》라고 하였다.

쌍조로 116자이다. 앞단락 아홉 구절은 육측운으로 57자이다. 뒷단락 아홉 구절은 육측운으로 59자이다. 남곡에는 "南呂宮慢詞"에 포함시켰으나 다만 사의 반 수[闋]일 뿐이다. 龍楡生은 "이 사는 입성운을 써서 기개있고 우렁차며 去上운을 써서 슬프고 처량하다."고 하였다.

詞 譜	賀新郎 別茂嘉十二弟 辛棄疾
(仄)仄平平仄韻	綠樹聽鵜鴂.
仄平平逗(仄)平(平)仄句	更那堪、鷓鴣聲住,
仄平平仄叶	杜鵑聲切.
(平)仄(平)平平(平)仄句	啼到春歸無尋處,
(仄)仄平平(平)仄叶	苦恨芳菲都歇.
(仄)(仄)仄逗平平(平)仄叶	算未抵、人間離別.

(仄)仄(平)平平(仄)仄句	馬上琵琶關塞黑,
仄(平)平逗	更長門、
(仄)仄平平仄叶	翠輦辭金闕.
(仄)仄仄逗(仄)平仄叶	看燕燕, 送歸妾.
(平)平(仄)仄平平仄叶	將軍百戰身名裂.
仄平平逗(平)平(仄)仄句	向河梁、回頭萬里,
仄平平仄叶	故人長絶.
(仄)仄(平)平平(平)仄句	易水蕭蕭西風冷,
(仄)仄平平(仄)仄叶	滿座衣冠似雪.
(仄)(仄)仄逗平平(仄)仄叶	正壯士、悲歌未徹.
(平)仄(平)平平(仄)仄句	啼鳥還知如許恨,
仄(平)平逗	料不啼、
(平)仄平平仄叶	淸淚長啼血.
(平)仄仄逗(仄)平仄叶	誰共我、醉明月?

살펴보건대, 앞뒤단락 네 번째 구절과 일곱 번째 구절 이 두 구절은 (仄)仄(平)平平平仄이라고 지을 수도 있고 (仄)仄(平)平平仄仄이라고 지을 수도 있으니 혼용이 가능하며 (仄)仄(平)平平(平)仄으로 짓는다.

賀新郎 夏景

蘇軾

乳燕飛華屋. 悄無人、桐陰轉午, 晩涼新浴. 手弄生綃白團扇, 扇手一時似玉.
△ △ 仄平仄 △

漸困倚、孤眠淸熟. 簾外誰來推繡戶? 枉敎人、夢斷瑤臺曲. 又卻是, 風敲竹.
△ △

石榴半吐紅巾蹙. 待浮花、浪蕊都盡, 伴君幽獨. 穠豔一枝細看取, 芳心千重似束.
△ △ 仄平仄 △

又恐被、秋風驚綠. 若待得君來向此, 花前對酒不忍觸. 共粉淚, 兩簌簌.
△ 平平仄仄仄仄△ △

살펴보건대, 이사의 뒷단락 여덟 번재 구절의 형식은 평측이 다르며 앞뒤단락 네 번째 구절 역시도 조금 다른 점이 있다.

賀新郎 送胡邦衡待制赴新州

張元幹

夢繞神州路. 悵秋風、連營畫角, 故宮離黍. 底事崑崙傾砥柱, 九地黃流亂注?
聚萬落、千村狐兔. 天意從來高難問, 況人情、老易悲難訴. 更南浦、送君去.
涼生岸柳催殘暑. 耿斜河、疏星淡月, 斷雲微度. 萬里江山知何處? 回首對牀夜語.
雁不到、書成誰與? 目盡青天懷今古, 肯兒曹、恩怨相爾汝! 擧大白, 聽金縷.

살펴보건대, 이 사의 앞뒤단락 네 번째 구절은 모두 一韻을 더 압운하였다.

賀新郎 送陳眞州子華

劉克莊

北望神州路. 試平章、這場公事, 怎生分付? 記得太行山百萬, 曾入宗爺駕馭.
今把作、握蛇騎虎. 君去京東豪傑喜, 想投戈、下拜眞吾父. 談笑裏, 定齊魯.
兩河蕭瑟惟狐兔. 問當年、祖生去後, 有人來否? 多少新亭揮淚客, 誰夢中原塊土!
算事業、須由人做. 應笑書生心膽怯, 向車中、閉置如新婦. 空目送、塞鴻去.

賀新郎 兵後寓吳

蔣捷

深閣簾垂繡. 記家人、軟語燈邊, 笑渦紅透. 萬疊城頭哀怨角, 吹落霜花滿袖.
影廝伴、東奔西走. 望斷鄉關知何處, 羨寒鴉、到著黃昏後. 一點點, 歸楊柳.
相看只有山如舊. 嘆浮雲、本是無心, 也成蒼狗. 明日枯荷包冷飯, 又過前頭小阜.
趁未發、且嘗村酒. 醉探枵囊毛錐在, 問鄰翁、要寫牛經否? 翁不應, 但搖首.

賀新郎 游西湖有感

文及翁

一勺西湖水. 渡江來、百年歌舞, 百年酣醉. 回首洛陽花世界, 煙渺黍離之地.
更不復、新亭墮淚. 簇樂紅妝搖畫艇, 問中流、擊楫誰人是? 千古恨, 幾時洗?
餘生自負澄淸志. 更有誰、翻溪未遇, 傳巖未起. 國事如今誰倚仗? 衣帶一江而已.
便都道、江神堪恃. 借問孤山林處士, 但掉頭、笑指梅花蕊. 天下事, 可知矣.

132. 蘭陵王

《敎坊記》에서 北齊 文襄帝의 큰 아들 蘭陵王 長恭은 천성이 용감하고 용모가 마치 여자 같아서 스스로 적군에게 위엄이 부족할 것을 싫어하여 이 때문에 나무에 가면을 조각하여 진영에 이를 때는 가면을 쓰고 다녔다. 이 때문에 《蘭陵王》이라는 유명한 大面戱가 있으며 또한 《蘭陵王入陣曲》이 있다. 《欽定詞譜》에서는 이 곡조가 秦觀의 "雨初歇"에서 시작되었으나 송나라와 원나라 사람들은 모두 주방언의 "柳陰直"의 격률을 표준으로 삼았다. 또한 《高冠軍》이라고 한다.

三疊으로 130자이다. 첫 번째 단락 여덟 구절은 칠측운으로 48자이다. 두 번째 단락 여덟 구절은 오측운으로 42자이다. 세 번째 단락의 아홉 구절은 육측운으로 40자이다. 대부분 입성운을 쓴다. 《碧雞漫志》에서는 현재의 "越調" 《蘭陵王》은 세 개 단락의 24박으로 어떤 사람은 北齊에서 전해져온 곡조라고 하는데 이 곡조의 소리는 正宮과 전조된다. 살펴보건대, 이것은 宮調가 서로 전조되는 것잉며 "越調"에서 "正宮"으로 바뀐 것이다. 毛開는 《樵隱筆錄》에서 周邦彦 사의 성조가 "激越"이라 하였다.

詞譜

㊀平仄韻
㊀仄平平仄仄叶
平平仄逗平仄㊀平句
㊀仄平平仄平仄叶

蘭陵王 柳

周邦彦

柳陰直,
煙裏絲絲弄碧.
隋堤上、曾見幾番,
拂水飄綿送行色.

(平)平(仄)仄仄叶	登臨望故國,
平仄平平仄仄叶	誰識京華倦客?
(平)平仄逗(平)仄(仄)平句	長亭路、年去歲來,
仄仄平平仄平仄叶	應折柔條過千尺.
(平)平仄平仄叶	閒尋舊蹤跡.
仄(仄)仄平(平)句 (上一下四)	又酒趁哀弦,
(平)仄(仄)仄平平仄叶	燈照離席.
(平)仄仄平仄句 (上一下四)	梨花榆火催寒食.
(仄)平(平)仄句	愁一箭風快,
平平(平)仄仄(仄)仄叶	半篙波暖,
仄(平)(仄)平仄叶	回頭迢遞便數驛.
	望人在天北.
平仄叶仄平仄叶	悽惻、恨堆積.
仄(仄)仄平(平)句 (上一下四)	漸別浦縈迴,
(平)仄平仄叶	津堠岑寂.
(平)平(仄)仄平平仄叶	斜陽冉冉春無極.
仄仄仄平仄句 (上一下四)	念月榭攜手,
(仄)平(平)仄叶	露橋聞笛.
平平平仄句	沈思前事,
仄仄仄句	似夢裏,
仄仄仄叶	淚暗滴.

살펴보건대, 첫 단락의 네 번째 구절과 아홉 번째 구절은 拗句이며 마지막 세 글자는 대부분 去平入으로 짓는다. 두 번째 단락의 다섯 번째 구절 역시 仄平平仄仄으로 지으며 여덟 번째 구절은 역시 平仄仄平仄으로 짓는다. 세 번째 단락의 세 번째 구절은 역시 仄平仄仄仄으로 짓고 여섯 번째 구절은 역시 仄平平仄仄·仄平仄仄仄·仄平平平仄·仄仄仄平平으로 짓고 일곱 번째 구절은 역시 平仄平仄으로 여덟 번째 구절은 역시 仄仄平平으로 짓는다.

蘭陵王 丙子送春

劉辰翁

送春去, 春去人間無路. 鞦韆外、芳草連天, 誰遣風沙暗南浦? 依依甚意緒!
△ △ △ △
漫憶海門飛絮. 亂鴉過、鬥轉城荒, 不見來時試燈處.
△ △
春去, 最誰苦? 但箭雁沈邊, 梁燕無主. 杜鵑聲里長門暮. 想玉樹凋土, 淚盤如露.
△ △ △
咸陽送客屢回顧, 斜日未能度.
△ 平仄仄平 △
春去, 尙來否? 正江令恨別, 庾信愁賦. 二人皆北去. 蘇堤盡日風和雨. 嘆神遊故國,
△ 仄平仄仄仄 △ △ 仄平平仄仄
花記前度. 人生流落, 顧孺子, 共夜語.
△ △

蘭陵王 春雨

高觀國

灑塵閣, 冪冪天垂似幕. 春寒峭、吹斷萬絲, 溼影和煙暗簾箔. 淸愁晚來覺.
△ △ △ △
佳景愔愔過卻. 芳郊外、鶯恨燕愁, 不管鞦韆冷紅索.
△ △
行雲楚臺約. 念今古凝情, 朝暮如昨. 啼紅溼翠春情薄. 謾一犁江上, 半篙堤外,
△ △ △
勾引輕陰趁暮角. 正孤緖寂寞.
△ △
斑駁, 止還作. 聽點點檐聲, 沈沈春酌. 只愁入夜東風惡. 怕催敎花放, 趁將花落.
△ △ △ △ △ △
溟濛煙草, 夢正遠, 恨怎託.
△

133. 大酺

《史記 · 秦始皇本紀》에서 張守節의 《正意》에 이르길, “大酺는 천하의 즐거운 대음주이다.” 당나라 《敎坊記》곡명에는 《大酺樂》이 있다. 《羯鼓錄》에는 《太簇商大酺樂》이 있다. 송사는 옛 곡조를 빌려 새로운 곡을 만든 것인데 먼저 《淸眞集》에서 보인다.

쌍조로 133자이다. 앞단락 열 다섯 구절은 오측운으로 68자이다. 뒷단락 열 한 구절은 칠측운으로 65자이다. 대부분 입성운을 사용하였다. 《樂苑》에서는 “商調”에 포함시켰다. 《淸眞集》에서는 “越調”라고 주석하였다. 王灼의 《碧雞漫志》에서는 “周邦彦의 《大酺》는 가장 기발하고 특출한데 어떤 이는 깊은 정서가 결핍된 운이라고도 한다.”

詞譜	大酺 春雨 周邦彦
仄仄平平句 (上一下三)	對宿煙收,
平平仄句	春禽靜,
平⃝仄平⃝平平仄韻	飛雨時鳴高屋.
平平平平仄句	牆頭靑玉旆,
	洗鉛霜都盡,
仄平⃝平平⃝仄叶 (上一下四)	嫩梢相觸.
仄⃝平平⃝仄叶	潤逼琴絲,
仄⃝仄平平句	寒侵枕障,
平平仄⃝仄句	蟲網吹黏簾竹.

(平)仄(平)平平仄叶	郵亭無人處,
平平平平仄句	聽檐聲不斷,
仄平(平)(仄)(仄)句 (上一下四)	困眠初熟.
仄平平仄叶	奈愁極頓驚,
仄平仄平平句 (上一下四)	
(仄)平(平)仄叶	夢輕難記,
(仄)平平仄叶	自憐幽獨.
平平(平)仄仄叶	行人歸意速.
仄平仄逗(平)仄(平)平仄叶	最先念、流潦妨車轂.
仄(仄)(仄)逗平平(平)仄句	怎奈向、蘭成憔悴,
(仄)仄平平句	衛玠淸羸,
仄平平逗仄平平仄叶	等閒時、易傷心目.
仄平平(平)仄句	未怪平陽客,
(平)(仄)(仄)逗(仄)平平仄叶	雙淚落、笛中哀曲.
(仄)平仄逗平平仄叶	況蕭索、靑蕪國.
平(仄)(平)仄句	紅糝鋪地,
(平)仄平平平仄叶	門外荊桃如菽.
仄平(仄)(平)仄仄叶	夜遊共誰秉燭?

살펴보건대, 夏承燾는 뒷단락 일곱 번째 · 여덟 번째 두 구절은 落 · 索이 句中韻이라고 하였다.

大酺 春寒

任瑣窗深、重帘閉, 春寒知有人處. 常年笑花信, 問東風情性, 是嬌是妒. 冰柳成須,
平平平仄平△ 平平仄平仄 △
吹桃欲削, 知更海棠堪否? 相將燕歸 又看香泥半雪, 欲歸還誤. 漫低回芳草, 依稀寒食,
△ 平平(仄)平 仄仄平平仄仄 △ 仄平平平仄
朱門封絮. 少年慣羈旅. 亂山斷, 鼓樹喚船渡. 正暗想、鷄聲落月, 梅影孤屛, 更夢衾、
△ 仄平仄平△ △ △ 仄仄平
千里似霧. 相如倦游去, 掩四壁、淒其春暮. 休回首、都門路. 几番行曉, 个个阿嬌深貯.
平仄仄△ 平平仄平仄 △ △ 仄平平仄 △

而今斷烟細雨!
△

살펴보건대, 이 사의 앞단락 열 번째 · 열 한 번째 구절의 형식은 조금 변화했는데 기타 구절의 평측 역시 다른 것이 많다. 《詞律》에서는 "劉辰翁이 쓴 글자는 매 번 차이가 많아서 표준으로 삼기에는 부족하다."라고 하였다. 이것은 엄격하게 사보에 따라 사를 짓는 각도에서 말한 것이다. 사실 류진옹이 지은 사의 정서는 비통한데 지어낸 것이 아니며 일정한 정도에서 격률의 속박을 돌파하였으니 본보기로 삼을만한 가치가 있다.

134. 多麗

《塡詞名解》에서는 나라 將均에게는 多麗라고 하는 기녀가 있었는데 비파 연주에 뛰어났다고 하는데 사의 이름은 여기서 따온 것이다. 송사에서는 聶冠卿의 작품에서 처음 보인다. 晁端禮의 사는《綠頭鴨》라고 하며 周格非의 사는《隴頭泉》이라고 한다.

쌍조로 139자이다. 앞단락 열 세 구절은 육평운으로 74자이다. 뒷단락 열 한 구절은 오평운으로 65자이다.《苕溪漁隱叢話》에서는 "綠頭鴨은 매우 맑고 구성지다."라고 하였다.

詞 譜

仄仄平平句
(上一下三)
平平仄句
㊥仄㊥平平仄韻
平平平平仄句

仄㊥平㊥仄叶
(上一下四)
㊀平㊥仄叶
㊀仄平平句
平平㊀仄句
㊥仄㊥平平仄叶

綠頭鴨 詠月

晁端禮

晚雲收,
淡天一片琉璃.
爛銀盤、來從海底,
皓色千里澄輝.
瑩無塵、素娥淡佇,
靜可數、丹桂參差.
玉露初零,
金風未凜,
一年無似此佳時.
露坐久、疏螢時度,
烏鵲正南飛.

平平平平仄句
仄平(平)(仄)(仄)句
(上一下四)
仄平平仄叶
仄平仄平平句
(上一下四)
(仄)平(平)仄叶
(仄)平平仄叶

平平(平)仄仄叶
仄平仄逗(平)仄(平)平仄叶
仄(仄)(仄)逗平平(平)仄句
(仄)仄平平句
仄平平逗仄平平仄叶
仄平平(平)仄句
(平)(仄)(仄)逗(仄)平平仄叶
(仄)平仄逗平平仄叶
平(仄)(平)仄句
(平)仄平平平仄叶
仄平(仄)(平)仄仄叶

瑤臺冷、欄干憑暖,
欲下遲遲.

念佳人、音塵別後,
對此應解相思.
最關情、漏聲正永,
暗斷腸、花影偸移.
料得來宵,
清光未減,
陰晴天氣又爭知?
共凝戀、如今別後,
還是隔年期.
人強健、淸尊素影,
長願相隨.

살펴보건대, 이 사의 首구는 압운하였다. 앞단락 여섯 번째 구절은 平平仄 · 仄平仄 · 仄平平 · 仄仄平으로 짓는데 뒷단락 네 번째 구절은 平平仄 · 仄仄仄으로 지을 수 있다. 앞단락 열 두 번째 구절과 뒷단락 열 번째 구절은 平平仄 · 平仄仄平으로 지을 수 있다.

多麗

張孝祥

景蕭疏, 楚江那更高秋◎. 遠連天、茫茫都是, 敗蘆枯蓼汀洲◎. 認炊煙、幾家蝸舍,
映夕照、一簇漁舟◎. 去國雖遙, 寧親漸近, 數峯靑處是吾州◎. 便乘取、波平風靜,
莘棹日夷猶◎. 關情有, 冥冥去雁, 拍拍輕鷗◎.

忽追思、當年往事, 惹起無限羈愁. 拄笏朝來多爽氣, 秉燭夜永足淸遊. 翠袖香寒, 朱弦
◎ ◎
韻悄, 無情江水只東流. 棆樓晩, 淸商哀怨, 還聽隔船謳. 無言久, 餘霞散綺, 煙際帆收.
◎ ◎ ◎

살펴보건대, 이 사의 뒷단락 세 번째 구절과 네 번째 구절은 3·4 형식으로 짓지 않았다.

多麗 楊花

無名氏

日初長, 寶爐一縷沈煙. 綠陰新, 垂楊亭榭, 知誰巧擘香綿. 有時共、落紅零亂,
◎ ◎
有時共、芳草留連. 只道無情, 那知有意, 幾回飛過綺窗前. 人爭訝, 豔陽三月,
◎ ◎
幹雪舞晴天. 遊絲外, 不堪燕掠, 無奈蜂粘.
◎ ◎
那小鬟、忒 嬌劣, 鎭日地、倚闌幹. 輕吹處、櫻桃的的, 閑拈處、筍指纖纖. 愛點猩羅,
仄仄仄 仄平◎ ◎
裝成粉纈, 嗔人不許放朱簾. 端相好、驀然風起, 特送上秋千. 明朝看, 池塘雨過,
◎ ◎
萍翠應添.
◎

살펴보건대, 이 사의 뒷단락 두 번째 구절은 두 개의 3자구로 짓는다.

135. 六丑

《蓮子居詞話》에 이르길,《六丑》사는 周邦彦이 지은 것이라고 하였다. 徽宗이 六丑의 의의에 대해 묻자 주방언이 '이 노래는 여섯 개의 곡조가 전조되는데 모두 매우 아름답지만 극히 부르기 어렵습니다.'라고 답했다고 한다. 이전에 高陽氏에게는 여섯 아들이 있었는데 재능은 뛰어났으나 용모가 추한 것을 비교할 때 쓰인다. 살펴보건대 이 곡조는 서로 조가 바뀌는 구법에 속하며 이것은 장차 같은 궁조의 여섯 개 사조 속에 속한 구법의 집합이 새로운 사조를 이루는 것이 되었으나 곡이 바뀐 여섯 곡조의 곡조 이름과 구법은 이미 고찰할 수 없다.

쌍조로 140자이다. 앞단락 열 네 구절은 팔측운으로 69자이다. 뒷단락 열 세 구절은 구측운으로 71자이다. 입성운을 대부분 입성운을 사용하였다.《淸眞集》에서 "中呂調"라고 주석하였다.

詞 譜	六丑 薔薇謝后作　　周邦彦
仄仄平平句 (上一下三)	正單衣試酒,
平平仄句	悵客里、光陰虛擲.
㊥仄㊥平平仄韻	
平平平平仄句	愿春暫留,
仄㊥平㊥仄叶 (上一下四)	春歸如過翼, 一去无迹.

仄⃝平平⃝仄叶
仄⃝仄平平句
平平仄⃝仄句
平⃝仄平⃝平平仄叶
平平平平仄句
仄平平⃝仄⃝仄⃝句
(上一下四)
仄平平仄叶
仄平仄平平句
(上一下四)
仄⃝平平⃝仄叶
仄⃝平平仄叶

平平平⃝仄仄叶
仄平仄逗平⃝仄平⃝平仄叶
仄仄⃝仄⃝逗平平平⃝仄句
仄⃝仄平平句
仄平平逗仄平平仄叶
仄平平平⃝仄句
平⃝仄⃝仄⃝逗仄⃝平平仄叶
仄⃝平仄逗平平仄叶
平仄⃝平⃝仄句
平⃝仄平平平仄叶
仄平仄⃝平⃝仄仄叶

爲問花何在?
夜來風雨,
葬楚宮傾國.

釵鈿墮處遺香澤,
亂点桃蹊,
輕翻柳陌.
多情爲誰追惜?
但蜂媒蝶使,
時叩窗隔.

東園岑寂,
漸蒙籠暗碧.

靜珍叢底,
成嘆息.
長條故惹行客,
似牽衣待話,
別情无極.
殘英小、强簪巾幘.
終不似、
　一朵釵頭顫裊,
向人欹側.
漂流處、莫趁潮汐.
恐斷紅、尙有相思字,
何由見得!

살펴보건대, 앞단락 열 번째 · 열 두 번째 구절은 대부분 대우를 사용했는데 뒷단락 세 번째 · 네 번째 구절은 두 개의 4자구로 지을 수 있다. 뒷단락 아홉 번째 구절은 5 · 4구로 지을 수 있으며, 장차 3字逗 뒤의 6자구는 4자구로 지을 수 있게 되었고 열 번째 구절은 6자구로 지었다. 이 사는 음률에 엄격하다.

六丑

陳允平

自淸明過了, 漸柳底、鶯梭慵擲. 萬紅御風, 飄飄如附翼. 錦繡陳跡. 障地香塵暗, 亂蜂
△ △ △
似雨, 漫冶游南國. 蘭襟縹緲辭湘澤. 馬跡郊原, 燕泥巷陌. 傷春爲花深惜. 嘆芳非薄幸,
△ △ △ △
容易疏隔. 庭閑人寂, 空余芳草碧. 夢里驚春去, 如瞬息. 長安市上狂客. 爲桃源解佩,
△ △ 平平平仄 △ △ △
醉濃歡極. 無心整、霧襟煙幘. 驚回處、斷雨殘云倦倚, 畫闌干側. 相思恨、暗度流汐.
△ △ △ △
更杜鵑、院落黃昏近, 誰禁受得!
△

살펴보건대, 이 사의 뒷단락 두 번째 구절은 1 · 4이 2 · 3구로 바뀌었으며, 첫 번째 글자의 仄(去)성 역시 그에 따라 平聲을 썼다. 그러나 2 · 3구로 바뀐 것도 평측은 옛 곡조를 따랐다. 아홉 번째 구절은 7자로, 열 번째 구절은 6자로 구절의 형식이 조금 다르다.

136. 六州歌頭

程大昌의 《演繁露》에서는 《六州歌頭》는 본래 鼓吹曲이라고 하였다. 근세에 塡詞를 좋아하는 사람들이 사보에 따라 吊古詞를 지었는데 음조가 비장하였다. 또한 고대의 흥망의 기록을 진술하여 노래를 들으면 사람들로하여금 원통하고 슬프게 하며 사실 艶詞와는 같은 종류가 아닌라는 것은 매우 만족스럽다. 楊愼의 《詞品》은 《六州》라는 이름을 얻게 된 것은 당나라 시기 서쪽의 伊 · 凉 · 甘 · 石 · 渭 · 氐州를 가리키는 것이다. 송나라 시기 大祀 · 大恤 모두 이 곡조를 활용하였다. 살펴보건대 송대의 鼓吹曲은 여러 곡들을 합쳐서 하나의 모음곡을 만든 것이며 歌頭는 그 첫 번째 장이다.

쌍조, 143자이다. 앞단락 열 아홉 구절은 팔평운으로 71자이다. 뒷단락 열 아홉 구절은 팔평운으로 72자이다. 평측운은 동일한 부에서 서로 압운되는데 뒤에 인용한 賀鑄의 사와 같다. 평측운은 서로 압운되며 五換仄韻으로 뒤에 인용한 韓元吉의 사와 같다. 《古今詞譜》에서는 "大石調"에 포함되었다.

詞譜	六州歌頭 長淮望斷 張孝祥
平平㊀仄句	長淮望斷,
㊥仄仄平平韻	關塞莽然平.
平㊥仄句	征塵暗,
平平仄句	霜風勁,
仄平平叶	悄邊聲.

仄平平叶	黯銷凝.
(平)仄平平仄句	追想當年事,
(仄)平仄句	殆天數,
平(平)仄叶	非人力,
(平)(仄)仄句	洙泗上,
平(平)仄句	絃歌地,
仄平平叶	亦羶腥.
(仄)仄(平)平句	隔水氈鄉,
(仄)仄平平仄句	落日牛羊下,
(平)仄平平叶	區脫縱橫.
仄(平)平(平)仄叶 (上一下四)	看名王宵獵,
(仄)仄仄平平叶	騎火一川明.
(平)仄平平叶	笳鼓悲鳴,
仄平平叶	遣人驚.
仄平平仄句 (上一下四)	念腰間箭,
(仄)平仄句	匣中劍,
平(平)仄句	空埃蠹,
仄平平句	竟何成!
(平)(仄)仄句	時易失,
平(平)仄句	心徒壯,
仄平平叶	歲將零.
仄平平叶	渺神京.
(平)仄平平仄句	幹羽方懷遠,
(仄)(平)仄句	靜烽燧,
仄平平叶	且休兵.
平(仄)仄句	冠蓋使,
(平)(平)仄叶	紛馳騖,
仄平平叶	若爲情?
(平)仄(平)平(平)仄句	聞道中原遺老,

(平)平仄逗(仄)仄平平叶	常南望、羽葆霓旌.
仄(平)平(仄)仄句 (上一下四)	使行人到此,
(平)仄仄平平叶	忠憤氣塡膺.
(仄)仄平平叶	有淚如傾.

六州歌頭

賀鑄

少年俠氣, 交結五都雄. 肝膽洞, 毛髮聳. 立談中, 死生同. 一諾千金重. 推翹勇, 矜豪縱,
◎ △ △ ◎ ◎ △ △ △
輕蓋擁, 聯飛鞚, 斗城東. 轟飮酒壚, 春色浮寒甕, 吸海垂虹. 閒呼鷹嗾犬, 白羽摘雕弓.
△ △ ◎ △ ◎ ◎
狡穴俄空, 樂匆匆.
◎ ◎
似黃粱夢, 辭丹鳳. 明月共, 漾孤篷. 官冗從, 懷倥傯, 落塵籠. 簿書叢, 鶡弁如雲衆, 供粗用, 忽奇功.
△ △ △ ◎ △ △ ◎ ◎ △ △ ◎
笳鼓動, 漁陽弄, 思悲翁. 不請長纓, 系取天驕種, 劍吼西風. 恨登山臨水, 手寄七絃桐, 目送歸鴻.
△ △ ◎ △ ◎ ◎ ◎

살펴보건대, 뒷단락 열 다섯 번째 구절과 열 여섯 번째 구절의 형식과 張孝祥의 사는 조금 다르다. 《欽定詞譜》에 이르길, 이 곡조의 평측은 서로 압운되는데 賀鑄의 이 사를 정식 형식으로 삼았으며 평운은 東·冬·叶을 썼고 叶운은 董·腫·宋·送을 써서 다른 운들과 섞이지 않는다.

六州歌頭 桃花

韓元吉

春風著意, 先上小桃枝. 紅粉膩, 嬌如醉, 倚朱扉. 記年時, 隱映新妝面, 臨水岸, 春將半, 雲日暖,
◎ △ △ ◎ ◎ △ △ △
斜橋轉, 夾城西. 草軟莎平跋馬. 垂楊渡、玉勒爭嘶. 認蛾眉凝笑, 臉薄拂胭脂. 繡戶曾窺. 恨依依.
◎ ◎ ◎ ◎
共攜手處, 香如霧. 紅隨步, 怨春遲. 銷瘦損. 憑誰問? 只花知. 淚空垂. 舊日堂前燕, 和煙雨, 又雙飛.
△ △ △ ◎ △ △ ◎ ◎ ◎
人自老, 春長好, 夢佳期. 前度劉郎, 幾許風流地, 花也應悲. 但茫茫暮靄, 目斷武陵溪, 往事難追.
△ △ ◎ ◎ ◎ ◎

살펴보건대, 龍榆生은 "《六州歌頭》의 음조는 비장한데 韓元吉이 支와 微의 운을 써서 처량한 음조로 바뀌었다."고 하였다.

137. 夜半樂

당나라 教坊曲의 이름이다. 《碧雞漫志》에 이르길, 唐史에는 明皇이 臨淄王이 되었을 때 潞州에서 京師로 돌아올 때 한밤중에 군사를 일으켜 韋后를 베었는데 이 때문에 《夜半樂》·《還京樂》 두 곡을 지었다. 살펴보건대, 송사는 옛 곡명을 빌려 새로운 곡을 만든 것이다.

二疊으로 144자이다. 1단락 열 구절은 사측운으로 50자이다. 2단락 아홉 구절은 사측운으로 49자이다. 3단락 일곱 구절은 오측운으로 45자이다. 《樂章集》에는 "中呂調"라고 주석하였다. 王易의 《詞曲史》에서는 "노랫가락들이 구성지고 멋들어져서 복잡한 정서를 쓰기에 알맞다."라고 하였다.

詞 譜	夜半樂 凍雲黯淡天氣 柳永
仄平仄仄平仄句	凍雲黯淡天氣,
平平仄仄句	扁舟一葉,
平仄平平仄韻	乘興離江渚.
仄(仄)仄平平句 (上一下四)	渡萬壑千巖,
(仄)平平仄叶	越溪深處.
仄平(仄)仄句	怒濤漸息,
平平(仄)仄句	樵風乍起,
仄平(平)仄平平句	更聞商旅相呼.

仄平平仄叶	片帆高擧.
仄(仄)仄逗平平仄平仄叶	泛畫鷁、翩翩過南浦.
仄平(仄)仄仄仄句	望中酒旆閃閃,
仄仄平平句	一簇煙村,
仄平平仄叶	數行霜樹.
平仄仄逗	殘日下、
平平平平平仄叶	漁人鳴榔歸去.
仄平(平)仄句	敗荷零落,
平平(仄)仄句	衰楊掩映,
仄平(仄)仄平平句	岸邊兩兩三三,
仄平平仄叶	浣沙遊女,
仄(平)仄逗平平仄平仄叶	避行客、含羞笑相語.
仄平平仄句	到此因念,
仄仄平平句	繡閣輕抛,
仄平平仄叶	浪萍難駐.
仄(仄)仄逗平平仄平仄叶	嘆後約、丁寧竟何據!
仄平平逗	慘離懷、
平仄仄仄(平)平仄叶	空恨歲晩歸期阻.
平仄仄逗仄仄平平仄叶	凝淚眼、杳杳神京路.
仄平平仄平平仄叶	斷鴻聲遠長天暮.

살펴보건대, 이 사의 첫 번째와 두 번째 단락 마지막 두 구절은 모두 去平平上, 去(仄)入·平平去平上으로 지었고 음률은 매우 세밀하다.

夜半樂 中呂調

柳永

豔陽天氣, 煙細風暖, 芳郊澄朗閒凝佇. 漸妝點亭臺, 參差佳樹. 舞腰困力, 垂楊綠映,
仄平平仄 平仄平仄 平平平仄平平△ △
淺桃穠李夭夭, 嫩紅無數. 度綺燕、流鶯鬥雙語.
△ △

翠娥南陌簇簇, 躡影紅陰, 緩移嬌步. 擡粉面、韶容花光相妒. 絳綃袖擧. 雲鬟風顫,
△ △
半遮檀口含羞, 揹人偸顧. 競鬥草、金釵笑爭賭.
△ △
對此嘉景, 頓覺消凝, 惹成愁緒. 念解佩、輕盈在何處! 忍良時、孤負少年等閒度.
△ △ △
空望極、回道斜陽暮. 歡浪萍風梗知何去!
△ △

살펴보건대, 이 사의 첫 번째 단락의 세 구절의 형식과 평측은 다르다. 세 번째 단락 結구의 “嘆”자는 襯字이다.

138. 鶯啼序

唐宋大曲은 세 부분으로 구성되는데 매 한 부분은 또한 어느 정도의 樂段을 포함하고 있다. 첫 번째 부분은 "散序"로 器樂을 위주로 하고 두 번째 부분은 "中序"로 가창을 위조로 하며 세 번째 부분은 "入破"로 무도를 위주로 한다. 이 사는 《夢窗詞》에서 처음 보였는데 대개 吳文英이 창작한 大曲中序의 서악(序樂)이다. 張炎은 《詞源》에서 "외부에 있는 序子는 散序와 中序와는 다르다. 전해오기로는 序子는 네 편인데 그 박자는 깨졌으며 따라서 纏令(일종의 小調[俚曲])에서 많이 사용하였다." 이 곡조가 序子인지 아닌지는 학자들의 견해가 일치하지 않는다.

四疊으로 240자이다. 1단락의 아홉 구절은 사측운으로 49자이다. 2단락의 열 구절 사측운으로 51자이다. 3단락 열 네 구절은 사측운으로 71자이다. 4단락 열 네 구절은 사측운으로 69자이다.

詞 譜	鶯啼序 春晚感懷 吳文英
平平仄平仄仄句	殘寒正欺病酒,
仄平平(仄)仄韻 (上一下四)	掩沉香繡戶.
(仄)(平)仄逗(平)仄平平句	燕來晚、飛入西城,
仄平(平)仄平仄叶	似說春事遲暮.
(仄)(平)仄逗平平仄仄句	畫船載、淸明過卻,

平平仄仄平平仄叶	晴煙冉冉吳宮樹.
仄(平)平句	念羈情,
(平)仄(平)平句	遊蕩隨風,
(仄)(平)平仄叶	化爲輕絮.
(仄)仄平平句	十載西湖,
(仄)(仄)(仄)仄句	傍柳繫馬,
仄(平)平(仄)仄叶	趁嬌塵軟霧.
(上一下四)	
(仄)(平)仄逗(平)仄平平句	溯紅漸招入仙溪,
(仄)平平(仄)(平)仄叶	錦兒偸寄幽素,
仄平平逗(平)平仄仄句	倚銀屏、春寬夢窄,
(仄)(平)仄逗(平)平平仄叶	斷紅溼、歌紈金縷.
仄(平)平句	暝堤空,
(平)仄(平)平句	輕把斜陽,
(仄)平平仄叶	總還鷗鷺.
(平)仄(仄)仄句	幽蘭旋老,
(仄)仄(平)仄句	杜若還生,
(仄)(平)(仄)(仄)仄叶	水鄉尙寄旅.
(仄)仄仄逗(仄)(平)(平)仄句	別後訪、六橋無信,
(仄)仄(平)(平)句	事往花委,
仄仄平平句	瘞玉埋香,
仄(平)(平)仄叶	幾番風雨?
(平)平(仄)仄句	長波妒盼,
平平(平)仄句	遙山羞黛,
(平)平(平)仄平平仄句	漁燈分影春江宿,
仄(平)(平)逗(仄)仄(平)(平)仄叶	記當時、短楫桃根渡.
平平仄仄句	青樓彷彿,
(平)(平)(仄)仄平平句	臨分敗壁題詩,
(仄)平(仄)(仄)平仄叶	淚墨慘淡塵土

(平)平(仄)仄句	危亭望極,
(仄)仄平平句	草色天涯,
仄仄平(仄)仄叶	嘆鬢侵半苧.
(上一下四)	
仄(仄)仄逗(平)仄(平)仄句	暗點檢、離痕歡唾,
仄仄平平句	尙染鮫綃;
(仄)仄平(平)句	嚲鳳迷歸,
(仄)(平)(平)仄叶	破鸞慵舞.
平平仄仄句	殷勤待寫,
平平平仄句	書中長恨,
(平)平(平)仄(平)(平)仄句	藍霞遼海沉過雁,
仄(仄)仄逗(平)仄平平仄句	漫相思、彈入哀箏柱.
(平)平(平)仄平平句	傷心千里江南,
(仄)仄平平句	怨曲重招,
仄平(仄)仄叶	斷魂在否?

살펴보건대, 이 곡조는 이 사의 정식 형식으로 여겨진다. "傍柳系馬"는 去上去上으로 썼으며 吳梅는 "이러한 구법은 평측의 요구(拗口)이지만 간단하게 바꿀 수는 없다."고 하였다. (《詞學通論》)

鶯啼序 重過金陵

汪元量

金陵故都最好, 有朱樓迢遞. 嗟倦客、又此憑高, 檻外已少佳致. 更落盡梨花, 飛盡楊花,
△ △ 仄仄仄平平 平仄平平
春也成憔悴. 問青山、三國英雄, 六朝奇偉.
平仄平平△ △
麥甸葵丘, 荒臺敗壘. 鹿豕銜枯薺. 正朝打孤城, 寂寞斜陽影裏. 聽樓頭、哀笳怨角,
△ 仄平仄平平 仄仄平平仄△
未把酒、愁心先醉. 漸夜深, 月滿秦淮, 煙籠寒水.
△ △
悽悽慘慘, 冷冷淸淸, 燈火渡頭市. 慨商女不知興廢. 隔江猶唱庭花, 餘音亹亹. 傷心千古, 淚痕
△ 仄平平仄平平 平平仄△
如洗. 烏衣巷口青蕪路, 認依稀、王謝舊鄰里. 臨春結綺. 可憐紅粉成灰, 蕭索白楊風起.
△ △ △
因思疇昔, 鐵索千尋, 謾沈江底. 揮羽扇、障西塵, 便好角巾私第. 清談到底成何事?
仄平平△ 平仄仄 仄平平 仄仄仄平平△ 平平仄仄平平△

回首新亭, 風景今如此. 楚囚對泣何時已? 嘆人間、今古眞兒戲. 東風歲歲還來, 吹入鐘山, 幾重
平仄平平　平仄平平△　　　　　　△　　　　　　　△
蒼翠!
　△

살펴보건대, 이 사의 구절의 형식과 평측은 吳文英의 사와 비교하면 네 번째 단락의 出入이 가장 많고 세 번째 구절에서 아홉 번째 구절까지의 글자 수는 오문영의 사와 비슷하지만 구절의 형식과 평측이 완전히 다르다. 격률이 이렇게 차이 나는 두 수의 가사는 같은 하나의 곡조를 써서 노래하는데 많은 지방은 음률에 맞지 않고 박자도 맞지 않을 수가 있다. 汪元量의 사는 아마도 합악(合樂)하는 문인 사가 될 수는 없을 것이나 다른 궁조에 속할 수는 있다.

〈부록〉 당송사 주요 사보 재구

1. 秋風詞

秋風詞

唐·李白 詞

陳蕾士 鄭亞通古譜整理

2. 漁歌子

漁歌子

唐·張志和 詞
金詞譜

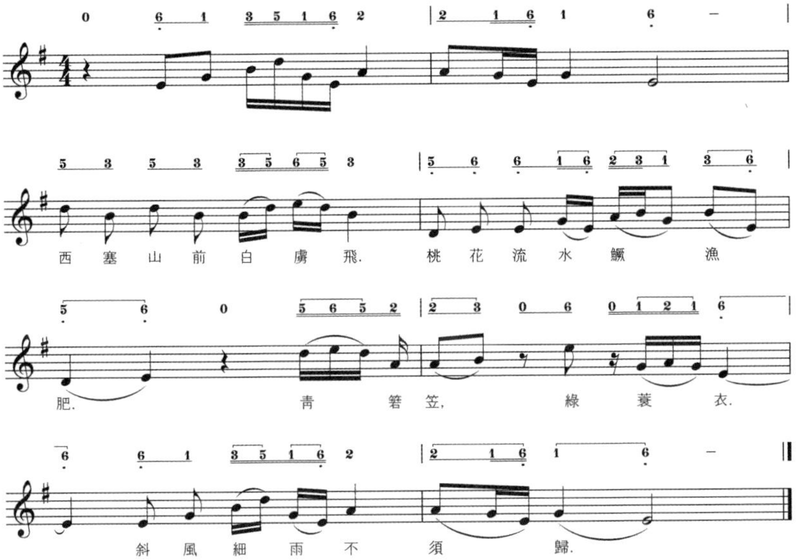
西 塞 山 前 白 鷺 飛.
桃 花 流 水 鱖 漁
肥. 青 箬 笠, 綠 蓑 衣.
斜 風 細 雨 不 須 歸.

3. 欸乃曲

欸 乃 曲

唐·元結 詞
九宮大成譜

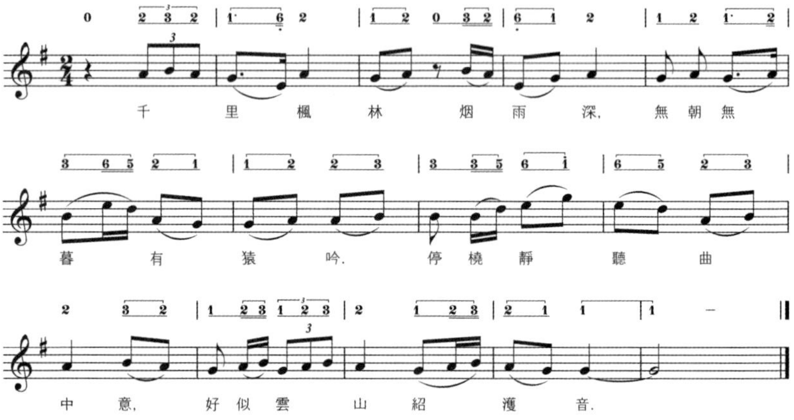
千 里 楓 林 烟 雨 深, 無 朝 無
暮 有 猿 吟. 停 橈 靜 聽 曲
中 意, 好 似 雲 山 紹 濩 音.

4. 花非花

花非花

唐·白居易 詞

金詞譜

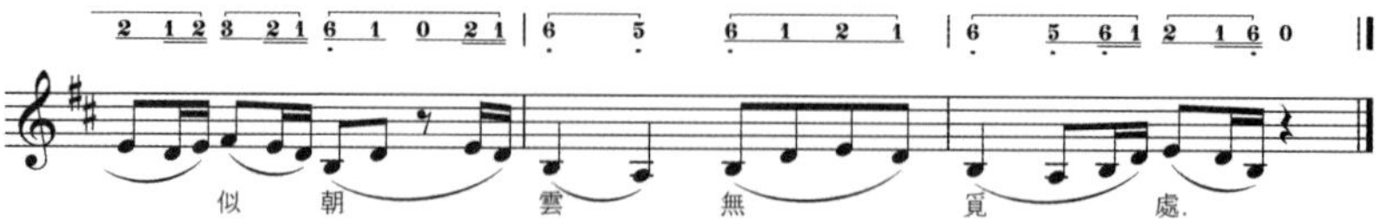
似 朝 雲 無 覓 處.

5. 憶江南

憶江南

唐·白居易 詞
金詞譜

6. 菩薩蠻

菩薩蠻

五代·溫庭筠 詞
金詞譜

懶 起 畫 娥 尾, 弄 妝 梳 洗 遲. 照 花
前 後 鏡, 花 面 交 相 暎.
新 貼 繡 羅 襦, 雙 雙 金 鷓 鴣.

7. 上行杯

上行杯

五代·韋莊 詞
金詞譜

芳草 灞陵春岸, 柳 烟深 滿 樓
絃 管. 曲 離
聲 腸 欲 團. 今 日 送 君 千
萬. 紅 縷 玉 盤 金 鏤 盞.
須 勸. 珍 重意 莫 辭 滿.

8. 浪淘沙

浪淘沙

南唐·李煜 詞
金詞譜

簾 外 雨 潺 潺, 春 意 闌
珊. 羅 衾 不 耐 五 更 寒, 夢 裏 不 知
身 是 客. 一 晌 貪 歡.
獨 自 莫 凭 闌, 無 限 江
山, 別 時 容 易 見 時 難. 流 水 落 花
春 去 也, 大 上 人 間.

獨 自 莫 凭 闌, 無 限 江
山, 別 時 容 易 見 時 難. 流 水 落 花
春 去 也, 天 上 人 間.

9. 相見歡

相見歡

南唐·李煜 詞
金詞譜

10. 相見歡

相見歡

南唐·李煜 詞
金詞譜

無 言 獨 上
西 樓, 月 如 鉤, 寂 寞
梧 桐 深 院 鎖 秋
秋. 翦 不 斷, 理 還 亂 是 離 愁,
別 是 一 番 滋 味 在 心 頭.

11. 虞美人

虞美人

南唐·李煜 詞
金詞譜

春花秋月何時了, 往事知多少.
小樓昨夜又東風, 故國不堪回首月明中.
雕闌玉傑應猶在, 只是朱顏改 問君
能有幾多愁, 恰似一江春水向東流.

12. 破陣子

破陣子

宋·晏殊 詞
金詞譜

13. 漁家傲

漁家傲

宋·晏殊 詞
九宮大成譜

楚 國 纖 腰 原 自 瘦, 文 君 膩 臉
誰 描 就. 日 夜 鼓 聲 催 箭 漏,
昏 復 晝, 紅 顏 豈 得 常 如 舊.
醉 折 嫩 房 和 蘂 嗅, 天 絲
不 斷 清 香 透. 卻 傍 小 欄 凝 望
久. 風 滿 袖, 西 池 月 上 人 歸 後.

14. 蘇幕遮

蘇幕遮

宋·范仲淹 詞
金詞譜

碧 雲天, 黃 葉
地. 秋 色 連 波, 波 上 寒 煙 翠. 山 映
斜 陽 天 接 水. 芳 草 無 情, 更 在
斜 陽 外. 黯 鄉 魂, 追 旅 思. 夜 夜
除 非 好 夢 留 人 睡. 明 月 樓 高
休 獨 倚, 酒 入 愁 腸, 化 作 相 思 淚.

15. 洞天春

洞天春

宋·歐陽修 詞
九宮大成譜

鶯啼綠樹聲早,
檻外殘紅未掃. 露點眞珠遍芳草,
正簾幃淸曉. 鞦韆宅院悄悄,
又是淸明過了. 燕蝶輕狂,
柳絲撩亂, 春心多少.

16. 蝶戀花

蝶 戀 花

宋·歐陽修 詞
魏氏樂譜

17. 八聲甘州

八聲甘州

宋·柳永 詞
九宮大成譜

識 歸 舟. 箏 知 我 倚 欄 杆 處, 正 恁 凝 愁.

18. 念奴嬌

念奴嬌

宋·蘇軾 詞
九宮大成譜

人 生 如 夢,
一 樽 還 酹 江 月.

19. 水調歌頭

水 調 歌 頭

宋·蘇軾 詞
九宮大成譜

明 月 幾 時 有, 把 酒 問 青 天. 不 知 天 上
宮 闕, 今 夕 是 何 年. 我 欲 乘 風 歸 去,
又 恐 瓊 樓 玉 宇, 高 處 不 勝 寒. 起 舞
弄 清 影, 何 事 在 人 間. 轉 朱 閣, 低 綺
戶, 照 無 眠. 不 應 有 恨, 何 事 常 向 別 時 圓. 人 有
悲 歡 離 合, 月 有 陰 晴 圓 缺, 此 事

1 2 2 2 2 1 2 | 1 6 5 | 6 5 4 | 3 5 4 3 5 | 6 5 6 i 7 6 | 6 —
古 難 全. 但 願 人 長 久, 千 里 共 嬋 娟.

20. 醉翁操

醉 翁 操

宋·蘇軾 詞
九宮大成譜

此 意 在 人 間.
山 有 時 而 童
巔. 水 有 時 而 迴 川. 思 翁 無 歲 年. 翁 今
爲 飛 仙 此 意 在 人 間. 試 聽 徽 外 三 兩 絃.

21. 滿庭芳

滿庭芳

宋·秦觀 詞
金詞譜

解 羅 帶 輕 分. 謾 贏 得 青
樓, 薄 倖 名 存. 此 去
何 時 見 也, 襟 袖 上
空 染 啼 痕, 傷 情 處 高 城 望
斷 燈 火 已 黃 昏.

22. 青玉案

青玉案

宋·賀鑄 詞
金詞譜

23. 臨江仙

臨江仙

宋·賀鑄 詞

金詞譜

顧 郎 宜 此 酒 行 樂 駐 華 年. 未 至 文 園
多 病 客, 幽 襟 凄 斷 堪 憐. 舊 遊 夢 掛 碧 雲
天, 人 歸 落 雁 後, 思 發 在 花 前.

24. 燭影搖紅

燭影搖紅

宋·周邦彦 詞

九宮大成譜

25. 聲聲慢

聲聲慢

南宋·李清照 詞
金詞譜

得 黑. 梧 桐 更 兼 細 雨,
到 黃 昏, 點 點 滴 滴. 這
次 第, 怎 一 箇 愁 字 了 得.

26. 好事近

好事近

南宋·陸游 詞
九宮大成譜

客路苦思歸, 愁似
繭絲千緒. 夢裡鏡湖烟雨, 看山無重數.
(過門)
樽前消盡少年狂, 慵著送
春語. 花落燕飛庭戶, 嘆年光如許.

27. 摸魚兒

摸魚兒

南宋·辛棄疾 詞
金詞譜

更 能 消 機 番 風 雨, 匆 匆 春 又
歸 去. 惜 春 長 怕 花 開 早, 何 況 落 紅
無 數. 春 且 住. 見 說 道 天 涯 芳 草
無 歸 路. 怨 春 不 語. 算 只 有 殷 勤, 畫 簷
蛛 網, 盡 日 惹 飛 絮. 長
門 事, 準 擬 佳 期 又 誤. 蛾 眉 曾 有

人 妒. 千 金 縱 買 相 如 賦, 脈 脈 此 情
誰 訴. 君 莫 舞. 君 不 見 玉 環 飛 燕 皆
塵 土. 閒 愁 最 苦. 休 去 倚 危
闌, 斜 陽 正 在, 烟 柳 斷 腸 處.

28. 破陣子

破 陣 子

南宋·辛棄疾 詞
金詞譜

29. 淡黃柳

淡黃柳

南宋·姜夔 詞
楊蔭瀏 譯譜

30. 隔溪梅令

隔溪梅令

南宋·姜夔 詞
楊蔭瀏 譯譜

好花不與滯香人. 浪粼粼. 又恐
春風歸去, 綠成陰. 玉鈿何處尋.
木蘭雙槳夢中雲. 水橫陳. 漫向
孤山山下, 覓盈盈. 翠禽啼一春.

31. 暗香

暗香

南宋·姜夔 詞
楊蔭瀏 譯譜

32. 玉樓春

玉樓春

南宋·劉克莊 詞
江西 調

年 年 躍 馬 長 安 市. 客 舍 似 家
易 挑 錦 婦 機 中 字. 難 得 玉 人
家 似 寄. 青 錢 換 酒 日 無 何, 紅 燭
心 下 事. 男 兒 西 北 有 神 州,
呼 盧 宵 不 寐.
莫 滴 水 西 橋 畔 淚.

저자약력

양문생(楊文生)은 1926년 중국 사천(四川) 안악(安岳)에서 태어났고 강정(康定)에서 자랐으며 1943년 성도(成都)에서 살았다. 1950년 사천대학(四川大學) 정치학과를 졸업하고 성도시 인민정부기관에서 일했다. 차례로 성도시 재정경제위원회, 상업국, 공상행정관리국 등에서 일을 했고 1989년 퇴직했다. 또한 지은이는 文史학자로 어린 시절부터 중국고전시가를 좋아하여 지속적으로 시사(詩詞) 연구에 주력하여《詞譜簡編》,《楊愼詩話校箋》,《王維詩集箋注》 등의 저작을 완성하였는데, 이 중《詞譜簡編》은 탁월한 업적으로 꼽힌다.

역자약력

이태형은 울산대학교 중문과를 졸업하고, 서울대학교에서 중문학 석사를, 한국외국어대학교에서 중문학 박사학위를 수여했다. 연세대학교 교직원, 한국외국어대, 수원대, 수원과학대 강사, 중앙대학교 HK연구교수 등을 거쳐 현재는 한국고전번역원 직원으로 재직 중이다. 학술논문은 60여 편이 있고, 저역서는 20여 편이 있다. 주요 저역서로는《우리말로 읽는 송사 300수》,《구염의 논사절구》,《辛棄疾詞集》,《敦煌曲子詞集》,《유영평전》,《譯註原詩》 등이 있다. 韓中詞 비교연구에 관심이 많고, 일반 대중들이 중국 음악문학인 사(詞)에 보다 친숙하게 다가갈 수 있도록 활발한 활동을 펼치고 있다.

중국 사보詞譜의 이해

초판 인쇄 2018년 12월 1일
초판 발행 2018년 12월 5일

저　　자 | 양문생楊文生
역　　자 | 이태형
펴 낸 이 | 하운근
펴 낸 곳 | 學古房

주　　소 | 경기도 고양시 덕양구 통일로 140 삼송테크노밸리 A동 B224
전　　화 | (02)353-9908 편집부(02)356-9903
팩　　스 | (02)6959-8234
홈페이지 | http://hakgobang.co.kr/
전자우편 | hakgobang@naver.com, hakgobang@chol.com
등록번호 | 제311-1994-000001호

ISBN 978-89-6071-780-0 93820

값 : 33,000원

이 도서의 국립중앙도서관 출판시도서목록(CIP)은 서지정보유통지원시스템 홈페이지(http://seoji.nl.go.kr)와 국가자료공동목록시스템(http://www.nl.go.kr/kolisnet)에서 이용하실 수 있습니다. (CIP제어번호 : CIP2018039170)

■ 파본은 교환해 드립니다.